WALTER KEADY

GOTTESDIENER UND ANDERE LIEBHABER

WALTER KEADY

Gottesdiener
und
andere Liebhaber

Roman

Aus dem Englischen
von Gerlinde Schermer-Rauwolf
und Robert A. Weiß

KARL BLESSING VERLAG

Titel der Originalausgabe: Celibates and Other Lovers
Originalverlag: MacMurray & Beck, Denver
Die Übersetzer sind Mitglieder
des Kollektivs Druck-Reif.

Der Karl Blessing Verlag ist ein Unternehmen der
Verlagsgruppe Bertelsmann

1. Auflage

Umschlaggestaltung: Design Team München
Satz: Uhl + Massopust, Aalen
Druck und Bindung: Graphischer Großbetrieb Pößneck
Printed in Germany
ISBN 3-89667-078-6

Für
Patricia,
Tante Mary,
Grace Elizabeth
und für meine Eltern,
die stolz gewesen wären.

DIE BERUFUNG DES PHELIM O'BRIEN

Phelim machte auf der langen Wiese Heu, als die Nachricht kam. Die Wiese grenzte an die Schotterstraße von Creevagh nach Kilsaggart; niemals würde Phelim das Bild vergessen, wie Bernie sein Fahrrad langsam den steilen Hügel hinaufschob, dem Knockard seinen Namen verdankte.

»Gott segne euer Tagwerk.« Der Briefträger blieb auf der Hügelkuppe stehen, lehnte sich gegen sein Fahrrad und schnappte nach Luft; er hatte ganz schön zugelegt, sowohl an Jahren als auch an Gewicht. »Prima Tag fürs Heumachen.« Und damit hatte er recht. Nach wochenlangem Regenwetter schien jetzt endlich die Sonne, und eine frische Brise wehte.

»Gott sei's gedankt.« Michael O'Brien, Phelims Vater, hörte nicht auf zu rechen.

»Ich hab einen Brief für dich«, rief der Briefträger Phelim zu, und der Junge ließ seine Heugabel fallen und rannte zu ihm. Doch obwohl er seit Wochen voll banger Sorge auf die Nachricht gewartet hatte, starrte er bloß den weißen Umschlag an, bis der Briefträger sich wieder aufs Fahrrad geschwungen hatte. Denn Bernies Klatschmaul war selbst in einer Gemeinde, in der sich jede Neuigkeit sofort herumsprach, zum Gegenstand des Klatsches geworden. »Bleibt mir von der Pelle«, brüllte er seine zwei Brüder und drei Schwestern an, die ihre Heugabeln ebenfalls fallen gelassen hatten und zu ihm flitzten. Michael O'Brien fuhr unbeirrt in seiner Arbeit fort.

»Ist es das, was ich glaube?« flüsterte ihm Josephine ins Ohr. Sie war die Älteste, genau ein Jahr älter als Phelim. Als einzige von den Geschwistern wußte sie, was er vorhatte.

»Ja.« Er versuchte, sich die Aufregung nicht anmerken zu lassen. »Sie nehmen mich.«

Bis Sonntag wußte die ganze Gemeinde von Creevagh, daß Phelim O'Brien aus Knockard Priester werden würde. Es war der Sommer des Jahres 1945, die Zeitspanne zwischen dem Sieg über Hitler und der Kapitulation Hirohitos, ein besonders erbärmliches Kapitel in der Geschichte des 20. Jahrhunderts. Doch der Junge hatte seine Entscheidung nicht übereilt getroffen, und von den dramatischen Ereignissen der Zeit war sie nicht im mindesten beeinflußt. Die welterschütternden Umbrüche, über die in den täglichen Ausgaben des *Irish Independent* so Schreckliches berichtet wurde, waren für Phelim O'Brien unbedeutend, verglichen mit der Katastrophe, die seiner unsterblichen Seele drohte, falls er dem göttlichen Ruf nicht Folge leistete.

Er war ein kräftiger Bursche, dieser Phelim. Und er hatte einen hellen Kopf: Laut Mr. Addis Emmet, der ihn fünf Jahre lang unterrichtet hatte, bevor er ihn zur Ordensschule nach Kilmolara schickte, war er der gescheiteste Junge, der je die Creevagh National School besucht hatte. Ein widerwilliges Lob aus dem Mund des Schuldirektors, der die Hoffnung nicht aufgeben wollte, daß auch aus seinem eigenen flegelhaften Sohn Philpot noch etwas werden würde.

Zudem hatte Phelim das Pech, verflixt gut auszusehen. Ein Spatz im Dachgebälk der Kirche von Creevagh hätte zählen können, wie viele Mädchen ihm am Sonntagmorgen verstohlene Blicke zuwarfen, wenn sie nach der Kommunion durchs Seitenschiff zu ihrem Platz zurückgingen. Nicht, daß sie außer diesem kurzen vergnüglichen Augenblick etwas davon gehabt hätten, denn Phelim war ein fürchterlich frommer Bursche. Wobei diese Frömmigkeit, das sei anständigerweise gesagt, ebensosehr von Furcht wie von Liebe gespeist war. Seit er denken konnte, war er von einer krankhaften Angst vor der Hölle besessen. Und seit der Pubertät quälte ihn die nahezu hundertprozentige Gewißheit, dort zu landen. Denn sein schwaches Fleisch wurde von einer Vorstellungskraft aufgestachelt, die sich allen guten Vorsätzen zum Trotz an Mädchen und deren verbotenen Körperteilen entzündete. Körperlich äußerten sich die dadurch geweckten Schuldgefühle in Kopfschmerzen und Durchfall, seelisch abwechselnd in der Sehnsucht nach der Beichte am Samstagabend und dem Widerwillen dagegen. Einen Großteil der Schuld an seinem Zustand schrieb er jenem unwissenden Jahr sündiger Freuden zu, das von den ersten Anfechtungen des Fleisches bis zur Erkenntnis ihrer Verderbtheit verstrichen war.

Zu dem entsetzlichen Schluß, daß die Priesterschaft die einzige Rettung für ihn war, war er im Alter von sechzehn gelangt. Und er dankte Gott seither jeden Tag mit trauriger Inbrunst für die Gnade dieser Erkenntnis. Allein der Zölibat, der Schutz durch eine lange Soutane und einen frommen Habitus, würde die Flammen der Lust von ihm abhalten, durch die ihm der Weg zum Himmel versperrt war. Und je früher, desto besser. Denn selbst an ebendiesem Sonntagmorgen, als er auf dem Weg zur Frühmesse auf der Straße Mrs. Maille einholte und sie ihn lobte, was für ein prima Bursche er doch sei, daß er als Missionar zu den Heiden nach Übersee gehen wollte, konnte er die Augen nicht von ihrer Tochter Eileen lassen. Schon beim bloßen Anblick dieser Schönheit schossen ihm Gedanken durch den Kopf, die ihn von der Kommunionbank ferngehalten hätten, hätte er sie nicht schnellstens verdrängt. Und als dann die rothaarige Catherine McGrath an der Kirchenpforte vom Fahrrad stieg, zeigte sie so viel nackten Oberschenkel, daß nur ein hastiges Senken des Blickes ihn vor einer innigen Wonne bewahrte, die gewiß zu den Todsünden zählte.

Er wollte nicht im Zölibat leben, um Himmels willen, nein. Welcher Junge, der seine Sinne beisammenhatte, würde so etwas wollen, nachdem er in seinen Tagträumen eine atemberaubende, nackte Eileen umarmt oder die weiche Haut der flammendroten Catherine an Stellen gestreichelt hatte, die er sich eigentlich nicht einmal vorstellen durfte? Doch er mußte das ewige Heil über die vergänglichen Freuden stellen. Es war Father Coyne, der ihn diese Weisheit von der Kanzel der Kirche in Creevagh herab gelehrt hatte. Und die Ordensbrüder hatten ihn ebenso wie die Missionare in der Überzeugung bestärkt, daß derjenige, der zu einem zölibatären Leben unfähig war, sich sehenden Auges in den Abgrund der Hölle stürzte.

Wie zu erwarten war, neckten ihn die Jungen an diesem Sonntagmorgen ein bißchen wegen seiner Berufung. Paddy Moran und Seamus Laffey sowie Phelims jüngerer Bruder Matty, der immer ganz hinten kniete und nach der Messe als erster aus der Kirche stürmte, warteten an der Pforte auf ihn.

»Hört auf zu fluchen, Jungs«, sagte Paddy Moran laut. »Hier kommt Seine Hochwürden.«

»In Zukunft kannst du dann zu Hause beichten«, meinte Seamus Laffey zu Matty.

Doch nicht das Sticheln der jungen Burschen störte ihn, sondern der Anblick und die Worte von Catherine McGrath, die direkt hinter ihm die Kirchentreppe herunterkam.

»Hallo«, begrüßte sie ihn und tat, als wären die anderen Jungen Luft. »Was habe ich da von dir gehört?« Catherine hatte eine leise, dunkle Stimme, die Gewissensbisse verstummen lassen konnte, und ein so liebliches Gesicht, daß daneben oft sogar das Herz-Jesu-Bild verblaßte.

»Nichts Schlimmes, hoffe ich.« Er versuchte gelassen zu bleiben. Sie waren Freunde, er und Catherine. Ein Liebespaar, behaupteten einige der Jungen, weil sie beide in Knockard wohnten und seit fünf Jahren jeden Morgen zusammen nach Kilmolara radelten, er zu den Ordensbrüdern, sie zu den Nonnen. Aber wie hätten sie denn miteinander turteln können, mit ihren gerade erst achtzehn Jahren? Und sie hatten sich ja auch noch nie geküßt, Gott bewahre.

»Wahrscheinlich dürfen wir dich ab jetzt nicht einmal mehr ansehen.« Sie starrte an ihm vorbei in die Ferne, als wäre es bereits Sünde, ihn anzublicken.

»Mich kannst du anschauen, sooft du willst«, platzte Paddy Moran heraus. Catherine achtete nicht auf ihn.

»Wir können dich wohl nicht verleiten, wenigstens noch einmal zum Tanz zu kommen, bevor du gehst?« Dabei sah sie ihn an, immer noch mit diesem abwesenden Blick, und lächelte beinahe traurig.

Er wußte, daß er ablehnen sollte. Aber er sagte, nun, vielleicht. Was hätte er sonst erwidern sollen? Vor allem, da die Jungs neben ihm die Ohren spitzten.

»Dann sehen wir dich ja heute abend dort.« Und als sie aufs Fahrrad stieg, entblößte sie soviel weißen Innenschenkel, daß es ihn fast den Stand der Gnade kostete.

»Dann sehen wir dich ja heute abend dort«, äffte Seamus Laffey sie nach. »Was hast du nur, O'Brien, was ich nicht hab?«

»Er war auf der Ordensschule«, antwortete Matty, sein Bruder, und man konnte eine Spur von Bitterkeit in seiner Stimme hören, »während wir anderen im Kuhstall waren.«

»Und er hat 'nen Pimmel, den er jetzt nie benutzen wird«, fügte Paddy Moran mürrisch hinzu. Paddy hatte für Mädchen viel übrig, fürchtete jedoch, keine abzukriegen, weil er mit seinen achtzehn Jahren schon eine Glatze bekam.

»Schluß jetzt!« Nur halb im Scherz hob Seamus Laffey die Hand. »Ihr wißt, er ist bereits ein Mann Gottes.« Seamus hatte selbst einmal erwogen, Priester zu werden, doch da er es nicht auf die Ordensschule geschafft hatte, um dort den Abschluß zu machen, hatte er es verpatzt. Außerdem war er in Eileen Maille verliebt, auch wenn die Zierde von Turloughmor noch nichts davon ahnte.

Phelim ließ die Jungen stehen und ging allein nach Hause. Mit ihren schmutzigen Reden drohten sie Sünde auf ihn zu laden. Paddy Moran war bekannt dafür, gewisse Sachen zu sagen. Und es war nicht Phelims Schuld, daß er die höhere Schule besucht hatte und die anderen nicht. Oder daß er besser aussah und den Mädchen gefiel. Was immer ihm das auch nutzen mochte. Der Gedanke an den Tanz bereitete ihm den ganzen Nachmittag über Bauchschmerzen. Erst wollte er hingehen, weil er es versprochen hatte, und ein Versprechen mußte man stets halten. Dann wandte das Herz Jesu ein: »Was aber, wenn du dich dadurch gegen Mich versündigst?« – »Tue ich das?« fragte er, und Es rief ihm in Erinnerung, daß Catherine McGrath sich beim Tanzen immer so eng an ihn schmiegte, daß ihre verbotenen Körperpartien ihn berührten. In diesem Fall, sagte er sich, gehe ich lieber nicht. Aber seine Gedanken kreisten weiterhin um Catherine. Es waren keine schlimmen Gedanken, das nicht, er wollte sie nur zu gerne sehen und sie hören und noch einmal mit ihr tanzen.

Phelim saß auf der Steinmauer zwischen Hof und Küchengarten und tat, als lese er ein Buch. Matty und John gingen wieder nach Creevagh zum Fußballspielen, aber ohne ihn, denn er mußte in der Nähe des Torfschuppens bleiben, wo die Latrine war. Seine Mutter kam ein paarmal heraus und fragte, ob ihm nicht gut sei. Er würde sich noch eine Erkältung holen, sagte sie und erinnerte ihn daran – glitzerte dabei nicht eine Träne in ihrem Auge? –, daß er schon in vier Wochen sein Noviziat antreten würde, da wolle er doch nicht etwa krank werden, oder? Doch außer ein paar Abstechern zum Torfschuppen blieb er auf dem Mäuerchen sitzen, bis der Tee fertig war; und danach half er seinen Brüdern beim Melken.

Den Ausschlag gab schließlich Josephine. Sie wollte gerne zum Tanzabend gehen, durfte dies aber nur unter der Bedingung, daß Phelim sie begleitete. Also stimmte er zu; widerstrebend, wie er sich sagte, und zum letzten Mal, wie er dem Herzen Jesu versicherte. Außerdem gelobte er etwas voreilig, sich von Catherine McGrath fernzuhalten. Aber er tanzte natürlich trotzdem mit ihr. Gleich zu Beginn war Damenwahl, und sie marschierte keck auf die Herrenreihe zu und forderte ihn auf. Was unter den Burschen, mit denen er gekommen war, ein nicht enden wollendes neidisches Gekicher auslöste. Ein hochnäsiges Fräulein, diese Catherine, so lästerten sie, weil sie jeden außer Phelim auf Abstand hielt.

Während des langsamen Walzers sprach sie nicht viel, sondern hielt ihn nur eng umschlungen; ihr Gesicht war dem seinen nahe, ihr weicher Busen berührte seine Brust. Auch er sagte wenig, als sie sich mit langsamen, schleifenden Schritten über den Tanzboden bewegten, betäubt von der unkeuschen Sinnlichkeit ihrer Umarmung. Dieses eine Mal blieb die scheltende Stimme des Herzens Jesu und seines Gewissens ungehört.

»Du gehst also wirklich fort?« murmelte sie schließlich.

»Ja.« Obwohl er in diesem Augenblick lieber seine Seele hätte zur Hölle fahren lassen, als auf Catherines lustvolle Berührung zu verzichten.

»Wirst du dies alles nicht vermissen?« Sie schmiegte sich noch enger an ihn.

»Allerdings, Gott steh mir bei!«

Catherine McGrath drückte ihn fester an sich, und ihre Lippen berührten sein Ohr, als sie ganz leise hauchte: »Warum mußt du dann gehen?«

»Wegen meiner Berufung«, stieß er, beinahe schluchzend, hervor. Doch sein gequälter Körper schrie auf, das könne er sich doch nicht antun. Und den Rest des Abends tanzte er mit ihr und verwirkte den Stand der Gnade; die Einwände des Herzens Jesu wurden übertönt vom Tosen der Lust und dem leisen Geflüster an seinem linken Ohr.

So lastete die ganze nächste Woche die Todsünde auf seiner Seele, während er Heu machte und Hafergarben band. Bis er am Samstag abend zur Beichte ging. Father Coyne hörte sich geduldig die Litanei der Sünden an, dieselben, die ihm dieser Junge beinahe jede Woche vortrug. Elfmal sündige Gedanken, die stets um Eileen Maille kreisten, da Catherine McGrath ihm dafür zu nahestand. Natürlich erzählte er Father Coyne nicht alles, nur das Wesentliche. Unkeusche Berührungen, die sämtlich daher kamen, daß Catherine bei den langsamen Tänzen ihre Brüste und beim Tango ihr Becken gegen seinen Leib gepreßt hatte. Sündige Taten, die in den frommen Büchern »nächtliche Ergüsse« genannt wurden, deretwegen ihn aber dennoch das schlechte Gewissen plagte, weil sie von seinen sündigen Gedanken herrührten. »Hast du Hand an dich gelegt?« fragte Father Coyne, und Phelim gestand, daß er es ein paarmal getan habe. Der Priester flüsterte, die gottgefällige Reinheit sei eine hohe Tugend, wir müßten uns jeden Tag aufs neue darum bemühen, sie zu erlangen, und die Heilige Mutter Gottes um ihren Beistand bitten. Zur Buße und als Zeichen seiner tätigen Reue solle er einen Rosenkranz beten.

Phelim weinte beinahe vor Erleichterung, als er aus dem Beichtstuhl trat. Und am Sonntag nach der Kommunion gelobte er dem Herzen Jesu, niemals wieder zu sündigen. Doch am Sonntag abend tanzte er abermals mit Catherine McGrath und befand sich den Rest der Woche wieder im Stand der Sünde.

Michael O'Brien verkaufte auf dem Markt von Kilmolara zwei Schafe, um die Ausstattung für seinen Sohn zu bezahlen: einen schwarzen Anzug und eine schwarze Krawatte, eine Soutane, sechs weiße Hemden, zwei schwarze Hosen, eine Menge Unterwäsche, Schlafanzüge, einen schwarzen Hut und zwei Stehkragen. Mickey Mulroe, der Schneider in der Clebe Street, versprach, die Soutane, der Anzug und die schwarzen Hosen würden bis zur Abreise des Jungen am ersten September fertig sein, aber er müsse eine Woche vorher zur Anprobe kommen. Am Morgen der Kleiderprobe, als alle anderen schon zum Schichten der Hafergarben gegangen waren, eröffnete Phelim seiner Mutter, die gerade mit einem Kohlkopf in der Hand am Küchentisch stand, daß er das Noviziat nicht antreten würde.

»Was?« Nellie O'Brien legte den Kohl hin und wischte sich die Hände an der Schürze ab. »Was um alles in der Welt redest du da?«

»Ich glaube, ich bin gar nicht zum Priester berufen.«

»Jesus, Maria und Joseph!« Sie kehrte ihm den Rücken zu,

stützte sich mit beiden Händen auf den Tisch und wiegte sich vor und zurück, eine ganze Minute lang. Als sie sich wieder zu ihm umdrehte, blitzten ihre Augen zornig. »Seit mindestens zwei Jahren redest du davon, daß du dich berufen fühlst. Wo, in Gottes Namen, ist diese Berufung denn auf einmal abgeblieben?«

»Ich weiß es nicht«, antwortete er und krümmte sich vor Bauchschmerzen. »Ich glaube, sie ist einfach weg.«

»Du glaubst!« Jetzt begann sie zu schreien. »Du glaubst! Wo ist sie denn hin? Eine Berufung ist doch kein Penny, der durch ein Loch in der Hosentasche fällt.«

Phelim schwieg. Gleich würde er wieder zum Torfschuppen rennen müssen.

»Da hat dir doch jemand was eingeredet«, folgerte Mrs. O'Brien scharfsinnig. »Und das ist Teufelswerk, laß dir das gesagt sein.«

Phelim blieb noch immer stumm. Mit gesenktem Kopf stützte er sich auf die Kommode und preßte die Beine zusammen. Daß seine Mutter ihre Ansicht so lautstark und entschieden kundtat, verursachte ihm noch größere Schmerzen, weil ihm nun Zweifel an seiner jüngsten Entscheidung kamen. Was, wenn sie recht hatte und dies alles eine Versuchung des Satans war?

»Und ich wette, ich weiß sogar, wer dahintersteckt. Dieses Mädchen taugt nichts. Überhaupt nichts. Mit der solltest du dich besser nicht abgeben.« Bei diesen Worten griff sie nach dem Fleischermesser auf dem Tisch und hieb den Kohlkopf entzwei.

»Ich weiß nicht, wovon du redest«, murmelte er. Und schärfte sich ein, daß er diese Lüge am Samstag abend beichten mußte.

»Dann mach dich auf die Socken und sprich mit Father Coyne. Erklär *ihm* doch mal, was mit deiner Berufung passiert ist.« Sie hackte den Kohl in vier weitere Stücke. »Und das, nachdem dein Vater zwei schöne Hammel verkauft hat, um deine Kleider zu bezahlen.«

Er stürzte zum Torfschuppen, während er im Geiste einen brennenden Dornbusch sah, Rauch, Flammen, drohende Vernichtung. Dabei war ihm noch vor kurzem, beim Melken, alles so klar erschienen. Das Herz Jesu wollte nicht, daß er unglücklich war. Natürlich nicht, sagte die Milch, die ruhig und stetig in den Eimer spritzte. Und der Gedanke, Catherine McGrath zu verlassen und das Noviziat anzutreten, machte ihn schrecklich unglücklich. Keine Frage, bestätigten die tröstlich warmen Zitzen der braunweiß gefleckten Kuh. Also sollte er nicht hingehen – ganz einfach. Genau, brummelte der warme Kuhbauch, an den er den Kopf gelehnt hatte.

Father Coyne sah das natürlich anders. Er nahm es, wohlgemerkt, mit Gelassenheit auf, ganz im Gegensatz zu Phelims messerschwingender Mutter. Father Coyne ließ sich allerdings überhaupt nur selten aus der Ruhe bringen. Er war ein stämmiger Mann mit stahlgrauem Haar und ebensolchen Augenbrauen, und die Bandbreite seiner Stimme reichte von grollendem Donner bis zur milden Brise, die leise in den Blättern raschelt. Bei Phelim entschied er sich für letzteres.

»Es ist völlig normal«, meinte er, »daß man im letzten Moment kalte Füße kriegt. Ich erinnere mich noch gut an den Tag, als ich nach Maynooth gegangen bin. Ein ganzes langes Jahr fieberte ich diesem großen Tag entgegen. Und dann wachte ich an dem besagten Morgen mit der Gewißheit auf, daß ich dort nicht hingehörte. Warum, das kann ich dir nicht sagen. Wahrscheinlich, weil ich mich unwürdig fühlte. Ich dachte, dort würden sich alle nur über mich lustig machen. Ich stamme aus einer sehr armen Bauernfamilie unten bei Nephin Mor, und mein Vater mußte sich das Geld für meinen schwarzen Anzug leihen. Was hatte also ein armer Schlucker wie ich an so einem vornehmen Ort wie Maynooth zu suchen? Aber weißt du, das waren die Einflüsterungen des Satans. Er versuchte mir meine Berufung auszureden. Und dasselbe versucht er jetzt bei dir, Phelim. Tja, aber du wirst deine Ohren vor ihm verschließen, nicht wahr, mein Junge? Du hast die letzten beiden Jahre mit Gebeten und Gedanken über deine Berufung zugebracht, du bist dir todsicher, daß Gott, der Allmächtige, dich auserwählt hat. Und nun ist die Zeit des Nachdenkens vorbei, zumindest bis du dich der Prüfung des Noviziats unterzogen hast. Deshalb gebe ich dir jetzt den Rat: Pack deine Koffer, und ab mit dir nach Kilshane.« Father Coyne stand auf, klopfte Phelim auf den Rücken und schenkte ihm ein aufmunterndes Lächeln, als wollte er sagen: Du kannst dich darauf verlassen, daß dein Gemeindepfarrer dir den Willen Gottes kundtut.

»Schreib mir, wie es dir dort ergeht, wann immer du Gelegenheit dazu hast.« Er legte die linke Hand auf Phelims Kopf, hob die rechte zum Segen und sagte dann zu seiner Haushälterin Mary Hughes, der Junge solle sich vor dem Nachhauseweg mit einer Tasse Tee und Rosinenkuchen stärken.

Entschlossen verbannte Phelim die Einflüsterungen des Versuchers aus seinen Gedanken. Aus dem Pfarrer sprach die Stimme Gottes. Er könnte ebensogut das Herz Jesu verleugnen, wenn er Father Coynes Rat in den Wind schlug. Also ging er in die Stadt zur Kleider-Anprobe, wo ihm aus dem Spiegel des Schneiders ein blutjunger Priester in einer langen schwarzen Soutane entgegenblickte. Es war ein erhebender Augenblick für ihn. Seine Entscheidung stand fest.

Am Dienstag morgen würde er fort sein und sein Leben als Novize beginnen. Am Abend des Sonntags davor setzte er sich über alle Vernunft und die bekümmerte Stimme des Herzens Jesu hinweg und ging mit seinen Kameraden ein letztes Mal zum Tanz nach Kilmolara. »Ich möchte mich nur von allen verabschieden«, fiel ihm als Ausrede gegenüber seiner Mutter ein, und schon war er zur Tür hinaus.

»Na klar doch«, rief sie ihm mit triefendem Sarkasmus nach, da sie es besser wußte und doch nichts dagegen tun konnte.

»Ich frage mich, ob ich wirklich berufen bin«, sagte er bei einem langsamen Foxtrott zu Catherine McGrath, die wie eine Klette an ihm hing.

»Wie das?« Ihre Umklammerung ließ kein bißchen nach.

»Ich weiß nicht, ob ich dich verlassen kann«, hörte er sich zu seiner eigenen Verwunderung antworten. Es war das Intimste und Persönlichste, was er je in seinem Leben zu einem Menschen gesagt hatte. Doch wenn jemals ein wahres Wort über seine Lippen gekommen war, dann in diesem Augenblick.

»Ach was, hör doch auf damit!« Ohne einen Schritt auszulassen, löste sie sich von ihm und starrte ihn an, als wäre er plötzlich komplett verrückt geworden. »Meinetwegen?« Und dann schenkte sie ihm ihr unschuldiges, strahlendes Lächeln. »Gott bewahre, daß *ich* deiner Berufung im Weg stehe! Was würden denn die Leute denken?«

»Ich weiß nicht«, erwiderte er unglücklich. Diese Reaktion hatte er ganz und gar nicht erwartet. In seinen Träumen hatte er sich ausgemalt, sie würde ihm zärtlich ins Ohr flüstern, daß sie ohne ihn niemals glücklich werden könnte. Dann hätte vielleicht auch das Herz Jesu ein Einsehen gehabt und ihm geraten, lieber zu Hause zu bleiben und sie zu heiraten.

»Phelim O'Brien«, fuhr sie fort, »du solltest jetzt besser in dieses Kloster fahren und mindestens ein paar Monate dort verbringen, sonst rede ich nie wieder ein Sterbenswörtchen mit dir. Und das meine ich ernst. Ich will nicht, daß die Leute sagen, meinetwegen sei nichts aus deiner Berufung geworden.« Dabei lächelte sie ihn voller Liebreiz an, sah ihm tief in die Augen, so daß er wie Butter dahinschmolz, wollte aber den Rest des Abends nicht mehr eng umschlungen mit ihm tanzen.

Am Dienstag vormittag um halb zehn erschien Phelim am Bahnhof, angetan mit seinem neuen schwarzen Anzug und einer Krawatte, in der Hand einen verbeulten blauen Blechkoffer mit Lederbändern, der einst seinem Großvater – Gott hab ihn selig – gehört hatte. Er nahm Abschied von seiner Mutter, der Tränen in den Augen standen, seinem phlegmatischen Vater und seiner heulenden Schwester Josephine, bestieg in Kilmolara den Zug und machte sich auf den Weg zum Heiliggeist-Noviziat in Kilshane in der Grafschaft Tipperary.

EIN HÖCHST EHRENWERTER MANN

Mr. Addis Emmet, der Schulmeister von Creevagh, war wahrlich eine Respektsperson – nicht wegen seiner Körpergröße, die von Gannons trinkfreudigen Kunden scherzhaft auf dreizehn bis achtundzwanzig Zentimeter geschätzt wurde, obwohl historisch belegt war, daß er in seinen glänzenden schwarzen Lederschuhen exakt einen Meter und vierundsechzigeinhalb Zentimeter maß. Und auch nicht wegen seiner Glatze, über die besagte trinkfreudige Kundschaft im Gannon's ebenfalls spottete, wenngleich so mancher dort kaum mit üppigerer Haarpracht gesegnet war. Nicht einmal seine geschliffene Ausdrucksweise, die jedem anderen als hochgestochenes Geschwafel angekreidet worden wäre, da die Männer im Gannon's kurze Wörter den langen vorzogen, tat seinem Ansehen irgendeinen Abbruch.

Es versteht sich von selbst, daß Mr. Emmet nicht zu den Gästen in Paddy Gannons Pub zählte. Was auch niemand von ihm erwartet hätte. Diejenigen, die dort verkehrten, tippten zum Gruß stets an die Mütze, wenn sie dem Lehrer begegneten. Und wenn sie mitunter lästerlich über ihn redeten, ehe sie ihr Glas an die Lippen hoben, so nur in der Form von Respektlosigkeit, wie sie einem Höhergestellten eben von weniger Begünstigten entgegengebracht wird. Mit der tatsächlichen Persönlichkeit des Schulmeisters von Creevagh hatte dies freilich nichts zu tun.

Mr. Emmet war stolz auf seine herausragende Stellung in der Gemeinde, obwohl er sich das niemals hätte anmerken lassen. Noch stolzer war er auf seinen Namen, was er alljährlich dezent andeutete, wenn er in seiner sechsten Klasse über dessen geschichtliche Bedeutung referierte. Bei diesen Gelegenheiten ließ er durchblicken – wenngleich peinlich darauf bedacht, es nicht offen auszusprechen –, daß er von dem berühmten Manne abstammte, dessen Nachnamen er trug. Allerdings verschwieg er aus gutem Grund, wie es zu dieser Abstammung gekommen war. Er war der Sohn von Thomas Emmet, einem Kleinbauern aus Barnadearg, der in der Geschichte seiner Familie wie auch seines Landes sehr versiert war. Thomas Emmet, ein Katholik mit einem protestantischen Namen, den er einem unzüchtigen Treiben in einem Heuhaufen verdankte, neigte in der Tat zu Dünkelhaftigkeit. Er hätte seinen Sohn beinahe »Robert« genannt, nach dem großen patriotischen Märtyrer, doch trotz des historischen Glanzes widerstrebte dieser Name seinem Sinn für Schicklichkeit. Als man ihn darauf ansprach, soll er erwidert haben: »Hinz und Kunz heißen doch Robert.« Statt dessen beglückte er seinen Sohn mit dem Namen Addis, dem zweiten Vornamen des erlauchten älteren Bruders des Märtyrers.

Die Gemeinde sprach ihren Schulmeister ehrerbietig mit »Mr. Emmet« an. Außer natürlich Father Coyne, der ihn Addis nannte. Und Tom Graham, der Schmied, der überhaupt nicht mit ihm redete, weil er ihn nicht leiden konnte. Und Paddy Gannon, der zwar »Sir« zu ihm sagte, wenn er ihm gegenüberstand, ihn aber hinter seinem Rücken »Addis Abeba« nannte.

Ein Mann von wahrer Größe, so lautete die allgemeine Meinung über Mr. Emmet. Die herausragendste Persönlichkeit der Gemeinde, ausgenommen selbstverständlich Father Coyne. Und ungeheuer respektabel. In einer Umgebung, in der man eher Kuhmist als Schuhcreme an den Stiefeln sah, waren seine Schuhe stets auf Hochglanz poliert. Halbschuhe, versteht sich; nicht die genagelten Stiefel der Bauern. Und die Bügelfalten seiner Hosen waren messerscharf, »man könnte damit Butter schneiden«, wie es Matty O'Brien, einer der hiesigen Witzbolde, auszudrücken pflegte. Mr. Emmet besaß sogar ein Automobil, eines von den vieren, die es nach dem Krieg, als wieder Benzin erhältlich war, in der Gemeinde gab.

Mr. Emmets Frau, den meisten bekannt als Mrs. Addis oder auch nur als »die Mrs.«, war ebenfalls Lehrerin. Sie unterrichtete die ersten beiden Jahrgangsstufen an der Grundschule, der Creevagh National School. Eine stille Frau, mit der niemand näher bekannt war und die jeder mochte. Sie spielte das Harmonium in der Kirche und übte mit dem Mädchenchor für die letzte Messe am Sonntag. Und wenn ihr Gatte in seinem funkelnden schwarzen Ford am Samstagabend nach Kilmolara fuhr, saß sie an seiner Seite, um Lebensmittel einzukaufen.

Die Emmets hatten nur zwei Kinder – eine auffällige Fortpflanzungsunfähigkeit, was die Frauen der Gemeinde zu endlosen Mutmaßungen über Mrs. Emmets mangelnde Gebärfreudigkeit und die Stammgäste im Gannon's zu Spekulationen über den Zusammenhang zwischen Verstand und Männlichkeit veranlaßte. Doch angesichts der Umstände waren zwei Kinder vielleicht auch genug.

Sarah, die Ältere, war ein ziemliches Luder. Im Alter von zwölf Jahren zeigte sie hinter der Latrine im Schulhof ein paar Siebtkläßlern ihren Schlüpfer und verlangte einen Penny für einmal Gucken. Als Mr. Emmet Gerüchte darüber zu Ohren kamen, versohlte er den Burschen unbarmherzig eine Woche lang jeden Tag den Hintern, und Sarah steckte er in ein Klosterinternat in Kilkenny. Aber es war Philpot Emmet, der Sohn, der seinen Eltern wirklichen Kummer bereitete. Manche behaupteten, die Eltern seien teilweise selbst daran schuld. Wie konnten sie dem armen Kerl einen Namen wie Philpot antun! Da half es auch nichts, daß der Vater der Geliebten des großen patriotischen Märtyrers so geheißen hatte. Jeder, der auch nur einen Funken Verstand besaß oder dem Volk je aufs Maul geschaut hatte, wußte sofort, was für ein Spitzname daraus werden würde. Doch obwohl es Philpots Eltern eigentlich nicht an Grips fehlte, mangelte es ihnen doch ein wenig an Kenntnis des Humors der unteren Gesellschaftsschichten. Und so hieß Philpot Emmet von seinem allerersten Schultag an »Pißpott«. Dieser Name blieb an ihm haften, sowohl in der Schule als auch im weiteren Umkreis der Gemeinde, ja sogar noch, als er Jahre später unter schändlichen Umständen aus Creevagh verschwand.

Nichtsdestoweniger war Philpot ein gutmütiger Junge. Es war ihm sehr wichtig, von den anderen gemocht zu werden und einer von ihnen zu sein, trotz des doppelten Nachteils, Pißpott zu heißen und auch noch der Sohn des Lehrers zu sein. Tatsächlich gelang es ihm, von seinen Kameraden anerkannt zu werden, vor allem indem er ihr Elend teilte. Sein Vater und Lehrer kannte keine Bevorzugung, wenn es darum ging, vom Riemen Gebrauch zu machen. Ja, er schlug dem armen Philpot mit brennenden Hieben die Handflächen taub, selbst wenn dieser sich weniger hatte zuschulden kommen lassen als die anderen Jungen. Der Sohn wiederum stellte den Vater unbarmherzig hinter seinem Rücken bloß. Eben ein Bengel wie alle anderen, dieser Pißpott, so sagte man. Nur in einer Hinsicht nicht.

In der Familie Emmet hatte sich eine starke triebhafte Neigung weitervererbt, wahrscheinlich von jenem alten Vorfahren im Heuhaufen her. Als sie bei Philpot in der frühen Phase der Pubertät zutage trat, erinnerten sich die Älteren in Gannon's Pub an ein ähnliches Laster bei seinem Urgroßvater, dem Bauern Red Tom Emmet, der eine außerordentliche Vorliebe für Schafe gehabt hatte. Sogar bei seinem Großvater habe man, wenn auch in geringerem Ausmaß, diese Hinwendung zum Fleischlichen feststellen können, meinten sie, vor allem hinsichtlich der damaligen Haushälterin des Pfarrers, wenngleich kein handfester Beweis dafür gezeugt worden war.

Selbstverständlich gab das Betragen von Mr. Addis Emmet nicht den geringsten Anlaß, auf eine derartige Veranlagung zu schließen. Im Gegenteil, der Schulmeister von Creevagh handelte im vollen Bewußtsein seiner eigenen moralischen Rechtschaffenheit, als er vor der ganzen Klasse einen seiner Schüler verbal züchtigte, weil dessen ältere Schwester sich zu skandalösen Entgleisungen hatte hinreißen lassen. Das geschah natürlich, bevor Mr. Emmets eigene Kinder entgleisten.

»Der hat schlechtes Blut in den Adern, das sag ich euch«, bemerkte Paddy Gannon seinen Gästen gegenüber, als man sich im Pub von den ersten lüsternen Anwandlungen des jungen Philpot erzählte. Doch mehr wurde dazu nicht gesagt, aus Respekt gegenüber dem Schulmeister, bis Thomas Ruane das Thema taktloserweise erneut zur Sprache brachte.

Alle waren sich darin einig, daß es an und für sich kein schweres Vergehen gewesen sei. Doch es deutete darauf hin, daß Schlimmeres nachkommen würde, darauf konnte man Gift nehmen. Eines Sonntagabends nach der Segensandacht hatte

Father Coyne aus unerfindlichen Gründen einen Rundgang um das Kirchengebäude gemacht und dabei entdeckt, daß Philpot hinter einem Busch ein Mädchen küßte. Das Ruchloseste daran war, daß der Bursche Meßdiener war und noch immer seinen Chorrock und die Soutane trug; nur wenige Augenblicke zuvor hatte er das Weihrauchfaß zu Ehren des heiligen Sakraments geschwungen. Und das Mädchen war eine Schlampe, ein liederliches Ding, das zwei Jahre zuvor von der Schule abgegangen war und sich bereits puderte und schminkte.

Es versteht sich von selbst, daß der Pfarrer sogleich hart und entschlossen durchgriff. Mit seinem Schlehdornstock, den er stets mit sich führte, versetzte er der Schlampe einen heilsamen Hieb aufs Gesäß und schlug sie in die Flucht. Dann führte er den jungen Philpot, der noch immer Chorrock und Soutane trug, die Dorfstraße entlang zum Haus des Lehrers, das Ohrläppchen des Missetäters fest im Griff.

Dem Jungen wurde damit eine entsetzliche Demütigung zugefügt, denn einige der älteren Burschen lungerten noch am Kirchentor herum, ehe sie zum Tanzen nach Kilmolara gingen.

»Ich hab sie nur geküßt, Father«, verteidigte er sich und versuchte vergeblich, sein gepeinigtes Ohr zu befreien. »Davon wird sie doch nicht schwanger, oder?«

Der arme Father Coyne war über die vulgäre Entweihung der geheiligten Meßgewänder zu empört, um sich zu einer Antwort herabzulassen.

Aus Rücksicht auf die Anwesenheit des Geistlichen blieb Mr. Emmet ruhig und beherrscht und beschränkte sich auf die Zusicherung, er werde dem Bengel eine Lektion erteilen. Philpot gab später niemals preis, worin diese Lektion bestanden hatte, doch seinen Klassenkameraden fiel auf, daß er sich in der Schule eine ganze Woche lang kein einziges Mal hinsetzte.

Drei Monate später – nur eine Woche, nachdem Phelim O'Brien ins Heiliggeist-Noviziat gefahren war – schickte man Philpot als Internatsschüler ins Mount St. Joseph's College, eine höhere Knabenschule in Roscrea, die von Zisterziensermönchen geleitet wurde. Er war damals noch keine dreizehn Jahre alt.

Wenn jedoch seine Eltern oder Father Coyne – oder auch einer von den Stammgästen im Gannon's – gehofft hatten, eine solche Freiheitsbeschränkung könnte das Feuer in den Lenden des jungen Wüstlings löschen, so unterlagen sie einem traurigen Irrtum. Nach vier Jahren und drei Monaten strenger Zucht und Ordnung, verbissenen Lernens, unerbittlicher Leibesertüchtigung und gewissenhaftester Belehrung über die Sündhaftigkeit des Geschlechtlichen in all seinen schändlichen Erscheinungsformen kam Philpot Emmet über Weihnachten nach Hause – und geriet in ernstliche Schwierigkeiten.

Und zwar mit ebenjener Tochter von Jimmy McTigue, die, wie ihr Vater prahlte, in wenigen Jahren die Beamtenlaufbahn in Dublin einschlagen würde. Annie May war zwei Klassen über Philpot gewesen und hatte in dem Jahr, bevor er zu den Zisterziensern geschickt wurde, die Klosterschule in Kilmolara besucht. Während dieses Jahres machte es sich der verwegene junge Schwerenöter zur Gewohnheit, schon früh auf der zur Schule führenden Straße zu sein, um das Mädchen auf ihrem Fahrrad vorbeifahren zu sehen. Wenn es windig war – und das war es meistens –, blähte sich ihr Kleid und entblößte ihre schlanken weißen Beine, manchmal bis zum Schlüpfer hinauf. Aus Gründen, die Philpot mit seinem damaligen Wissensstand nicht ganz durchschaute, bereitete ihm dieser Anblick großes

Vergnügen. Wie bei den meisten jungen Burschen seiner Zeit kam die Natur pünktlich, die Aufklärung jedoch verspätet. Er kannte den Zustand der Erregung, aber niemand hatte ihm gesagt, daß daran etwas Schlechtes war. Natürlich wußte er, seit er denken konnte, um den allgemeinen theologischen Grundsatz, daß alles, was Spaß machte, garantiert verboten war. Aber er stellte keine Fragen, und bis zu dieser Sache mit dem Kuß hatte man ihm jegliche Auskunft über die Sünden der Fleischeslust vorenthalten.

Die Lektion, die ihm sein Vater mit dem Riemen einbleute, war erwartungsgemäß eher verwirrend als erhellend gewesen. Denn dabei verschmolzen Schande, Krankheit, Blindheit und Hölle zu einer einzigen, ungeheueren Konsequenz, die dem Jungen angesichts der begangenen Tat als vollkommen unverhältnismäßig erschien. Philpot, dessen angeborener Zynismus durch seine Erziehung noch verstärkt worden war, tat das Ganze als einen weiteren Versuch elterlicher Einschüchterung ab. Und die verhaltenen Vorträge über Keuschheit, die er im Mount St. Joseph's College zu hören bekam, dienten ihm nur zur klammheimlichen Belustigung, obwohl sie von beinahe allen seinen Klassenkameraden sehr ernst genommen wurden. So war es auch nicht verwunderlich, daß er nie in die »Wohltätige Bruderschaft der Marienkinder« in seiner Schule aufgenommen wurde. In seinem vierten Jahr bemühte er sich mächtig darum, doch nicht aus Frömmigkeit, sondern weil mit der Bruderschaftsmedaille der unpassende und inoffizielle Titel eines »G-Man« einherging. Ein G-Man zu sein bedeutete, daß die Jüngeren ehrfürchtig zu einem aufblickten und sogar die Gleichaltrigen Respekt zeigten, wenn man zum Aufsichtsschüler eines Schlafsaals oder zu einem Tischoberhaupt im Refektorium ernannt wurde. Philpots Betragen jedoch, das von unerlaubtem Rauchen in den Toiletten bis zu verbotenen Ausflügen in die Stadt reichte – wofür er beinahe der Schule verwiesen worden wäre –, schloß jede Möglichkeit aus, je in diesen elitären Kreis aufgenommen zu werden.

Mit nicht allzu frommen Gedanken im Kopf verließ der Bursche in Begleitung seiner Eltern und seiner Schwester an jenem verhängnisvollen Weihnachtsmorgen die Kirche. Er war gelangweilt von den drei aufeinanderfolgenden Messen, an denen er gezwungenermaßen teilgenommen hatte. Nach beinahe vier unerträglichen Monaten, in denen ihm nicht einmal der Anblick eines Mädchens vergönnt gewesen war, brachte der Emmetsche Geschlechtstrieb das Blut des Siebzehnjährigen gehörig in Wallung. Und bei der Aussicht, die nächsten zwei Wochen bei der Großmutter zuzubringen, trug er sich abwechselnd mit Mord- und Selbstmordgedanken. Daß er seine gesamten Ferien auf dem Hof seiner Großmutter mütterlicherseits in den Nephin-Bergen verleben sollte, war eine von Father Coyne ersonnene und von Mr. Emmet in die Tat umgesetzte Vorsichtsmaßnahme, um Schwierigkeiten mit dem Jungen zu vermeiden. Doch beim Anblick von Annie May McTigue, die plaudernd an der Kirchenpforte stand und in ihrem knallgelben Mantel und dem feuerroten Hut herrlich anzusehen war, erwachte seine Leidenschaft wie ein Ginsterbusch im März.

Matty O'Brien, ein Augenzeuge, schilderte diese Szene danach seinen Kameraden. »Pißpott«, erzählte er, »stürmt die Stufen hinunter wie ein Stier, der hinter einer Jungkuh her ist. Allerdings ist eine der Stufen vereist, so daß er ausrutscht, auf den Hintern plumpst und mit dem Kopf genau zwischen ihren Beinen landet. Annie May sieht zu ihm hinunter und sagt: ›Philpot, du schaust mir ja schon wieder unters Kleid.‹ Und wißt ihr, was Pißpott darauf erwidert? ›Die Macht der Gewohnheit‹, sagt er. ›Obwohl ich deinen Schlüpfer seit Jahren nicht mehr gesehen habe.‹«

In der Tat hatte Philpot Annie May kaum noch zu Gesicht bekommen, seit er das Mount St. Joseph's College besuchte. Doch bevor Philpot das Gespräch weiter vertiefen konnte, standen links und rechts von ihm Mr. und Mrs. Emmet. »Willst du gefälligst aufstehen, anstatt dich hier zum Narren zu machen!« befahl der Lehrer mit geziemender Entrüstung. Philpots Schwester kicherte ungeniert.

»Morgen ist in Kilmolara ein Tanzabend«, wandte sich Philpot an Annie May, während er noch immer auf dem Boden saß und seinen Vater ignorierte. »Vielleicht treffen wir uns dort?«

»Wahrlich, mein Junge, das kannst du dir aus dem Kopf schlagen«, schaltete sich Mr. Emmet ein. »Morgen gibt es für dich keinen Tanzabend. Und auch sonst nicht. Du fährst gleich morgen früh zu deiner Großmutter.«

«Wir sehen uns dann beim Tanz, Annie May«, meinte Philpot, erhob sich und schritt voller Würde davon. Das war so ziemlich das einzige, was er von seinem Vater geerbt hatte.

Mr. und Mrs. Emmet hatten es sich zur Gewohnheit gemacht, ihren Sohn am zweiten Weihnachtstag zur Großmutter zu fahren. Das taten sie jedes Jahr und nunmehr zum vierten Mal, seit Philpot beim Techtelmechtel mit dem Mädchen hinter der Kirche erwischt worden war. Aber als Mr. Emmet an dem besagten Morgen die Anlaßkurbel drehte, gab der Ford nur ein einziges, kurzes Geräusch von sich, das dem Röcheln eines verendenden Pferdes glich. Dann herrschte Stille, abgesehen von Mr. Emmets Ächzen, als er immer wieder vergeblich die Kurbel drehte.

Der junge Philpot stand mit undurchdringlicher Miene da

und beobachtete, den Koffer in der Hand, das Gekurbel seines Vaters. Schließlich gab Mr. Emmet sich geschlagen und erklärte, er müsse zum Postamt gehen und einen Mechaniker aus Kilmolara rufen, doch der Bursche ließ sich keinerlei Erleichterung über die ihm damit gewährte Gnadenfrist anmerken. Als der Lehrer zurückkehrte und kundtat, daß der Mechaniker erst in zwei Tagen zur Verfügung stehen würde, bemerkte Philpot lediglich: »Na, dann kann ich den Koffer ja erst mal wieder wegstellen.«

Der Vater faßte seinen Sohn scharf ins Auge, konnte jedoch keine Anzeichen eines Triumphes erkennen. Und obwohl er argwöhnte, daß der Junge bei dem Wagendefekt die Hand im Spiel gehabt hatte, vermochte er ihm nichts nachzuweisen und somit nichts zur Last zu legen. Allerdings konnte er sich eine letzte boshafte Bemerkung nicht verkneifen, als Philpot ins Haus zurückkehrte.

»Glaub ja nicht, daß du heute abend zum Tanzen gehen wirst, mein Junge.«

Den kalten, frischen Nachmittag brachte Philpot mit Ballspielen auf dem Sportplatz neben der Kirche zu. Als die Familie um neun Uhr wie üblich den Rosenkranz betete, gähnte er pausenlos, erklärte, er sei schrecklich müde, und begab sich danach gleich auf sein Zimmer. Ehe sein Vater eine Stunde später zu Bett ging, lauschte er vor der Tür des Jungen und vernahm von drinnen ein lautes, herzhaftes Schnarchen.

Mr. Emmet wunderte sich, daß sein Sohn am nächsten Morgen so lange schlief, denn eigentlich war Philpot ein Frühaufsteher. Einmal öffnete der Vater sogar die Tür zu seinem Zimmer in der Absicht, den Burschen aus den Federn zu holen, doch angesichts des reglosen Bündels entschied er großmütig, ihn noch ein Weilchen schlafen zu lassen. Gegen elf Uhr, als Mr. Emmet vor dem Haus seinen Wagen putzte, bemerkte er Jimmy McTigue, der in größter Eile auf seinem Fahrrad die Straße herauffuhr. Das war ein höchst ungewöhnlicher Anblick. Denn wie jedermann wußte, ließ sich Jimmy von nichts und niemand aus der Ruhe bringen. Deshalb wurde ihm auch von den Schlaumeiern in Gannon's Pub prophezeit, er werde noch zu spät zu seiner eigenen Beerdigung kommen.

»Wo steckt dieser hinterhältige geile Bock?« brüllte der Bauer aus Leicaun, ließ am Gartentor sein Fahrrad fallen und hastete auf den Lehrer zu.

»Guten Tag, Jimmy, wie geht's?« erwiderte Mr. Emmet freundlich und hielt gelassen in seiner Putzarbeit inne. Allerdings befaßte sich sein hochgerühmter Verstand bereits mit der Frage, ob zwischen der Aufregung dieses Mannes und seinem Sohn, der noch in seinem Zimmer schlief, etwa ein Zusammenhang bestand. Er erinnerte sich an den Zwischenfall am Weihnachtsmorgen.

»Meine Annie May ist vom Tanz gestern abend nicht nach Hause gekommen«, keuchte McTigue und baute sich breitbeinig, die Arme in die Seiten gestemmt, vor dem Lehrer auf – eine solche Pose einzunehmen erdreisteten sich nur wenige Männer in der Gemeinde.

»Noch immer nicht?« meinte Mr. Emmet und entspannte sich ein wenig. Zumindest konnte er bezeugen, wo sein Sohn sich vergangene Nacht aufgehalten hatte. »Es tut mir leid, das zu hören.« Er wischte sich ein wenig Lackpolitur vom Finger. »Meinem Philpot erlaube ich nicht, zu derartigen Veranstaltungen zu gehen«, fügte er in etwas herablassendem Ton hinzu. »Da treibt sich allerhand Gesindel herum, man weiß nie, wozu das führt. Heutzutage ist man besser beraten, wenn man dafür sorgt, daß seine Kinder zu Hause bleiben. Besonders natürlich die Mädchen.«

Hätte Mr. Emmet auch nur im mindesten auf Jimmy McTigues Gesichtsausdruck geachtet, wäre er wohl nicht so selbstgefällig gewesen. »Ihr Sohn, Mr. Emmet«, stieß der schwer atmende McTigue hervor, »gehört selbst zum allerschlimmsten Gesindel. Es gibt keinen übleren Halunken als Ihren Pißpott. Dieser verdammte Lump war gestern abend bei diesem Tanz in Kilmolara. Und er ist zusammen mit meiner Tochter gegangen. Und seitdem hat sie kein Mensch mehr gesehen. Ich bin hergekommen, weil ich Ihren Sohn suche. Und wenn ich ihn finde, prügle ich ihn windelweich, bis er mir sagt, wo meine Tochter ist und was er mit ihr angestellt hat. Haben Sie mich verstanden, Mr. Emmet?«

McTigues Frage klang so drohend, daß der Schulmeister einen Schritt zurückwich. Doch dann umgab er sich mit dem Glorienschein seiner ungeheuren Würde und entgegnete: »Nur die Ruhe, guter Mann. Mein Sohn war gestern abend nicht in Kilmolara. Er verbrachte die Nacht, wie es sich gehört, hier zu Hause in seinem Bett. Davon habe ich mich selbst überzeugt. Tatsächlich liegt er sogar immer noch im Bett. Und zum Beweis werde ich ihn jetzt holen.«

Mit diesen Worten trat Mr. Emmet den Rückzug ins Haus an und ließ den tobenden Bauern draußen vor der Tür stehen. Er stürmte ins Zimmer seines Sohnes, zog an der Bettdecke und rief: »Los, Philpot, raus aus den Federn, du fauler Nichtsnutz. Da draußen ist jemand, der dich sprechen will.«

Doch kaum hatte er geendet, schoß ihm der unangenehme Gedanke durch den Kopf, daß sein Sohn sich vielleicht gar nicht unter dieser Decke befand. All sein Zerren und Ziehen bewirkte lediglich Geräusche ähnlich wie bei Blähungen und ein sichtliches Zusammenschrumpfen, bis er erkannte, daß Philpot, sofern er nicht an überschüssigen Gasen geplatzt war, nicht in diesem Bette lag. Mr. Emmet schlug die Decken und Laken zurück und enthüllte dabei nur den Schlafanzug des Jungen sowie einen letzten noch aufgeblasenen Luftballon.

»Ich bringe den Bastard um!« ereiferte sich McTigue, nachdem ihn Mr. Emmet über den Stand der Dinge unterrichtet hatte. Die Bezeichnung »Bastard« war jedoch, selbst in diesem emotionsgeladenen Augenblick, eine verhängnisvolle Taktlosigkeit. Wie hinlänglich bekannt, reagierte Mr. Emmet sehr empfindlich auf diesen Ausdruck. Manche Leute behaupteten nämlich mit Verweis auf die Heirats- und Geburtsdaten, daß Mr. Emmet höchstselbst als unehelicher Bastard gezeugt worden war. Sei dem, wie es wolle, sein Sohn jedoch war – was immer er sich gerade hatte zuschulden kommen lassen – dem denkbar züchtigsten Ehestand entsprossen. Und Mr. Emmet nahm es nicht hin, daß ein Flegel aus Leicaun an seiner Ehre oder an der seiner Frau rührte.

»Bei Gott, wenn Sie Ihre Zunge nicht im Zaum halten, Sie Rüpel, dann bekommen Sie meine Fäuste zu spüren!« brüllte der kleinwüchsige Mr. Emmet, der in seinem Zorn kurzzeitig seine vielgepriesene Würde vergaß. Und im übrigen auch seine Klugheit, denn Jimmy McTigue war über eins achtzig groß und von bulliger Statur.

»Nur zu«, brüllte der Mann aus Leicaun zurück. »Und ich trete Ihren kahlen Schädel von hier bis nach Kilmolara, und dann ...«

»Sind wir hier eigentlich unter Wilden?« In der Tür erschien Mrs. Emmet, deren leise, aber scharfe Lehrerinnenstimme den wutentbrannten McTigue sofort zur Räson brachte.

»Entschuldigen Sie, Ma'am«, murmelte er kleinlaut, »ich ...«

»Wir sollten wohl am besten mit Father Coyne sprechen«, erklärte Mrs. Emmet entschlossen. Und weder ihrem Gatten noch Jimmy McTigue kam ein Wort über die Lippen, während sie die etwa hundert Meter zum Pfarrhaus zurücklegten.

»Donnerwetter, das ist mir vielleicht ein Früchtchen«, meinte der Priester, als er von der Sache erfuhr. Sie alle standen im Besuchszimmer; die Angelegenheit war zu dringlich, um sich zu setzen.

»Wenn ich ihn in die Finger kriege, werde ich ihm aber gewaltig aufs Dach steigen«, verkündete Mr. Emmet und rieb sich fest die Hände, als wollte er sich bereits auf seine Aufgabe einstimmen.

»Ich tret ihm ...«, begann Jimmy McTigue und verstummte, denn der Respekt vor der geistlichen Tracht überwog seinen gerechten Zorn.

»Wir sollten zur Polizei gehen«, bemerkte Mrs. Emmet ruhig.

»Ja, genau, das tun wir«, pflichtete Father Coyne ihr bei. »Addis, du und Jimmy, ihr begleitet mich nach Kilmolara.«

»Inzwischen können sie schon weiß Gott wo sein.« Mr. Emmet sprach geistesabwesend, als wäre er in Gedanken weit weg. »Vielleicht sogar in Dublin. Und morgen bereits in London. Was sollen wir nur tun?«

»Bestimmt hat er mein Mädchen entehrt«, sagte Jimmy McTigue nun schicksalsergeben. »Sie müssen heiraten, nicht wahr, Father, das müssen sie doch?« Seine Stimme klang bange, aber nicht sonderlich verzweifelt.

»Grundgütiger Himmel!« rief Addis Emmet aus. Dann schlug er die Hände vors Gesicht, wandte den anderen den Rücken zu und begann zu weinen. Sein Körper bebte, er schluchzte vernehmlich, und keiner wußte, wie man ihn trösten konnte. Sogar Mrs. Emmet, die ihren Mann in achtzehn Jahren Ehe nicht einmal hatte weinen sehen, stand einige Augenblicke lang hilflos da und sah mit an, wie sich seine Schultern hoben und senkten. Schließlich schlang sie von hinten die Arme um ihn und murmelte so ausdrucksvolle Worte wie: »Na, na, schscht!« und: »Weine nicht, mein Schatz, es wird schon alles wieder gut.«

»Nichts wird gut!« platzte Mr. Emmet heraus, dessen Verzweiflung wieder in Wut umschlug. »Der blöde Kerl! Von mir hat er das nicht!« Dabei funkelte er Mrs. Emmet an, die seinen Blick mit gequälter Miene erwiderte, aber schwieg.

»Laßt uns jetzt lieber fahren«, meinte Father Coyne.

Mit dem Wagen des Gemeindepfarrers brachen die drei Männer nach Kilmolara auf. Kaum hatten sie Creevagh hinter sich gelassen, begegneten sie Paddy Moran, der zugab, daß er das Paar gestern beim Tanz gesehen hatte. Wohin die beiden danach gegangen waren, wußte Paddy allerdings nicht zu sagen.

Die Polizei erwies sich selbstverständlich als äußerst hilfsbereit. Wachtmeister Kirwin, der Mr. Emmet beinahe freundschaftlich verbunden war, verbrachte eine ganze halbe Stunde damit, Einzelheiten festzuhalten und detaillierte Fragen zu den Kleidungsstücken der beiden zu stellen. Dezent erkundigte er sich sogar nach Art und Farbe von Annie Mays Unterwäsche – »nur im Rahmen meiner dienstlichen Pflichten, Father«, erklärte er angesichts der erschrockenen Miene des Pfarrers. Und er versprach, sich am Bahnhof nach dem Pärchen zu erkundigen. Denn von Kilmolara ging ein Morgenzug nach Claremorris, wo man Anschluß nach Dublin hatte.

Als sie nach Creevagh zurückkehrten, wurden sie bereits von Mrs. Emmet im Pfarrhaus erwartet. »Philpot ist jetzt daheim«, sagte sie mit ihrer leisen Stimme. »Und er behauptet, daß Annie May inzwischen auch wieder zu Hause ist.«

»Ich möchte die beiden hier und heute noch sprechen«, erwiderte Father Coyne scharf. »In einer Stunde stehen sie vor meiner Tür.«

Und das taten sie. Abgeliefert von ihren schmallippigen Vätern, die erst gingen, als ihnen der Pfarrer versicherte: »Ich behalte die beiden schon im Auge.«

»Dieser Raum steht unter dem Beichtsiegel«, erklärte ihnen Father Coyne, nachdem sie im Empfangszimmer Platz genommen hatten. »Nichts, was hier gesagt wird, wird jemals nach draußen dringen. Habt ihr verstanden?«

»Ja, Father«, erwiderte Philpot trotzig. Annie May sah verheult aus.

»Wo wart ihr also letzte Nacht?«

Die beiden schauten einander an, dann senkte Annie May den Kopf, und Philpot räusperte sich. »Wir waren bei Annie Mays Großmutter«, gestand der Junge.

»So, so. Und deine Großmuter hat euch dort übernachten lassen, Annie May?« In den Augen des Priesters lag ein kaltes, argwöhnisches Glitzern.

»Meine Oma ist seit letzter Woche im Krankenhaus in Castlebar«, bekannte Annie May und blickte schüchtern zu dem Geistlichen auf. »Sie hat eine leichte Lungenentzündung. Und solange sie weg ist, sehe ich in ihrem Haus nach dem Rechten.« Es schien, als würde sie gleich wieder losheulen.

»Ich verstehe«, sagte Father Coyne. Eine Weile saß er schweigend da und starrte auf den Tisch, als hätte er ein Schachbrett vor sich und überlegte seinen nächsten Zug. »Habt ihr miteinander geschlafen?«

Philpot warf zuerst einen Blick auf Annie May, doch diese

hielt weiterhin den Kopf gesenkt. Dann richteten sich seine großen braunen Augen auf den Priester. »Äh, nein, Father, ganz und gar nicht«, meinte er mit entwaffnender Unschuld. »Wir haben die ganze Nacht kein Auge zugetan.«

Wie immer bei solchen Angelegenheiten wuchs letztlich auch über diese Sache Gras. Philpot wurde ins Mount St. Joseph's College zurückgeschickt, um seinen Abschluß zu machen. Jimmy McTigue drohte Mr. Emmet noch eine Zeitlang, wenn bei seiner Tochter »noch was nachkommt«, dann müßte geheiratet werden. Aber das war nicht der Fall, und so kam es auch nicht dazu. Nach kurzer Zeit hörten die Männer im Gannon's auf, sich über Philpot lustig zu machen. Der traurige Anblick des gedemütigten Vaters – obwohl man gerechterweise sagen muß, daß der Schulmeister den Kopf höher trug als je zuvor – machte allen Witzen auf Kosten des Jungen bald ein Ende.

Was Philpot betraf, so waren sich die Klatschmäuler in ihrem endgültigen Urteil einfach noch nicht sicher. Aber sie wußten genau, daß das noch längst nicht seine letzte Eskapade gewesen war. Nein, ganz bestimmt nicht.

DAS FORMAT EINES PRIESTERS

Phelim O'Brien kam jeden Sommer nach Hause, um die Ferien bei seiner Familie zu verbringen. Er blieb immer genau einen Monat, am ersten August reiste er an, am einunddreißigsten fuhr er wieder. Und jeden Morgen radelte er, in schwarzem Anzug und mit Stehkragen, zur Neun-Uhr-Messe nach Creevagh und wieder zurück.

»Himmel, er sieht schon ganz wie ein Priester aus«, sagte Pat Moloney eines Morgens zu Thomas Ruane. Die beiden fuhren in Thomas' Eselskarren zum Torfstechen, als Phelim sie auf seinem Heimweg überholte.

»Er hat die richtigen Kleider an«, nickte Thomas. »Und er kann auch weiß Gott etepetete daherreden. Aber er hat noch nicht das richtige Format für 'nen Priester.« Dabei versetzte er dem Esel einen Stockhieb, um ihn den Hügel hinaufzutreiben.

»Tja, da hast du wohl recht«, stimmte Pat zu, aber man sah ihm an, daß er nicht den leisesten Schimmer hatte, wovon Thomas eigentlich sprach.

»Ein Priester hat irgendwie so was Geheimnisvolles an sich, verstehst du«, führte Thomas weiter aus. »Darin unterscheidet er sich von unsereinem. Beim Markt in Kilmolara hat mir mal einer erzählt, daß du 'nen Priester schon erkennen kannst, wenn du nur nahe genug neben ihm stehst, du brauchst ihn gar nicht zu sehen. Und ich hab es selber gemerkt an Father Coyne, letzten Monat beim Kreuzweg.«

»Ist es denn die Möglichkeit?« staunte Pat. »Donnerwetter! Und was ist es, was Father Coyne deiner Meinung nach von dir und mir unterscheidet?«

»Verflucht, wenn ich das nur wüßte«, entgegnete Thomas. »Aber es ist eben trotzdem da. Wahrscheinlich ist das gerade das Geheimnisvolle daran. Wenn du mit ihm redest, spürst du, daß er mehr ist als nur ein gewöhnlicher Mensch.«

Doch Phelim O'Brien, der langsam nach Hause radelte, fühlte sich an diesem Morgen weit geringer als ein gewöhnlicher Mensch. Erstens hätte er beinahe die Messe geschwänzt. Zweitens bereute er, daß er zur Heiligen Kommunion gegangen war, denn es war gut möglich, daß er eine Todsünde auf sich geladen hatte. Das Sakrament im Stand der Sünde zu empfangen war weitaus schlimmer, als erst gar nicht an die Kommunionbank zu treten. Und obendrein hatte er sich zum ersten Mal im Leben wirklich und wahrhaftig gewünscht, er wäre tot, was möglicherweise ebenfalls eine Todsünde war. Und das alles wegen Reddy Ryan. Auch wegen Catherine McGrath natürlich, aber es war vor allem Reddys Schuld, er hatte ihn in diese Lage gebracht. Nicht, daß Phelim völlig unschuldig war; er hätte eben keine schlafenden Hunde wecken sollen.

»Ich habe gehört, Catherine heiratet«, hatte er beiläufig zu Reddy gesagt und damit die Lawine losgetreten, am Sonntag nachmittag auf Mulligans Feld nach dem Fußballtraining, mit dem sich das Creevagh-Team auf das Halbfinale um den O'Hara-Pokal vorbereitete. In einem Brief letzten Monat hatte seine Mutter kurz die bevorstehende Hochzeit erwähnt, aber um keinen Preis der Welt hätte er zu Hause nachgefragt.

Womöglich hätten sie ja gedacht, daß er immer noch in Catherine verknallt war, und das stimmte nun mal nicht. Obwohl er einen dumpfen Schmerz in seinem Inneren verspürt hatte, als er davon las. Aber ausgerechnet Thomas Ryan zu heiraten! Der Mann hätte ihr Großvater sein können. Was um alles in der Welt war in sie gefahren? Und so hatte er seine Neugier nicht zügeln können, als er vom Platz ging und sich dabei die Gelegenheit bot, mit Reddy unter vier Augen zu sprechen.

»Frag mich bloß nicht danach«, knurrte Reddy ihn an. »Schon beim Gedanken daran könnte ich kotzen.« Ein Blick in Reddys Gesicht sagte Phelim, daß sein Freund Höllenqualen litt.

»Ach ja, hattest du nicht auch mal ein Auge auf sie geworfen?« Ihm fiel ein, daß Reddy stets noch schweigsamer geworden war, sobald Catherine auftauchte.

»Und was hat's mir gebracht?« Phelim konnte die Bitterkeit in Reddys Worten beinahe schmecken. »Ich bin ihr wohl zu jung.« Er stützte sich mit den Händen auf der Mauer ab und schwang sich darüber, anstatt durch den Durchbruch hinauszugehen.

»Wie alt ist er denn überhaupt?« Catherine war erst einundzwanzig, genauso alt wie Reddy und er selbst.

»Mein Vater wird Michaeli neunundfünfzig, und Thomas ist gut zwei Jahre älter. Er ist mein Taufpate, Herrgott noch mal!« brüllte Reddy und sah sich dann verlegen um, ob ihn wohl jemand gehört hatte. Sie waren schon fast an der hinteren Zufahrt zu Mulligan's Bar, Lebensmittel & Gemischtwaren, aber die übrigen Burschen trotteten ein ganzes Stück hinter ihnen her. »Wieso, verdammt noch mal, will sie so einen heiraten?« flüsterte Reddy mit gequälter Stimme.

»Das weiß der Himmel«, erwiderte Phelim und war dankbar, daß er schon seit langem über die Rothaarige aus Knokkard hinweg war. Ein Jahr als Novize und bereits zwei im Scholastikat hatten ihn von seinen romantischen Schwärmereien geheilt. Er war inzwischen ein erfahrener Zölibatär und mit seinem Los durchaus zufrieden.

»Er hat Geld und Grundbesitz, daran liegt's«, meinte Reddy und klang sehr verdrießlich dabei. »Seine Frau hat vor Jahren eine Menge Geld geerbt, als ihr Vetter in Amerika gestorben ist. Und jetzt, da die Frau, der Herr sei ihr gnädig, ebenfalls tot ist, gehört das alles Thomas.«

»Du glaubst, sie heiratet ihn wegen seines Geldes?« Daß seine Catherine, der er einst so zugetan gewesen war, derart materialistisch eingestellt sein könnte, war ein betrüblicher Gedanke. Sein eigenes Armutsgelübde, das er am Ende seines Noviziats abgelegt hatte, hatte all seine Wünsche nach irdischen Besitztümern erstickt. Und seitdem war er ein glücklicherer Mensch.

»Warum denn sonst? Doch bestimmt nicht wegen... ach, schon gut.« Reddy wurde plötzlich rot. Schweigend gingen sie bis zur Kirchenpforte, wo sie ihre Fahrräder abgestellt hatten. »Du warst ja mal sehr dicke mit ihr«, erinnerte sich Reddy und klemmte sein Trikot und seine Schuhe in den Gepäckträger. »Ich sehe noch heute vor mir, wie ihr zwei in Kilmolara zusammen getanzt habt. Wir haben euch immer die Turteltäubchen genannt.« Doch Phelim spürte die Unsicherheit hinter Reddys Grinsen. Bereits jetzt behandelten ihn seine Kameraden mit der Ehrerbietung, die einem Geistlichen zukam.

»Das ist schon lange her. Seitdem ist viel Wasser den Bach hinuntergeflossen«, entgegnete Phelim, nun ebenfalls verlegen. Nur ungern dachte er an sein albernes Betragen damals vor drei Jahren, kurz bevor er Novize geworden war.

»Meinst du nicht«, bemerkte Reddy beiläufig, während sie langsam auf der Straße nach Hause radelten, »du solltest ihr vielleicht mal ins Gewissen reden?«

»Wem?« Phelim war gerade tief in Gedanken versunken gewesen, weil ihn die Tatsache beunruhigte, daß er an diesem Tag sein Brevier noch nicht einmal aufgeschlagen hatte. Dabei war es bereits fünf Uhr, er hätte schon alle Gebete bis auf die Vesper und die Komplet gesprochen haben müssen. So lautete die Regel, die er zu Hause ebenso befolgen mußte wie im Scholastikat. Das Fußballspielen hatte ihn abgelenkt: Er wollte gegen Ballindine antreten, bevor er zurückfuhr. Aber vielleicht sollte er darauf verzichten, wenn das sein geistliches Leben beeinträchtigte.

»Catherine«, erklärte Reddy, und er mußte heftig schlucken. Erst nach mehrmaligem Räuspern konnte er fortfahren. »Ich meine, auf dich hört sie vielleicht, wenn du was zu ihr sagst. Ich weiß, daß sie jemandem wie mir nicht zuhören würde, aber wenn jemand wie du ...« Reddy senkte den Kopf und trat wie wild in die Pedale.

»Was sollte ich ihr denn sagen?« An der Abzweigung nach Turloughmor stiegen sie von den Rädern und warteten auf die anderen Burschen. »Liebe, teure Catherine«, fing Phelim an und äffte mit seinen fuchtelnden Armen Father Coyne auf der Kanzel nach, »halte dich fern von diesem komischen alten Kauz, Thomas Ryan, mit all seinem Land und all seinem Geld. Nimm ihn nicht zum Mann! Eheliche statt dessen diesen hochgewachsenen, schlaksigen, gutaussehenden jungen Idioten zu meiner Rechten, den wahren und einzigen Reddy Ryan, den zweitbesten Fußballspieler der Gemeinde von Creevagh, der allerdings nicht einen Penny sein eigen nennt, und dein Lohn im Himmel wird dir gewiß sein.«

Doch Reddy entging die Ironie dieser Darbietung. »Es wäre prima, wenn du ihr so etwas sagen könntest. Aber laß ruhig weg, daß ich keinen Penny habe, auch wenn es die Wahrheit ist.«

»Stell dich doch nicht so blöd, Reddy!« brüllte ihn Phelim jetzt an. Er hatte den Scherz weit genug getrieben. »Ich kann doch nicht einfach zu Catherine McGrath gehen und mit ihr über dich reden. Ich hab seit Jahren nicht mal mehr ›Hallo‹ zu ihr gesagt.« Das stimmte. Er hatte einen Bogen um sie gemacht oder sie um ihn, oder Gott hatte dafür gesorgt, daß sie sich nicht begegnet waren. Und so war es auch gut. Sie gingen sonntags in unterschiedliche Messen, und natürlich besuchte Phelim keine Tanzveranstaltungen mehr. Einmal hatte er sie letztes Jahr gesehen, als er in Kilmolara auf dem Weg zu Mrs. Walshs Buchladen die Glebe Street hinuntergegangen war; sie kam ihm auf der anderen Straßenseite entgegen, aber entweder hatte sie ihn nicht gesehen oder nicht sehen wollen, obwohl er den Blick auf sie geheftet hielt, bis sie an ihm vorübergegangen war.

»Es würde einen himmelweiten Unterschied machen, wenn du mal ein Wörtchen mit ihr redest«, beharrte Reddy. »Jeder sagt, daß sie bescheuert ist, wenn sie ihn heiratet, aber keiner sagt es ihr ins Gesicht.«

»Das kann ich nicht«, entgegnete Phelim heftig. Schon beim bloßen Gedanken daran rumorte es unbehaglich in seinem Magen. »Es wäre nicht recht, wenn ich etwas dagegen sagen würde.«

»Gleich werfe ich mich auf die Knie und flehe dich an«, verkündete Reddy und setzte es, hier an der Abzweigung nach Turloughmor, sogleich in die Tat um. In seiner aufrichtigen Verzweiflung ließ er dem armen Phelim keine andere Wahl, als schließlich nachzugeben. Na gut, lenkte er ein, er würde es tun. Das war Sonntag abend gewesen. Am Montag abend nach dem Melken war Reddy bei Phelim vorbeigekommen und hatte ihn auf den Hof hinausgerufen, wo er ihn im Flüsterton fragte, ob er schon mit ihr gesprochen habe. Natürlich hatte Phelim das noch nicht getan. Am Dienstag suchte er ihn wieder heim. Und am Mittwoch hingen Reddys Mundwinkel so tief, daß Phelim ihm feierlich versprach, am Donnerstag zu ihr zu gehen, komme, was da wolle. Und das tat er auch.

Es war am hellichten Nachmittag. Weil seine Mutter nicht wissen sollte, wohin er ging – sie hatte für Catherine McGrath nichts übrig –, hatte er ihr gesagt, er würde einen Spaziergang machen, was auch keine Lüge war. Er bog in die Einfahrt zum Haus der McGraths ein und hoffte, daß niemand auf den umliegenden Äckern ihn dabei sah. Als er den Gartenweg entlangmarschierte, beschlich ihn ein merkwürdiges Gefühl, dabei war er als Knirps doch ständig hier ein und aus gegangen. »Der Herr segne euer Haus«, sagte er durch die offene obere Türhälfte in die Küche hinein und betete, es möge niemand zu Hause sein. »Dich auch«, schallte Catherines Stimme heraus. Aber Gott sei Dank war sie allein. Die anderen seien draußen auf dem Feld Hafergarben schichten, sagte sie, nahm einen Topf vom Herd und trug ihn zur Hintertür. »Und wie geht es dir so, Phelim? Wir haben dich ja seit Ewigkeiten nicht mehr gesehen.« Catherine trug weder Strümpfe noch Puder oder Lippenstift, so daß ihre Sommersprossen deutlich hervortraten. Ihre Augen, in die er nur ganz kurz blickte, wirkten müde. »Ich gehe auch gleich aus dem Haus. Ich muß nach Kilmolara, zur Schneiderin.«

Phelim wußte einfach nicht, was er sagen sollte. Natürlich freute er sich, sie zu sehen, aber zugleich fühlte er sich unbeholfen wie ein neugeborenes Kalb und wünschte fast, er wäre nicht gekommen. Sie war ebenfalls schrecklich zugeknöpft, kein Vergleich mit dem ausgelassenen Mädchen, an das er sich erinnerte. Er mußte an die Zeit zurückdenken, als ihre Mutter gestorben war, sie waren damals in Kilmolara in die erste Klasse gegangen. Ein ganzes Jahr lang hatte sie einen Trauerflor am Ärmel getragen, weder gelacht noch gelächelt und nur über ernsthafte Dinge gesprochen. Jetzt erkundigte sie sich höflich nach allen seinen Familienangehörigen, obwohl er wußte, daß Catherine sie nicht besonders mochte, vor allem seine Mutter nicht. Dann sprach sie von ihrer Mutter, möge sie in Frieden ruhen. Und über ihren Vater und daß es immer schwieriger werde, mit ihm auszukommen. Ein paar abfällige Bemerkungen galten ihrer Schwester Delia, die nur Jungs und Tanzen im Kopf hatte und im Haushalt keine große Hilfe war. Catherine bot ihm an, mit in den Hof zu kommen, wo sie noch die Hühner füttern mußte, schlug aber sein zuvorkommendes Angebot aus, den Eimer mit dem Schweinefutter für sie zu tragen. »Da machst du dir nur den Anzug schmutzig«, meinte sie. Und die ganze Zeit über blieb ihr Tonfall so höflich und unverbindlich, als würde sie mit Father Coyne reden. Phelim wünschte, sie würde ihn nach dem Scholastikat fragen, aber Catherine erwähnte es nicht einmal. Auch nicht, als sie über den Acker zum Teich gingen, wo sie den Gänsen trockenes Brot hinwarf und dann auf einen kleinen schwarzen Gänserich in der weißen Schar deutete. »Keine Ahnung, wo er herkommt«, sagte sie. »Ich nenn ihn den Priester, weil er mich an dich erinnert.« Doch dabei huschte kein Lächeln über ihr Gesicht, und sie sprach auch nicht weiter über den Gänserich oder über ihn, ganz als wäre sein gegenwärtiges Leben nicht von Interesse für sie. Auf dem Rückweg zum Haus zermarterte er sich das Hirn, was er sagen könnte, und da fiel ihm ein, daß letztes Jahr die Rede davon gewesen war, Catherine würde eine Stellung in Dublin annehmen. »Nein«, erwiderte sie, als er sie danach fragte, »daraus wird nichts. Ich heirate.« Unvermittelt platzte sie damit heraus, während sie ihm den Rücken zuwandte und im Herd Torf nachlegte. »Ich weiß nicht, ob du schon davon gehört hast.«

Sie hatte Phelim überrumpelt. Jetzt stand er da, mitten in der Küche, wurde auch noch rot, verdammt noch mal, und mußte ein paarmal schlucken. »Man hat's mir erzählt«, wollte er beiläufig sagen, aber es klang in seinen Ohren wie das Quaken einer Ente.

»Nächsten Monat«, sprach sie weiter und drehte sich zu ihm. »Deshalb muß ich auch zur Schneiderin.«

Damit war der Anfang gemacht, und er hätte jetzt sagen können, was zu sagen er gekommen war. Aber es ging nicht. »Viel Glück«, war alles, was er herausbrachte. Daraufhin schenkte sie ihm zum ersten Mal, seit er gekommen war, ein Lächeln und ging dann an ihm vorbei durch die Küche in ihr Zimmer.

»Freust du dich für mich?« rief sie ihm von dort aus zu.

»Ist es das, was du willst?« fragte er zurück. Doch er bekam keine Antwort. Phelim nahm an, daß Catherine sich umzog, und versuchte, sich nicht vorzustellen, wie sie sich gerade die Kleider vom Leib streifte. Doch schon eine Minute später war sie wieder da, sie trug noch immer dasselbe und hatte ein paar Kleidungsstücke auf dem Arm, die sie über einen Stuhl legte.

»Ich muß mich umziehen für die Stadt.« Dabei drehte sie ihm den Rücken zu und schlüpfte aus ihrem Pulli, schnappte sich dann einen anderen vom Stuhl und zog ihn sich über den Kopf. Phelim spürte, wie er dunkelrot anlief, indes zwei Seelen in seiner Brust rangen: Die Natur drängte ihn, einen Blick auf das nackte Fleisch zu erhaschen, der Anstand hingegen gebot ihm, die Augen abzuwenden. Schließlich gewann die Natur die Oberhand, doch Catherine entblößte beim Umkleiden nicht einmal einen Arm.

»Du heiratest Thomas Ryan«, sagte er, ging zum Herd und gab sich die größte Mühe, möglichst normal zu klingen.

»Ja.« Das war alles, und sie wandte ihm dabei weiterhin den Rücken zu. Nun nahm sie einen roten Rock von der Stuhllehne, stieg hinein und zog ihn über den schwarzen, den sie bereits trug. Phelim fühlte, wie sein Blutdruck stieg.

»Warum hast du dich für Thomas entschieden?« krächzte er.

»Ist das die feine Art, einem eine solche Frage zu stellen?« Dabei drehte sie sich um und sah ihm direkt in die Augen, bückte sich dann und zog den schwarzen Rock unter dem roten heraus. »Tja, wenn du zu haben gewesen wärst...« Ein zauberhaftes Lächeln huschte über ihre Lippen, während sie den schwarzen Rock vom Boden aufhob und ihn zusammengefaltet über den Stuhl legte.

»Findest du nicht, daß er...«, setzte Phelim an, doch dann zuckte er bloß die Achseln, es war ihm zu peinlich weiterzusprechen.

»Alt genug ist, um mein Vater zu sein?« Catherine starrte ihn immer noch an, doch ihr Lächeln war verschwunden. »Dann will ich Ihnen mal was sagen, Father O'Brien. Auch in einer alten Geige steckt noch Musik. Thomas Ryan ist nur den Jahren nach alt, ansonsten ist er jünger und lebendiger als eine ganze Menge Leute, die ich kenne und die nicht einmal halb so alt sind wie er.« Damit schnappte sie ihre Sachen vom Stuhl und rauschte aus der Küche.

Mehr gab es dazu nicht zu sagen. »Ich geh dann jetzt«, murmelte er, als sie wieder auftauchte. »Sonst kommst du wegen mir noch zu spät zu deiner Schneiderin.«

»Ach, Quatsch, setz dich hin und trink eine Tasse Tee mit mir«, forderte sie ihn nun fröhlich und mit einem herzlichen Lächeln auf, als hätte sie mit ihren alten Kleidern zugleich ihre Steifheit abgelegt. »Die Schneiderin kann warten. Schließlich besucht mich nicht alle Tage ein Priester. Schon gar nicht einer, in den ich mal verknallt war.« Dieses spitzbübische und zugleich sanfte Lächeln, ja, das war die Catherine, die er kannte. Sie holte zwei Tassen und Untertassen aus der Anrichte und goß aus einer Kanne, die auf dem Herd vor sich hin köchelte, Tee für sie ein. »Setz dich an den Tisch«, schlug sie vor, »und laß uns ein bißchen über die alten Zeiten plaudern.«

Das taten sie dann, wenngleich Catherine den Hauptteil des Gespächs bestritt. Sie schwelgte in Erinnerungen, wie sie zusammen in die Schule geradelt und nach Kilmolara zum Tanzen gegangen waren. Sie sprach über das Theaterstück, das Addis Emmet einmal an Weihnachten in Mulligans Dachboden aufgeführt hatte und bei dem sie beide mitgewirkt hatten. Und über die Zeit, als sie beide noch klein gewesen waren und sich in Thomas Ryans Obstgarten geschlichen hatten, wo sie von seinem einzigen guten Apfelbaum Äpfel klauten, bis sein bissiger Schäferhund sie verjagte. »Tja, wer hätte das damals gedacht«, sinnierte sie. Noch immer war kein Wort über das Scholastikat gefallen. Doch das war Phelim inzwischen egal, denn je länger sie miteinander redeten, desto weniger Jahre schienen vergangen zu sein, und er wurde wieder zu dem Jugendlichen, der – wie er sich jetzt gestand – erfüllt war von leidenschaftlichem Verlangen für dieses rothaarige Mädchen Catherine, mit der er zusammen aufgewachsen war. Die nun, Herr im Himmel, eine hinreißende Frau geworden war und die,

Gott beschütze uns vor allem Bösen, diesen alten Knacker Thomas Ryan heiraten wollte, einen Mann, dem sie als Dreikäsehochs Äpfel geklaut hatten.

»Wußtest du, daß Reddy Ryan ganz verrückt nach dir ist?« platzte er heraus, als sie ihm gerade den Rücken zukehrte, denn sie war vom Tisch aufgestanden und zum Herd gegangen, um noch einmal Tee aufzubrühen. Es kostete ihn große Mühe, diese Worte auszusprechen, denn irgendwie spukte noch immer der abwegige Gedanke in seinem Kopf herum, daß er Catherine für sich haben wollte. Aber er konnte Reddy nicht gegenübertreten, ohne wenigstens soviel in seinem Namen gesagt zu haben.

»Ich hatte so eine Ahnung«, erwiderte sie ruhig, als sie den Wasserkessel vom Feuer nahm. »Der arme Kerl wird jedesmal puterrot, wenn wir uns begegnen.«

»Und, magst du ihn?« Was ihm wirklich durch den Sinn ging und was er eigentlich in diesem Augenblick fragen wollte, war: Und, liebst du mich noch? Nun, zumindest würde er Reddy etwas erzählen können.

»Na, ich kann dir sagen, Reddy würde einen prima Verehrer abgeben.« Sie goß Wasser in die Teekanne. »Der muß noch ein paar Minuten ziehen.« Wieder am Tisch fuhr sie fort: »Er ist ein wirklich netter Bursche, finde ich. Und er ist klasse gebaut.«

»Aber du würdest ihn nicht heiraten wollen?« Fast wäre er an diesen Worten erstickt. Was war denn nur los mit ihm?

»Du bist wohl nicht ganz bei Trost!« Ihr übertrieben helles Lachen sagte ihm, daß dieser Gedanke gar nicht so weit hergeholt war. »Der Junge hat doch keinen Penny. Und außerdem brächte er nie den Mut auf, mich zu fragen, schüchtern, wie er ist.«

»Aber wenn er es täte, würdest du ihn dann nehmen?« Er hatte Reddy gegenüber seine Pflicht und Schuldigkeit getan, und es zerriß ihm schier das Herz. Denn er wollte nicht, daß seine Catherine überhaupt jemanden heiratete.

»Nein«, erwiderte sie ungerührt. »Du kennst doch das Sprichwort: Man kann nicht nur von Luft und Liebe leben.«

Darauf herrschte Schweigen. Phelim trank seinen Tee aus, ehe er schließlich fragte: »Hättest du denn mich geheiratet? Ich besitze ja auch keinen Penny.« Die Worte hallten in seinen Ohren wider wie aus weiter Ferne, er fühlte sich, als würde ihm der Boden unter den Füßen weggezogen.

Abrupt stand Catherine auf und ging wieder zum Herd. »Der Tee müßte jetzt fertig sein.« Doch als sie sich mit der Kanne in der Hand umdrehte, funkelten Tränen in ihren Augen. Und sie blitzten vor Zorn. »Dich hätte ich geheiratet, auch wenn ich den Rest meines Lebens hätte Steine kloppen müssen«, gab sie ungestüm zurück. »Doch nachdem du dich aus den Reihen der Bewerber zurückgezogen hast, habe ich mich eben für die bequeme Lösung entschieden.« Sie goß so lange Tee in seine Tasse, bis sie überlief. »Und deshalb werde ich Thomas heiraten. Aber du kannst Reddy Ryan von mir ausrichten«, fuhr sie mit hocherhobener Teekanne fort, während sie ihm geradewegs in die Augen blickte, »daß ich ihn in Thomas' Heuschober erwarte, falls er hin und wieder mal 'ne nette Abwechslung haben will.«

Peinlich berührt, ja entsetzt, senkte Phelim den Kopf, und sein Magen tat ihm durch warnende Geräusche kund, daß er womöglich gleich zur Latrine rennen mußte. »Das meinst du natürlich nicht ernst. Denn das wäre ... «

»Oh, Phelim! Spiel nicht den Pharisäer. Das war schon immer dein größter Fehler, finde ich.« Doch als er aufschaute, lächelte sie ihn schelmisch an. »Natürlich meine ich es nicht ernst. Aber sag es ihm trotzdem.«

»Das werde ich nicht tun«, erwiderte er, erleichtert, daß sie nur gescherzt hatte. »So etwas darf man nicht sagen.«

»Ach was! Da ist doch nichts dabei. Sag's ihm.«

»Nein!«

»Ach, komm schon. Sei ein guter Junge.«

»Nein, niemals.«

»Wenn du mir nicht versprichst, es ihm zu sagen, kitzele ich dich.« Sie stellte die Teekanne auf den Tisch und stemmte die Arme in die Hüften, in ihren Augen tanzte der Schalk. Oh, wie gut er sich an diesen Blick erinnerte! »Weißt du noch, wie ich dich immer gekitzelt habe, wenn du nicht getan hast, was ich wollte?« Phelims Erregung wuchs, als er daran zurückdachte, wie ihre schmalen, kühlen Finger unter seine Achseln und über seine Brust, seinen Rücken und seinen Bauch hinab gekrabbelt waren. Das waren die einzigen Male gewesen, daß sie sich berührt hatten, und bedauerlicherweise war das Vergnügen, das er dabei empfunden hatte, immer ein Fall für den Beichtstuhl gewesen.

»Du kannst mich nicht zwingen«, erwiderte er jetzt und wußte im gleichen Augenblick, daß er das nicht hätte sagen sollen. Denn das war für sie immer der Startschuß gewesen.

»O doch.« Und bevor er sich noch rühren konnte, stand sie schon hinter ihm, und ihre Finger schlüpften unter seine Achseln. Er machte die Arme steif und senkte den Kopf, wie er es früher auch immer getan hatte. Doch ihre Finger wieselten seinen Rücken herauf und hinunter, und er wand sich und zappelte vor schier unerträglicher Wonne. Phelim war schon seit jeher schrecklich kitzelig gewesen und hatte wie verrückt um sich geschlagen, wenn seine Freunde oder auch seine

Schwestern ihn auf diese Weise hatten piesacken wollen. Nur Catherine war das immer erlaubt gewesen. Und so ließ er es auch jetzt geschehen. Ihre Finger schlüpften unter sein Jackett, über seinen Brustkorb und hinunter zu seinem Bauch. Und dann taten sie, was sie noch nie zuvor getan hatten – sie berührten jene Körperpartien, die niemals berührt werden durften, nicht einmal von ihm selbst, sagten die Moraltheologen, außer wenn es unumgänglich war. Und er krümmte sich einfach nur zusammen, lachte und kicherte und gluckste und ließ sie gewähren. Als er es schließlich nicht mehr aushielt, kreischte er wie früher auch, sie solle aufhören. Und wie früher hörte sie sofort auf. Das waren ihre Spielregeln.

»Versprichst du es jetzt?« Catherines Gesicht war erhitzt, ihr Atem ging stoßweise.

»Versprochen, versprochen, versprochen«, rief Phelim. Auch das gehörte zum Ritual.

»Dann erlasse ich dir die weitere Strafe«, erwiderte sie, stets ihre abschließende Bemerkung nach einer Kitzelei. Aber als er aufblickte und ihr in die Augen sah, loderten darin helle Flammen, die er noch nie gesehen hatte. Er wußte, daß er weglaufen sollte, eine innere Stimme sagte es ihm laut und deutlich, aber er konnte sich nicht rühren. Nicht einmal, als Catherine sich über ihn beugte und ihre Lippen fest auf die seinen preßte.

Wenn sie ihn danach nicht angeschrien hätte, würde er noch immer dort sitzen. »Verschwinde jetzt lieber ganz schnell«, brüllte sie ihn an und fuhr jäh zurück, als hätte sie sich verbrannt, »ehe ich dich in ernsthafte Schwierigkeiten bringe.«

Mit benebelten Sinnen schlurfte er nach Hause. Dabei empfand er wieder und wieder, und gegen seinen Willen, die Lust ihrer Berührung. Es war Sünde, er hatte gefehlt, und es im Geiste noch einmal zu durchleben war ebenfalls Sünde. Und noch schlimmer war es, sich erneut in Catherine zu verlieben. Gerade als er geglaubt hatte, er sei von solchen Dingen frei und darüber erhaben. Um Himmels willen, er hatte Keuschheit gelobt!

Den Rest des Nachmittags brütete er vor sich hin, haderte mit sich und versuchte zu beten. Mit seinem höchst unpriesterlichen Betragen hatte er schwere Schuld auf sich geladen. Vielleicht war es keine Todsünde gewesen, weil es ohne sein Einverständnis geschehen war, überlegte er, aber er war sich nicht sicher. Und wenn man im Scholastikat davon erfuhr, würde man ihn zweifellos vor die Tür setzen. Dann überlegte er, was er Reddy sagen sollte, und das bereitete ihm noch mehr Kopfzerbrechen. Aber zumindest hatte sie gesagt, daß Reddy ihr gefiel, was ihn vielleicht aufheitern würde. Und daß sie vielleicht seine Frau geworden wäre, wenn er Geld hätte... aber nein, das konnte er ihm nicht erzählen. Auch nicht, daß sie auf jeden Fall ihn, Phelim, geheiratet hätte, wenn er hiergeblieben wäre. Und bestimmt nicht, daß sie Reddy für einen prima Verehrer hielt und daß sie ihn im Heuschober erwarten würde. Es war schrecklich, so etwas auszusprechen, diese Seite an Catherine war ihm ganz neu. Aber er hatte ihr versprochen, es Reddy auszurichten. Aber es wäre nicht richtig. Man ist nicht an ein Versprechen gebunden, das einen zwingt, etwas Falsches zu tun. Er würde kein Wort darüber verlieren.

Dann tat er es aber doch. Angesichts Reddys kummervoller Miene, als er ihm an der Abzweigung nach Turloughmor sagte, daß sie ganz ohne Zweifel Thomas heiraten würde, konnte Phelim nicht anders, als ihm alles zu erzählen. Zuerst die Sache mit dem Geld, als könnte das Reddy irgendwie darüber hinwegtrösten, sie zu verlieren. Als das nichts half, erwähnte er, daß sie gesagt hatte, Reddy wäre bestimmt ein prima Verehrer. Und dann entschlüpfte ihm, ungewollt, wie er sich später versicherte, die Sache mit dem Heuschober.

»Allmächtiger Heiland!« Reddy schnappte sich seinen Lieblingsstein von der Mauer und schleuderte ihn die Straße hinauf, weiter, als er es jemals geschafft hatte. Doch ob ihn die Zurückweisung oder die Einladung derart beflügelte, wußte Phelim nicht zu sagen.

»Du nimmst das doch hoffentlich nicht ernst«, sagte er, plötzlich besorgt, daß seine lose Zunge den Freund zu einer Sünde verleiten könnte. Und daß er sich selbst versündigt hatte, indem er sündigem Tun Vorschub leistete.

Reddy holte den Stein und warf ihn dann noch einmal, diesmal aber nicht annähernd so weit. »Mann, hast du ein Glück, O'Brien«, sagte er und legte den Stein wieder auf die Mauer, »daß du mit diesem ganzen blöden Kram nichts mehr zu tun hast. Vielleicht sollte ich auch Priester werden. Oder wenigstens Mönch.« Doch das Zusammenspiel von gequältem Blick und schiefem Grinsen verriet, daß er keineswegs vorhatte, im Zölibat zu leben.

Phelim machte sich die ganze Nacht schwerste Vorwürfe und fragte sich, was Reddy jetzt wohl tun würde. Auch als er Thomas Ruane und Pat Moloney am nächsten Morgen auf dem Heimweg von der Messe überholte, nagte diese Sorge noch an ihm. Am Samstag abend bei der Beichte erging er sich Father Coyne gegenüber in dunklen Andeutungen. Danach fühlte er sich ein klein wenig besser, denn er redete sich ein, jetzt beflecke wohl keine Sünde mehr seine Seele. Am Sonntag, dem Tag vor seiner Rückreise ins Scholastikat, spielte Creevagh im Halbfinale um den O'Hara-Pokal gegen Ballindine. Und obwohl sie nach einem harten Kampf mit elf zu neun knapp verloren, war Phelim in Hochstimmung, als er vom Platz ging, denn er hatte eine großartige Vorstellung gegeben und fünf der neun Tore für Creevagh geschossen. Vergeblich sah er sich nach Reddy um, mit dem er über das Spiel reden wollte.

»Suchst du Ryan?« fragte Seamus Laffey, der sich hinter einer Mauer gerade aus seinem Trikot schälte. »Ich glaube, der hat heute abend angenehmere Begleitung für den Heimweg gefunden.« Dabei deutete er über die Mauer zum anderen Ende von Mulligans Feld, wo man Reddy und Catherine McGrath soeben durch den Mauerdurchbruch gehen sah. Sie hatten die Köpfe zusammengesteckt, als wären sie in ein vertrauliches Gespräch vertieft.

Einen Monat nach seiner Rückkehr ins Scholastikat erhielt Phelim von seiner Mutter einen Brief, in dem sie kurz die Hochzeit von Catherine McGrath und Thomas Ryan erwähnte. »Maggie Ruane hat gesagt, daß die Braut am Altar nicht allzu glücklich aussah«, lautete ihre einzige Anmerkung dazu. Und dann fuhr sie fort: »Am Tag vor der Hochzeit hat Thomas Deinem Vater erzählt, daß sein Patenjunge Reddy künftig sein Land bestellen wird, weil es ihm auf seine alten Tage allein zuviel wird. Das wird dem armen Reddy eine große Hilfe sein; da verdient er ein bißchen Geld und muß nicht wie all die anderen Burschen nach England gehen.«

Obwohl es gegen die Regeln verstieß, verbrachte Phelim die Ruhestunden an diesem Nachmittag kniend in der Kapelle, indes ihm der Kopf zu zerspringen drohte.

DIE ZIERDE VON TURLOUGHMOR

»Herrgott, ist das nicht ein Prachtmädel!« Paddy Moran beobachtete Eileen Maille in der Hoffnung, daß er vielleicht etwas Bein zu sehen bekam. Aber er hatte Pech. Sie stieg auf ihr Fahrrad mit all der Anmut, die dieses klobige Gerät eben zuließ, und das Kleid bedeckte züchtig die Knie, als sie vom Kirchhof wegfuhr.

»Warum radelst du nicht mit ihr nach Hause, Paddy?« Matty O'Brien stupste Seamus Laffey in die Seite. »Jedesmal wenn er sie sieht, hechelt er wie ein Schäferhund.«

»Meint ihr, ich könnte bei ihr landen?« Paddy straffte die Schultern. Er war breit wie ein Schrank und ein prima Fußballspieler, aber Mädchen gegenüber ein bißchen schüchtern.

Wie die anderen auch. Vor allem, wenn es sich um ein Mädchen wie Eileen Maille handelte. Sehnsüchtig warteten sie vor der Kirche, wenn sie am Sonntag aus dem letzten Gottesdienst kam, und hofften, daß ihr Blick auf sie fiel. Wirklich ein Klasseweib, brachte Matty O'Brien es auf den Punkt. Doch keiner von den dreien hatte den Mumm, mehr als nur »Hallo« zu ihr zu sagen.

»Aber sie ist sowieso ein bißchen zu alt für mich«, meinte Paddy achselzuckend als Erklärung für seine Zurückhaltung.

»Gar nicht wahr«, gab Matty zurück. »Sie ist genauso alt wie du. Wir waren in Creevagh doch alle in derselben Klasse.«

»Aber jetzt ist sie Bankangestellte, und ich bin bloß ein Moorbauer.«

Seamus Laffey, der Dritte im Bunde, schwieg. Obwohl er ihnen am liebsten gesagt hätte, sie sollten die Schnauze halten und von Eileen Maille nicht reden wie von einer Preiskuh. Von *seiner* Eileen, wie er insgeheim von ihr dachte, und das schon seit jeher, schon seit sie sich in der Creevagh National School im Korridor gegenübergestanden hatten. Noch heute lief ihm eine Gänsehaut über den Rücken, wenn er daran zurückdachte, wie sie ihn mit ihren großen, verträumten Augen angesehen hatte. Dreizehn war er damals gewesen, und so verliebt, wie man es nur als Dreizehnjähriger sein kann. Doch an seiner Verliebtheit hatte sich bis heute nichts geändert. Obwohl er nicht die geringsten Aussichten hatte. Was Paddy gesagt hatte, traf ebenso auf ihn zu: Sie war eine Bankangestellte, und er war ein Moorbauer. Auch wenn sie Nachbarn waren. Und obwohl er der Klassenbeste gewesen war, sogar noch besser als Eileen Maille. Aber man hatte ihn zu Hause für die Feldarbeit gebraucht, deshalb war er nur ein Jahr auf die Klosterschule gegangen. Und jetzt hatte er nicht den Mut, sie um einen Tanz zu bitten. Nicht ein einziges Mal hatte er sie am letzten Sonntag im Tanzsaal von Kilmolara aufzufordern gewagt.

Doch heute abend würde er sie fragen, wenn sie, so Gott wollte, da war. Er hatte immer und immer wieder darüber nachgedacht, die ganze Woche – wenn er Hafergarben band, wenn er auf dem Rübenacker Unkraut jätete, wenn er Kühe molk. Besonders beim Unkrautjäten, weil das so eine eintönige Arbeit war. Und auch den ganzen Sonntag über konnte er an nichts anderes denken. Als er und seine Brüder dann mit dem abendlichen Melken fertig waren, wusch er sich Hände und Gesicht, glättete seine Haare mit einem nassen Kamm und zog wieder seinen guten Anzug an.

Auf Zehenspitzen schlich er zur Segensandacht in die Kirche, als der Mädchenchor gerade das »Tantum Ergo« anstimmte. Mochte Father Coyne mit der Frühmesse gelegentlich auch verspätet beginnen, so konnte man sich doch stets darauf verlassen, daß er um Punkt acht vor dem Altar stand und den Segen erteilte. Angeblich, weil er Sonntag abends immer Karten spielte.

Anschließend traf sich Seamus Laffey, den Geruch von Weihrauch noch in der Nase, draußen mit den anderen Jungs. Sie redeten über Fußball und gafften den herauskommenden Mädchen nach. Eileen Maille war nicht unter ihnen. Sie kam fast nie zur Segensandacht.

»Wo ist sie denn, Paddy?« fragte Matty verschmitzt. Paddy errötete ein wenig, doch sein breites Lächeln mit den Wangengrübchen verriet, daß er sich freute.

Seamus Laffey hatte ein flaues Gefühl in der Magengegend. Es ärgerte ihn, daß Matty ständig Paddy Moran mit seiner Eileen in Verbindung brachte. Aber heute abend würde er es ihnen zeigen, jawohl. Er würde sie zum Tanzen auffordern. Jetzt, so stellte er fest, fühlte er sich stark. Aber würde er es zum gegebenen Zeitpunkt wirklich fertigbringen?

Die drei radelten nach Kilmolara und lungerten vor dem Tanzsaal des Rathauses herum. Dem Anschein nach plauderten sie miteinander, tatsächlich aber hielten sie Ausschau nach den eintreffenden Mädchen. Seamus suchte nach Eileen Maille, und er wußte, daß Paddy Moran dasselbe tat. Gegen halb elf kam sie dann auf ihrem Fahrrad an, zusammen mit May

Mangan und Mary McHugh, und sie sah einfach phantastisch aus in ihrem prächtigen grünen Kleid mit dem ausgestellten Rock. Als sie den Burschen zulächelte und »Hallo!« sagte, konnten sie es kaum erwarten, ihr nach drinnen zu folgen.

Im Saal herrschte bereits Hochbetrieb. Eine berühmte Tanzkapelle aus Castlebar hatte für ein volles Haus gesorgt. Die Burschen stellten sich auf der Männerseite an die Wand und beobachteten das Geschehen. Ein langsamer Foxtrott, schummerige Beleuchtung, engumschlungene Paare. Seamus spürte förmlich, daß Dinge passieren würden, die er Father Coyne bei der nächsten Beichte nicht verschweigen konnte.

Eine ganze Weile bekam er Eileen nicht zu Gesicht. Zu viele Leute, zu wenig Licht. Als sich dann in der Menge eine Lücke auftat, erhaschte er einen flüchtigen Blick auf sie. Sie tanzte bereits. Mit einem Kerl aus der Stadt. Mit einem, den Seamus noch nie gesehen hatte. Den er aber schon jetzt nicht ausstehen konnte. Rothaarig, mit Sommersprossen und gepflegten Händen. Ja, diese Hände waren ihm gleich ins Auge gestochen: Die hatten noch nie ein Kuh gemolken, Heu gewendet oder auf dem Rübenacker gejätet. Jemand sagte ihm, daß dieser Bursche ebenfalls Bankangestellter war. Und wahrscheinlich sogar Golf spielte.

Jedenfalls schob er *seine* Eileen übers Parkett. Beinahe Wange an Wange. Seamus spürte, wie die Eifersucht in ihm brodelte. Es paßte ihm nicht, daß Eileen Wange an Wange mit jemandem tanzte. Schon gar nicht mit so einem sommersprossigen Stadtschnösel.

Da verklang die Musik, und die Lichter gingen an. Die Männer begaben sich wieder auf ihre Seite des Saals, die Frauen auf die andere. Der Tanzboden blieb leer, bis der Bandleader den nächsten Tanz ansagte: eine Rumba. Seamus Laffey haßte Rumbas; die konnte er nicht richtig. Vielleicht sollte er die nächste Nummer abwarten.

»Das ist deine Gelegenheit, Paddy«, hörte er Matty O'Brien den Lärm überbrüllen.

Herrgott, er mußte sie vor Paddy Moran kriegen! Beim ersten Trommelschlag setzte er sich in Bewegung. Aber er konnte sie nirgends entdecken, als er die Tanzfläche überquerte und in alle Richtungen spähte. Da tauchte sie plötzlich aus einem Pulk von Frauen auf, Hand in Hand mit dem rothaarigen Stadtschnösel. Und schwebte an Seamus vorüber, so nahe, daß sie ihn sogar mit ihrem Kleid streifte. Ohne ihn zu bemerken. Und lächelte den verdammten sommersprossigen Bankheini an. Am liebsten hätte Seamus losgeheult. Himmel, er hatte zuletzt geweint, als er zehn gewesen war. Aber in diesem Augenblick fühlte er sich ganz danach.

Jetzt konnte er nicht mehr zurück, sonst würden ihn seine Freunde aufziehen. Also forderte er einfach das erstbeste Mädchen auf. Sie war nett: Weich und warm lag sie in seinen Armen und war auch nicht auf den Mund gefallen. Eine, mit der er normalerweise gern wieder getanzt hätte. Aber nicht an diesem Abend. Er nahm kaum wahr, was sie sagte und was er sagte oder wie schlecht er die Rumba tanzte. Seine Gedanken und seine Blicke galten einzig Eileen Maille, die mit dem rothaarigen Stadtschnösel zugange war.

Den ganzen Abend tanzte sie mit diesem Blödmann. Paddy Moran machte ein finsteres Gesicht, bis Matty ihn schließlich mit seinen Sticheleien in Ruhe ließ. Dann raffte er sich auf und tanzte mit jedem x-beliebigen Mädchen. Seamus Laffey stand unterdessen an der Wand, brütete dumpf vor sich hin und wünschte sich, er wäre gar nicht erst hergekommen.

Als um drei Uhr der letzte Tanz angesagt wurde, sahen sie Eileen gehen. Zusammen mit dem Stadtschnösel.

»Das ist doch die Höhe«, war alles, was Matty O'Brien dazu einfiel. Die anderen beiden wußten gar nichts zu sagen.

Bei Gegenwind radelten sie nach Hause. Kurz vor Creevagh kam ihnen ein Auto entgegen, das nach Kilmolara zurückfuhr. Seine Scheinwerfer blendeten sie schon auf einen halben Kilometer Entfernung.

»Wetten, das ist der Wagen von der Sommersprossenfresse«, keuchte Paddy Moran. Der Wind blies in dieser Nacht ziemlich stark.

Am Samstag abend nach dem Melken trafen sie sich wie üblich an der Abzweigung nach Turloughmor. Dank Gottes Barmherzigkeit und Father Coyne gehörten die drei der Vereinigung »Pioniere der vollkommenen Abstinenz« an, was sie von alkoholischen Getränken und den Freuden in Gannon's Pub in Creevagh fernhielt. Daher war ihr Stammplatz die doppelte Mauer, die gegenüber von der Abzweigung lag und früher einmal die Vorderseite der Scheune vom alten Jack Coleman gewesen war. Inzwischen war Jack seit zehn Jahren tot, und von seinem kleinen strohgedeckten Haus und der Scheune standen nur noch Mauerreste.

Ein Weilchen warfen sie abwechselnd ihren Lieblingsstein, einen glatten, beinahe runden Kalksteinbrocken, den Matty O'Brien letztes Frühjahr beim Pflügen ausgegraben hatte. Paddy Moran warf ihn wie immer am weitesten: dreiundzwanzigeinhalb Fuß, gemessen mit Mattys Stiefel der Größe 46 und als bestes Ergebnis mit einem großen Kieselstein markiert.

»Gehen wir morgen abend tanzen?« fragte Seamus beiläufig.

»Warum nicht?« meinte Paddy und versuchte es mit einem

letzten Wurf, blieb allerdings hinter seiner Rekordmarke zurück.

»Er will's noch mal bei Eileen Maille probieren«, frotzelte Matty.

»Ich werde sie fragen, ob sie mit mir hingeht«, verkündete Paddy von seinem Mauersitz aus, feierlich wie ein Richter beim Urteilsspruch.

»Bravo«, brachte Seamus Laffey unter heftigem Schlucken heraus.

»Du gibst doch bloß an«, spottete Matty. »Große Töne spucken und nichts dahinter!«

»Wetten wir um 'ne halbe Krone?« schlug Paddy vor.

Sie gaben Seamus das Geld zur Verwahrung. Daß sie um seine Eileen wetteten, behagte ihm ganz und gar nicht, aber er hielt den Mund.

Am Sonntag vormittag gleich nach der Messe hielt Paddy Moran sein Fahrrad bereit. Kaum war Eileen Maille auf das ihre gestiegen, schwang er das Bein über den Sattel und strampelte ihr hinterher, daß sich seine aufgeknöpfte Jacke im Fahrtwind blähte. Seine Kameraden sahen gerade noch, wie er sie einholte, bevor die beiden hinter einer Kurve verschwanden. Seamus ging nach Hause und hatte solche Bauchschmerzen, daß er kaum etwas von seinem Mittagessen hinunterbrachte.

Nachmittags trafen sie sich wieder, um mit der übrigen Mannschaft von Creevagh auf Mulligans Feld ein bißchen Fußball zu spielen. Anschließend schoben sie ihre Räder zu Gannon's und kauften sich Mineralwasser.

»Also?« fragte Matty vor der Kneipe, nachdem er seinen Durst mit einem kräftigen Zug aus der Flasche gelöscht hatte.

»Also was?« Paddy tat, als könnte er kein Wässerchen trüben.

»Also was ist jetzt mit Eileen Maille?«

»Mister Sommersprossenfresse holt mich mit seinem schikken Auto ab und fährt mich in die Stadt«, säuselte Paddy mit seiner schönsten Fistelstimme.

»Herrgott!« Matty O'Brian verschluckte sich fast an seinem Wasser.

»Da geht einem doch der Hut hoch!« Seamus Laffey hob sein Fahrrad hinten an und ließ das Hinterrad wie wild rotieren.

Eine Zeitlang herrschte Stille, man hörte nur das Surren des Rades. Dann polterte Paddy Moran los: »Ein paar Hiebe mit einem ordentlichen Prügel, dann gibt der Lump schon Ruhe!«

»Tja, vielleicht solltest du ihn an der Zufahrt abfangen und ihm klarmachen, daß er sich verdünnisieren soll«, überlegte Matty.

»Wir könnten dort alle drei auf ihn warten«, schlug Paddy vor. »Mit Knüppeln.«

»Wenn sie sich mit diesem Scheißkerl treffen will, können wir sie nicht daran hindern«, erwiderte Seamus Laffey verdrießlich.

»Aber wir könnten den Scheißkerl daran hindern, daß *er* sich mit *ihr* trifft.« In Spitzfindigkeiten war Matty schon immer groß gewesen.

»Nun, wie wär's, wenn wir oben an der Abzweigung warten, und wenn er mit seinem schicken Wagen kommt, sagen wir ihm, daß sie woanders wohnt? Dann findet er sie vielleicht nie wieder.« Diese Idee stammte von Seamus. Ihm war eingefallen, daß letztes Jahr Michael Brown den Wachtmeister Kirwin auf ähnliche Weise an der Nase herumgeführt hatte. Tags zuvor hatte es auf dem Markt eine heftige Auseinandersetzung gegeben, und dabei war ein Mann versehentlich mit dem Kopf gegen Michaels Schlehdornstock gestoßen. Jedenfalls standen Seamus und Michael damals an der Zufahrt nach Turloughmor, als der Polizist aus Kilmolara ankam und die beiden nach dem Haus von Michael Brown fragte.

»Natürlich weiß ich das«, antwortete Michael. »Wenn Sie noch etwa zwei Meilen weiterfahren – irische Meilen –, kommt rechter Hand eine Zufahrtsstraße. In die biegen Sie ein, und nach ungefähr einer Meile sehen Sie ein Reetdachhaus, und da wohnt Michael Brown.« Und sie saßen auf der Straße und bogen sich vor Lachen, als der Polizist sich auf die Suche nach einer Zufahrtsstraße machte, die gar nicht existierte.

»Wir könnten ihm mit Steinen den Weg versperren«, schlug Paddy Moran vor.

Da hatte Matty O'Brian seinen Geistesblitz. »Wir könnten eine Mauer quer über den Zufahrtsweg bauen, und zwar unmittelbar bevor er kommt.« Die anderen schauten erst ihn an, dann einander. Schließlich brachte Seamus Laffey sein Hinterrad zum Stehen und warf seine Mütze in die Luft.

»Einfach genial!« brüllte Paddy Moran und klopfte Matty auf den Rücken, daß diesem fast die Luft wegblieb.

»Eileens Mutter geht immer zur Segensandacht«, meinte Seamus. »Wir müssen warten, bis sie wieder daheim ist.«

Keiner von den Jungs ging an diesem Sonntag abend in die Kirche. Statt dessen saßen sie in Arbeitsmontur auf Jack Colemans Mauer und warteten. Allmählich wurden die Tage wieder kürzer; es war beinahe dunkel, als Matty verkündete: »Da kommt unser Jockey.«

Mrs. Maille fuhr gemächlich die Straße nach Hause zurück. Sie war eine kleine Frau; um vom Sattel aus die Pedale zu erreichen, mußte sie sich immer ein wenig danach strecken. Und weil sie dabei ziemlich hin- und herwackelte, war sie zu diesem Spitznamen gekommen.

»Geht ihr heute nicht tanzen?« rief sie, als sie in die Zufahrt eierte. Sie kannte die Gewohnheiten der Jungs.

»Später, Ma'am«, rief Paddy Moran respektvoll zurück.

»Also los jetzt«, drängte Seamus Laffey, nachdem sie außer Sichtweite war. Er hatte seine eigenen Vorstellungen von der Gestaltung dieses Abends.

Im Licht von Matty O'Briens Sturmlaterne und mit den Steinen von Jack Colemans Scheune zogen sie in weniger als einer halben Stunde eine Mauer quer über den Zufahrtsweg hoch, direkt an der Abzweigung von der Hauptstraße. Dann stachen sie mit ihren Spaten Rasenstücke von Jacks Hof ab und legten sie vor die Mauer, damit es wie eine gewöhnliche Böschung aussah.

»Das reicht«, entschied Matty, als er im Licht der Laterne das Kunstwerk begutachtete. »Jemand, der in einem Wagen vorbeifährt, sieht keinen Unterschied.«

»Ich schätze, er wird bald kommen«, meinte Seamus.

Doch es verstrich noch fast eine halbe Stunde, ehe die in den Nachthimmel leuchtenden Autoscheinwerfer anzeigten, daß der Stadtschnösel die andere Seite des Bowgate-Hügels herauffuhr. Die drei rannten in die Ruine von Jack Colemans Haus und versteckten sich. Von der Anhöhe des Bowgate fiel ein schwacher Lichtschein auf die Straße, der heller und heller wurde, das Brummen des Motors dröhnte immer lauter. Da hörten sie das Knirschen von Reifen auf Kies. Langsam fuhr der Wagen vorbei.

»Wir haben den Scheißkerl ausgetrickst«, gluckste Matty vor Vergnügen.

»Der kommt noch mal zurück«, unkte Paddy Moran, der Pessimist. Und er hatte recht. Schon leuchteten ihnen wieder die Scheinwerfer entgegen.

»Er hat wohl in Johnny Lydons Hof gewendet«, meinte Seamus. Er wollte, daß die Sommersprossenfresse abhaute. Und Paddy Moran auch. All die Leute, die ihm seine Eileen wegnehmen wollten. Wenn er ihr klarmachte, daß er scharf auf sie war, würde sie sich bestimmt in ihn verlieben. Sonst hätte sie ihn damals in der Schule nicht so angeguckt. Und wie sie ihn letzten Sonntag angelächelt hatte, als sie in den Tanzsaal hineingegangen war!

Die Sommersprossenfresse kreuzte wieder auf, diesmal fuhr er noch langsamer. Einmal blieb er sogar stehen, direkt neben der zugemauerten Abzweigung. Sie dachten schon, er würde aussteigen, aber dann fuhr er doch weiter. Sie sahen, wie die Lichter den Bowgate hinaufkrochen und in der Dunkelheit verschwanden.

»Das war's«, sagte Matty und trat aus Jack Colemans Flur.

Doch er irrte sich. Abermals zeichneten sich die Lichtkegel über dem Bowgate ab, wieder tauchten die Scheinwerfer auf der Anhöhe auf. Langsam, ganz langsam kehrte er zurück. Die Burschen, die auf dem Küchenboden des alten Coleman kauerten, waren sich sicher, daß der Schnösel diesmal ihre List durchschaut hatte: Direkt neben ihrer frisch errichteten Mauer blieb er stehen und verharrte dort scheinbar eine Ewigkeit lang. Dann setzte er auf dem knirschenden Kies zentimeterweise zurück und hielt nach etwa fünfzig Metern an.

»Ich sag euch, der hat was gemerkt«, flüsterte Paddy.

»Psst!« Seamus Laffey spähte vorsichtig um die Mauerecke. Der Stadtschnösel war ausgestiegen und schritt den Straßenabschnitt ab, der im Licht seiner Scheinwerfer lag. Lange betrachtete er die Mauer, als suchte er etwas. Dann drehte er sich um und kam über die Straße auf sie zu.

»Überlaßt ihn mir«, zischte Matty O'Brien.

Ein markerschütternder Schrei gellte durch die stille Nacht, so urplötzlich, daß Seamus Laffey zusammenzuckte. Ein entsetzlicher, durchdringender Klagelaut, der alle Sünden, die je auf Erden begangen worden waren, zu betrauern schien – das Aufheulen einer Seele, die ewiger Verdammnis anheimgefallen ist. Es kam aus allernächster Nähe, und Seamus wußte, daß es nur Mattys Nachahmung der Todesfee war. Trotzdem sträubten sich ihm die Nackenhaare, und über seinen Rücken schien der kalte Hauch des Todes zu streichen.

Da dem Stadtschnösel solcherlei Kenntnis fehlte, fuhr ihm der Schreck über diesen vermeintlich übernatürlichen Spuk in alle Knochen. Er zögerte nur so lange, bis er seine anfängliche Lähmung überwunden hatte. Dann sauste er wie ein Kurzstreckenläufer beim Sportfest von Kilmolara zu seinem Wagen zurück. In rascher Folge hörten sie das Schlagen einer Tür, das Quietschen der Reifen, als der Wagen an ihnen vorbeiraste, und das schnell verklingende Geräusch eines auf Hochtouren laufenden Motors.

»Ich kann mir nicht vorstellen, daß er sich noch mal hertraut«, bemerkte Matty selbstzufrieden, und er sollte recht behalten. Sie stellten Vermutungen an, auf welchem Umweg er nach Hause gelangen würde. Er mußte über Kilsaggart fahren, überlegten sie, und von dort die Straße nach Ballindine nehmen, bis zur Abzweigung nach Kilmolara. Danach bauten sie ihre Mauer wieder ab.

»Es ist wohl schon ein bißchen spät, um noch zum Tanzen zu gehen«, meinte Paddy Moran unbekümmert, als sie fertig waren.

»Stimmt«, pflichtete ihm Seamus Laffey bei, der es eilig hatte wegzukommen. »Ich bin auch ein bißchen müde.« Also machte er sich auf den Weg nach Hause. Dort wusch er sich die Hände und das Gesicht, kämmte sich das Haar und zog seinen Sonntagsanzug an.

»Ist es nicht schon etwas spät, um tanzen zu gehen?« Seine Mutter saß am Kamin und strickte. Sein Vater schnarchte in seinem Sessel, die Zeitung auf dem Schoß.

»Es ist doch erst halb elf«, erwiderte Seamus. »Bis elf bin ich dort.« Und schnurstracks radelte er zum Haus der Mailles. Als Vorwand hatte er sich ausgedacht, daß er Joe, Eileens Bruder, besuchen wollte. Er ging zur Hintertür, klopfte und trat ein. Joe, Eileen und die Mutter saßen in der Küche vor dem Herdfeuer. Eileen hatte sich schick zurechtgemacht, als wollte sie ausgehen.

»Hol dir einen Stuhl her«, meinte Mrs. Maille. »Es wird allmählich ein bißchen frisch draußen.«

»Da haben Sie recht«, stimmte er zu.

Danach erlahmte die Konversation. Mrs. Maille, die sonst redete wie ein Wasserfall, wußte nichts zu erzählen. Eileen wiederum glich einer sitzenden Statue, reglos starrte sie in die Flammen. Als Seamus hereingekommen war, hatte sie kaum einen Gruß über die Lippen gebracht, und nun würdigte sie ihn keines Blickes. Und nachdem Joe angemerkt hatte, daß es morgen wohl regnen würde, verfiel auch er in Schweigen. Das sah den Mailles gar nicht ähnlich. Seamus Laffey suchte krampfhaft nach einem Gesprächsthema und fragte sich, ob sie etwa wußten, was er und seine Kameraden getan hatten. Leuten wie den Mailles war es durchaus zuzutrauen, daß sie davon wußten, zunächst aber kein Wort darüber verloren. Zu gegebener Zeit würden sie es einem dann hinreiben. Schließlich sagte er: »Hast du Lust, zum Tanzen zu gehen?« Er richtete die Frage an Joe, der in seinen alten Klamotten und den Gummistiefeln aussah, als wäre er gerade aus dem Stall gekommen.

»Ich bin schon ein bißchen müde«, antwortete Joe. »Aber da

hätten wir ein Mädel, das schrecklich gern tanzen gehen würde und keinen findet, der sie mitnimmt.« Dabei deutete er auf seine Schwester.

»Aha.« Das war alles, was Seamus herausbrachte, jetzt, da die Stunde der Wahrheit geschlagen hatte.

»Ich hab keine Lust«, sagte Eileen barsch.

»Eigentlich war sie mit einem Burschen verabredet, der sie mit seinem Wagen abholen wollte«, erklärte Joe so ungerührt und boshaft, wie es nur Brüder ihren Schwestern gegenüber sein können. »Aber er hat sich nicht blicken lassen.«

»Nun, vielleicht kommt er ja noch, so Gott will.« Mrs. Maille war eine sanftmütige Frau, die an das Gute im Menschen glaubte.

Einen Augenblick lang schämte sich Seamus Laffey für den Streich. Aber in ebendiesem Augenblick spazierte Paddy Moran zur Tür herein – piekfein herausgeputzt.

»Na, wen haben wir denn da?« rief Joe sichtlich erfreut, denn er war mit Paddy befreundet. Allerdings wunderte er sich, weil Paddy ihn sonst kaum jemals besuchte. Er und Joes Vater – der letztes Jahr verstorben war, der Herr hab ihn selig – hatten sich nie so recht vertragen.

»Ich dachte, ich komme mal vorbei, um zu sehen, wie es euch so geht.« Das verschmitzte Grinsen, mit dem Paddy hereingekommen war, verschwand in dem Moment, da er Seamus Laffey am Herdfeuer erblickte.

»Sieht aus, als wolltest du auch zum Tanz«, bemerkte Joe. »Da war schon einer vor dir, der mich mitnehmen wollte, aber in Gummistiefeln kann man schlecht einen Tango aufs Parkett legen.«

»Na, wie geht's?« Paddy stand mitten im Zimmer, strafte Seamus mit Nichtachtung und glotzte Eileen an.

Sie bedachte ihn nur mit einem flüchtigen Blick. »Nicht besonders«, erwiderte sie, weiter nichts. Und starrte wieder ins Feuer. Jetzt war sogar Paddy Moran um Worte verlegen.

»Wollt ihr ein Täßchen Tee?« Mrs. Maille bot immer großzügig Tee an.

»Äh, nein, nein danke.« Seamus Laffey ärgerte sich. Dieser unerwartete Eindringling hatte all seine Pläne für den Abend zunichte gemacht. Da konnte er ebensogut gleich nach Hause gehen. Andererseits durfte er nicht einfach verschwinden und Paddy Moran das Feld überlassen. »Komm, Paddy«, sagte er, ohne lange zu überlegen, »fahren wir nach Kilmolara.«

»Kommst du mit zum Tanzen?« Noch immer glotzte Paddy Eileen an, die ihn nach wie vor ignorierte.

»Nö«, entgegnete sie, ohne den Blick vom Feuer zu wenden.

»Na schön.« Am Boden zerstört, aber dennoch erhobenen Hauptes steuerte Paddy auf die Tür zu. »Bis bald mal.«

Gerade als sie hinausgehen wollten, sagte Eileen: »Oder vielleicht doch.« Sie verschwand in einem Zimmer hinter der Küche und erschien eine Minute später in ihrem Mantel.

»Das ist auch gescheiter«, meinte Mrs. Maille, »als am Feuer zu sitzen und auf diesen Trottel mit seinem Auto zu warten.«

In beinahe vollkommenem Schweigen radelten sie nach Kilmolara, und Eileen, die zwischen den Jungs fuhr, sagte überhaupt nichts. Kaum hatten sie den Tanzsaal erreicht, ließ sie die beiden stehen und stellte sich zu den Frauen. Beim nächsten Tanz ging Paddy Moran zu ihr und forderte sie auf. Sie tanzte zwar mit ihm, begab sich danach aber gleich wieder auf die Frauenseite. Seamus Laffey mußte seinen ganzen Mut zusammennehmen, um sie ebenfalls aufzufordern. Es war ein langsamer Walzer, er spürte ihr Haar an seiner Wange, und ihm wollte rein gar nichts einfallen, was er zu ihr sagen könnte und was nicht völlig bescheuert klang. Auch sie blieb stumm wie ein Fisch. Noch dazu war an der steifen Art, wie sie ihn hielt, unverkennbar, daß sie lieber sonstwo gewesen wäre. Seamus war froh, als die Nummer vorüber war. In diesem Augenblick tauchte der Stadtschnösel auf. Inmitten der Menge stand er plötzlich vor ihnen, als wäre er geradewegs von der Decke gefallen.

»Ich hab versucht, dich zu finden«, rief er Eileen über den Lärm hinweg zu. Seamus Laffey schenkte er ebensowenig Beachtung wie einem Kohlkopf. Er schien etwas außer Atem zu sein.

»Ach ja?« entgegnete Eileen spitz. »Na, da warst du aber nicht sonderlich erfolgreich.«

»Ich konnte euren Zufahrtsweg nicht finden.« Der sommersprossige Bursche schlug einen beinahe winselnden Ton an.

»Er konnte den Zufahrtsweg nicht finden«, äffte sie ihn mit hochgezogenen Augenbrauen nach und sah dabei zum ersten Mal an diesem Abend Seamus Laffey an. »Herr im Himmel, es mag ja sein, daß wir am Ende der Welt wohnen, aber es gibt befahrbare Wege, auf denen man zu uns gelangt, und die sind nicht besonders schwer zu finden. Soweit ich mich erinnere, hattest du letzten Sonntag keine Probleme damit.«

»Ich weiß, wo die Abzweigung ist«, erwiderte der Stadtschnösel todernst. »Aber als ich heute abend dorthin gefahren bin, war sie einfach nicht mehr da. Ich schwöre bei Gott, sie war weg.«

Seamus Laffey gab sich große Mühe, sich nichts anmerken zu lassen.

»Zufahrt nach Turloughmor verschwunden!« Eileen fuchtelte in der Luft herum. »Ich sehe schon die morgige Schlagzeile des *Irish Independent* vor mir.«

»Was ist los?« Paddy Moran tauchte aus der Menge auf.

»Dieser Witzbold behauptet, er hätte heute abend den Weg nach Turloughmor nicht finden können«, erklärte Eileen und brach in beinahe hysterisches Gelächter aus.

»Nein, wirklich!« Allmählich geriet der Schnösel in Erregung. »Ich bin hin- und hergegangen und habe ihn gesucht. Ich wußte noch, daß er gleich gegenüber von diesem alten verfallenen Haus abzweigte. Die Ruine war auch noch da, aber der Weg nicht.«

»Herrgott«, stieß Seamus Laffey theatralisch hervor, »hoffentlich ist es nicht das, was ich denke.«

»Und was denkst du, bitteschön?« Der Schnösel musterte ihn von oben herab.

»Nun«, begann Seamus geheimnisvoll, »es ist jetzt das dritte Mal, daß ich von jemandem höre, der die Zufahrt nach Turloughmor nicht finden konnte.« Er faßte den Schnösel scharf ins Auge. »War es dunkel?«

»Natürlich war es dunkel. Ich bin …«

»Bei uns daheim in Gannons's Pub«, sagte Seamus, ohne auf die tanzenden Paare zu achten, die um ihn herumwirbelten, »da erzählt man sich, daß der alte Jack Coleman, der in dem Haus gegenüber von der Abzweigung gewohnt hat, einst einem Mädchen aus Turloughmor den Hof machte. Doch der Vater des Mädchens wies ihn ab, weil seine Tochter einen reichen Bauern aus Ballindine heiraten sollte. Es heißt, Jack habe sich daraufhin immer mit seinem Eschenknüppel in der Hand an der Zufahrt aufgepflanzt, um zu verhindern, daß der Mann aus Ballindine durchkam. Später, so sagt man, sei er dann übergeschnappt und habe überhaupt keinen Burschen mehr durchgelassen, der mit einem Mädchen aus Turloughmor anbändeln wollte.«

»Ja, davon habe ich schon oft reden gehört.« Paddy Moran nickte verständig.

»Kurz nachdem Jack Coleman gestorben war, der Herr sei ihm gnädig,« fuhr Seamus Laffey fort, »fuhr Packy Grimes aus Creevagh eines Abends mit seinem Fahrrad dort vorbei. Er hatte mit einer Frau aus Turloughmor was laufen – die später nach England gegangen ist, aber das ist eine andere Geschichte. Jedenfalls wollte er bei Jack Colemans Haus in die Zufahrt einbiegen. Und ihr werdet es nicht glauben, aber die Zufahrt war weg. Bei meiner Ehre. An jenem Abend in Gannon's Pub schwor Packy Stein und Bein, daß es so gewesen ist. Er kehrte in größter Eile ins Gannon's zurück, nachdem er in Jack Colemans verfallenem Haus das Heulen der Todesfee gehört hatte.« Seamus legte eine Kunstpause ein und beobachtete den Stadtschnösel, der nun förmlich an seinen Lippen hing. »Aber wißt ihr, was das wirklich Traurige daran war?« meinte er. »Binnen einer Woche war der arme Packy Grimes tot.«

»Ach, hör auf!« Paddy Moran war entsetzt. »Das ist doch nicht dein Ernst!«

»Man könnte sagen, daß es Zufall war«, erwiderte Seamus Laffey, während er die Tanzenden betrachtete, den Blick wohlweislich von Eileen Maille abgewandt, »wenn nicht ein paar Jahre später einem Burschen aus Kilsaggart das gleiche passiert wäre. Auch er war hinter einem Mädchen aus Turloughmor her. Er konnte die Abzweigung ebenfalls nicht finden, und er hörte das Heulen der Todesfee. Und eine Woche später war er tot.«

»So einen abergläubischen Quatsch hab ich ja noch nie gehört.« Doch die Stimme des Schnösels zitterte.

»Und deshalb, meinst du, hat Michael vorhin die Abzweigung nicht finden können?« fragte Eileen Maille und schaute Seamus Laffey mit todernster Miene an.

»Darauf möchte ich mich nicht festlegen«, antwortete Seamus. »Aber er hat behauptet, daß er die Abzweigung nicht finden konnte. Hast du die Todesfee gehört?« Diese Frage stellte er dem Stadtschnösel mit gedämpfter Stimme und in einem Tonfall, den er von Jack Coleman kannte, wenn dieser am Kaminfeuer Spukgeschichten erzählt hatte. Als Knirps war Seamus an so manchem Abend voller Angst nach Hause geschlichen, nachdem er den Geschichten des alten Jack gelauscht hatte, die von Teufeln auf Friedhöfen und toten Priestern in verschlossenen, verhexten Gemächern handelten.

»Ich muß jetzt weg«, erklärte der Stadtschnösel. »Draußen wartet ein Mann auf mich.«

»Du bist ein Lügner, wie er im Buche steht, Seamus Laffey«, murmelte Eileen Maille. Sie tanzten gerade einen langsamen Foxtrott, und ihre Lippen berührten beinahe sein Ohr.

»Wieso?« An der Art, wie sie ihn jetzt hielt, wußte er, daß sie nicht sonderlich verärgert war.

»Wie hast du den Zufahrtsweg eigentlich verschwinden lassen?« fragte sie.

Da erzählte er es ihr, und auch den Grund dafür. Allerdings ließ er unerwähnt, daß ursprünglich Paddy Moran sie hatte ausführen wollen. Statt dessen sagte er – selbst darüber erstaunt, wie mutig er in ihrer Nähe sein konnte –, er habe es getan, weil er mit ihr ausgehen wollte.

»Bist du sauer auf mich?« Er konnte ihr nicht in die Augen sehen.

»Natürlich bin ich sauer«, antwortete sie. »Ich hätte mich heute abend von einem respektablen Herrn mit dem Auto herfahren lassen können, anstatt mit ein paar Moorbauern hin- und zurückradeln zu müssen.« Dabei hielt sie ihn auf Armlänge von sich entfernt, legte den Kopf zurück und hatte wieder jenen sanften, verträumten Ausdruck in den Augen wie damals in der siebten Klasse in der Creevagh National School. »Aber ich glaube, die Moorbauern sind mir lieber.«

GLAUBE UND MORAL

Philpot Emmet und Annie May McTigue zählten erst achtzehn und neunzehn Jahre, als sie von zu Hause wegliefen. Nicht zusammen, wohlgemerkt. Philpot riß als erster aus, er nahm eines Montag morgens den Zug von Kilmolara nach Dublin und fuhr dann per Zug, Schiff und wieder mit dem Zug weiter nach London. Annie May folgte ihm nur zwei Tage später, praktisch in derselben Minute, als sie von der unerwarteten Abreise ihres Liebsten erfuhr. Noch nie hatte in der Gemeinde von Creevagh etwas für solchen Aufruhr gesorgt. Die Leute sprachen hinter vorgehaltener Hand, damit die Kinder nichts mitbekamen. Und schüttelten dazu traurig den Kopf, während sie Phrasen droschen wie: »Dieser Lump!« und: »Haut einfach ab, anstatt die Suppe auszulöffeln, die er sich eingebrockt hat.« Andere Bemerkungen lauteten: »Dabei ist er so ein anständiger Mann«, doch diese galten Mr. Addis Emmet, dem Schulmeister, der an und für sich ein höchst angesehener Mann war, aber leider das Pech hatte, Vater des flüchtigen Halunken zu sein. Vertrauensvoll wartete man nach dem Bekanntwerden der Freveltat darauf, daß Father Coyne sie bei der Frühmessenpredigt am nächsten Sonntag zur Sprache brachte, doch zur allgemeinen großen Enttäuschung wurde die unselige Angelegenheit von ihm nicht einmal am Rande erwähnt. »Wenn es sich nicht um Addis Emmets Sohn handeln würde, hätte er eine Menge dazu zu sagen gewußt«, bemerkte die für ihre spitze Zunge bekannte Maura Higgins gegenüber Catherine Ryan, kaum daß sie nach der Messe zur Kirchentür herausgetreten waren.

»Wie meinst du das?« fragte Catherine, die ihrer Freundin nur mit halbem Ohr zugehört hatte; ihr Augenmerk galt hauptsächlich Reddy Ryan, der sich vor der Kirchenpforte mit Eileen Maille unterhielt.

»Du weißt doch, daß Addis und Father Coyne seit jeher ein Herz und eine Seele waren«, erklärte Maura. »Zumindest bis Dr. Browne mit seinen Plänen daherkam.« Damit meinte sie den Vorschlag des Gesundheitsministers der Republik Irland, wonach Müttern und ihren Kindern eine kostenlose Gesundheitsversorgung gewährt werden sollte. Ein Vorhaben, das nach totalitärer kommunistischer Gesinnung roch, hatte Father Coyne vor wenigen Wochen am Sonntag von der Kanzel gewettert. Und befand sich damit selbstverständlich, wie in allen anderen Fragen, im Einklang mit dem Kardinal, den Erzbischöfen und den Bischöfen von Irland. Nicht jedoch mit Mr. Emmet; der nämlich hatte Mauras Ehemann, dem Grafschaftsrat Jack Higgins, erzählt, daß er diesen Vorschlag befürworte. »Zum ersten Mal im Leben bin ich mit Addis Emmet einer Meinung«, fügte Maura noch hinzu.

»Du bist ein schreckliches Weib, Maura Higgins«, sagte Catherine. »Demnächst werden sie dich noch exkommunizieren.« Und tatsächlich fühlte sich Maura stets bemüßigt, überlieferte Wahrheiten und anerkannte Autoritäten in Frage zu stellen und bei jeder Auseinandersetzung Partei für die Unterprivilegierten zu ergreifen. Aufgrund dieser Haltung hatte sie vor nicht allzu langer Zeit ziemlichen Ärger mit Father Coyne bekommen, nachdem sie nämlich gesagt hatte, daß am Kommunismus ja nicht alles schlecht sei. »Was hält denn Jack von dieser Mutter-und-Kind-Idee?« Catherine plapperte gedankenlos dahin; es scherte sie keinen Deut, was Jack Higgins über irgend etwas dachte. Aber sie tat ihr Bestes, um Reddy Ryan und Eileen Maille zu übersehen, die gerade herzlich lachten, als sie an ihnen vorbeiging.

»Mein Gatte«, erwiderte Maura, »würde einem nicht einmal eine eindeutige Antwort geben, wenn man ihn fragt, ob heute morgen die Sonne aufgegangen ist.« Und hinsichtlich der Mutter-und-Kind-Pläne bezog der Grafschaftsrat ganz ohne Zweifel den ehernen Standpunkt aalglatter Neutralität. Ganz im Gegensatz zu seiner Partei, der *Clann na Talmhan*, die sich lautstark ambivalent zu dem Thema äußerte.

»Ich nehme an, du findest es sogar gut, daß Pißpott und Annie May durchgebrannt sind«, fragte Catherine weiter.

»Na ja, sie haben damit zumindest mehr Mumm gezeigt als eine Menge Leute, die ich kenne«, meinte Maura. »Mich eingeschlossen. Und das war zweifellos besser, als hierzubleiben und vor den Altar geschleppt zu werden. Falls du verstehst, was ich meine.«

»Du denkst doch nicht etwa«, sagte Catherine entsetzt und vergaß ganz, weiter zu überlegen, was sie Reddy beim nächsten Treffen sagen wollte, »daß Annie May … daß sie … Wirklich, Maura, du bist schrecklich.«

Maura brach in kreischendes Gelächter aus. »Na, du bist mir ja ein Unschuldslamm, Catherine Ryan! Warum um Himmels willen sollte sich der Bursche sonst bei Nacht und Nebel vom Acker machen? Und warum, glaubst du, hat Jimmy McTigue zugelassen, daß seine Tochter dem Kerl hinterherrennt? Natürlich war das Ganze abzusehen. Wenn man bedenkt, wie Pißpott das Mädchen in aller Öffentlichkeit betatscht hat, war doch klar, daß ihre Jungfräulichkeit nicht unangetastet bleiben würde, sobald sie mit ihm allein war.«

Und es stimmte, Philpots Betragen in den vergangenen Monaten war in den Augen der Gemeinde einfach skandalös gewesen. Am hellichten Tag hatte man ihn mit Annie May händchenhaltend die Straße entlangspazieren sehen. Matty O'Brien hatte sie dabei erwischt, wie sie sich hinter der Mauer küßten, kurz bevor sich Philpot für das Fußballspiel gegen Kilsaggart das Trikot überzog. Als die Kellys eines Abends auf dem Heimweg von ihrem Torfacker waren, hatten sie die beiden in einem Feld zwischen dem reifen Hafer verschwinden sehen. Und tagtäglich kamen neue Geschichten hinzu. Die Gerüchteküche brodelte. Father Coyne wurde ins Bild gesetzt und sprach ein ernstes Wort mit dem lasterhaften Paar. Er wies Jimmy McTigue an, seine Tochter nicht aus dem Haus zu lassen, sie notfalls hinter Schloß und Riegel zu setzen. Ja, das waren genau seine Worte gewesen. Doch zu Addis Emmet sagte er wohlgemerkt keinen Ton. Gemeindepfarrer und Schulmeister konnten sich keinen Zwist leisten, und die Beziehung zwischen Mr. Emmet und Father Coyne war aufgrund ihrer unterschiedlichen Haltung zu dieser Mutter-und-Kind-Geschichte derzeit ohnehin gespannt. Außerdem hatte Philpot eine Stelle bei der Bank of Ireland oben in Galway angetreten und kam nur an den Wochenenden heim; und seit er ein stinkendes, lärmendes Motorrad sein eigen nannte, hörte er überhaupt nicht mehr auf seinen Vater, egal, worum es ging.

Als Phelim O'Brien in diesem Jahr über die Sommerferien nach Hause kam, erfuhr er natürlich zwangsläufig von dem Skandal. Ja, er konnte sich nur wenige Tage nach seiner Ankunft mit eigenen Augen ein Bild davon machen. Denn als er am Samstagabend zur Beichte radelte, hörte er vor sich ein dröhnendes Motorengeräusch näher kommen, was zu jener Zeit in der Gemeinde von Creevagh recht ungewöhnlich war. Phelim stemmte sich gerade in die Pedale, um den steilen Bowgate Hill zu erklimmen. Als er fast die Hügelkuppe erreicht hatte, erstarb der Lärm, und dann konnte er auf der anderen Seite am Fuß der Anhöhe das gegen die Böschung gelehnte Motorrad sehen. Gleichzeitig entdeckte er zur Linken ein Pärchen, das auf einen Heuhaufen zuhielt, Philpot und Annie May natürlich. Er hatte bereits von ihrem unsittlichen Treiben gehört, seine Mutter hatte in einem ihrer Briefe entsprechende Andeutungen gemacht, und sein Bruder Matty hatte sich erst gestern abend bei Tisch genüßlich über die jüngsten Eskapaden des Paars ausgelassen.

Phelim war in dieser Minute von geistlicher Inbrunst durchglüht, lagen seine alljährlichen, den Ferien vorausgehenden Exerzitien im Scholastikat doch gerade erst ein paar Tage zurück. Da der Aufenthalt zu Hause als eine Zeit der Versuchung und der Prüfung für die Seminaristen galt, wurden sie stets mit Gebeten und Andachten gestählt, bevor man sie in die Freiheit entließ. Dieses Jahr nun hatte das Thema der Exerzitien gelautet: »Der Seminarist als Sauerteig im Mehltrog seiner Gemeinde.« – »Allein durch euer Verhalten könnt ihr jedem ein leuchtendes Beispiel sein«, hatte Father Dineen sie ermuntert. »Dazu braucht ihr nicht zu predigen; vergeßt nicht, ihr seid noch keine Pfarrer. Aber vielleicht ergibt sich die Gelegenheit, mit ein paar besonnenen Worten einen Freund oder Verwandten näher zu Gott zu führen oder von der Sünde fernzuhalten.«

Und genau hier bot sich diese Gelegenheit, erkannte Phelim voller Eifer, schwang sich vom Rad, setzte über die Mauer und sprintete hinter dem Pärchen her. Er würde ihnen von der verderbenbringenden Sünde und der Schönheit der Keuschheit erzählen, beschloß er, während er über die Wiese rannte, und wie wichtig es sei, gefährliche Situationen zu meiden. Natürlich wäre es schwer, gleichaltrigen Kameraden wie Seamus Laffey oder Paddy Moran solche Dinge zu sagen, aber da er viele Jahre älter war als Pißpott, würde er eine ziemlich deutliche Sprache sprechen. Er hatte bereits die entsprechende Bibelstelle ausgewählt – »Wenn dich dein rechtes Auge zum Bösen verführt« –, als er um den Heuhaufen ging und das Paar in flagranti ertappte: Die Körper eng aneinandergepreßt, hielten sie sich umarmt und küßten sich so hingebungsvoll, als wollten sie einander aussaugen.

»Scheiße!« rief Pißpott, der seine Zunge aus Annie Mays Mund zog und einen Satz zurück machte.

»Jesus, Maria und Joseph«, stieß Annie May aus, als sie sich umdrehte und Phelim entdeckte. »Was tust du denn hier?«

»Himmel! Einen Moment lang hab ich gedacht, du wärst Father Coyne«, stieß Pißpott schwer atmend hervor, gewann aber schnell die Fassung wieder. Dabei ließ er sein berühmtes Lächeln erstrahlen, das selbst Attila, den Hunnenkönig, becirct hätte und buchstäblich jeden in und um Creevagh entwaffnete – außer seinen Vater und den Pfarrer.

»Wenn ...«, setzte Phelim an, doch mehr von der Bibelstelle konnte er im Augenblick nicht anbringen.

Denn Pißpott fiel ihm ins Wort und fragte höflich: »Welchem Umstand verdanken wir denn das Vergnügen deiner Gesellschaft?« Annie May strich ihr Kleid glatt, das bei der vorangegangenen Umarmung offenbar ein bißchen verknautscht worden war. »Immer wieder schön, dich zu sehen, Phelim. Gerade eben, bevor du hinter dem Heuhaufen hervorgekommen bist, hab ich noch zu Annie May gesagt, daß wir dich nicht mal von weitem zu Gesicht gekriegt haben, seit du wieder hier bist. Aber ich sag's ja, wenn man vom Teufel spricht. Natürlich haben wir von deinem Besuch hier gehört, jeder in Creevagh weiß, wann Phelim O'Brien nach Hause kommt. Du bist ja jetzt in der Gemeinde ein bedeutender Mann. Und du wirst bestimmt bald zum Priester geweiht. Dann müssen wir wohl alle Father O'Brien zu dir sagen.«

»Was habt ihr hier getan?« fragte Phelim ohne Umschweife.

»Eine gute Frage, Phelim, eine gute Frage.« Pißpott räusperte sich. »Mein Vater hat immer gesagt, du wärst der klügste Bursche, der je die Creevagh National School besucht hat. Obwohl es da jetzt einen in der sechsten Klasse gibt, diesen Mickey Heskin aus Kildun, der macht dir mächtig Konkurrenz, heißt es.«

»Was geht es dich eigentlich an, was wir hier tun?« fragte Annie May streitlustig. Sie hatte damit aufgehört, ihr Kleid zu glätten, und starrte mit eisigem Blick, die Hände in die Hüften gestemmt, Phelim an, als wäre er eine herumstreunende Kuh, die sich zu dem Heuhaufen verirrt hatte.

»Aber Annie May«, griff Pißpott ein. »Phelim ist ein Geistlicher, er wandelt in der kühlen Abendluft über die Äcker und sinnt über Gottes Herrlichkeit und die Wunder seiner Schöpfung nach. Ist es nicht so, Phelim? Und da ist er gerade in dem Augenblick über uns gestolpert, als ich versucht habe, dir das Staubkörnchen aus dem Auge zu wischen. Weißt du«, er blickte Phelim unschuldig an, »Annie May und ich haben vor der Beichte eben noch eine kleine Spritztour gemacht, und im Vorbeifahren sah es aus, als ob aus dem Heuhaufen hier Rauch aufsteigt. ›Das sollten wir uns lieber ansehen‹, habe ich gesagt. ›Sonst bricht noch ein Feuer aus.‹ So was kann leicht passieren, das weißt du selbst, wenn das Heu beim Zusammenrechen nicht richtig trocken war. Und dieses Jahr hatten wir ja einen miserablen Sommer fürs Heumachen.«

»Ich sehe aber keinen Rauch«, erwiderte Phelim. Mit Pißpott zu reden war wie der Versuch, den glitschigen Aal zu fassen zu kriegen, den er und sein Vetter eines Sommers im Lough Corrib gefangen hatten.

»Wahrscheinlich eine vorübergehende Erscheinung. Du weißt ja, manchmal raucht es nur kurz. Na, und als wir dann auf den Heuhaufen geschlagen haben, um zu sehen, wo genau der Rauch herkommt, ist der armen Annie May Staub ins Auge geflogen.« Dabei sah ihn Pißpott mit großen Augen an, als ob er kein Wässerchen trüben könnte.

Was hätte Phelim also noch sagen sollen, vor allem, da ihn Annie May mit ihren Blicken durchbohrte. »Dann bis bald mal«, verabschiedete er sich und kehrte um. Während er über die Mauer zur Straße kletterte, beschloß er, mit Pißpott bei nächster Gelegenheit ein langes Gespräch unter vier Augen zu führen.

Diese Gelegenheit bot sich gleich Anfang der folgenden Woche. Er war nach Kilmolara geradelt, um einen alten Schulfreund aus der Ordensschule zu besuchen, der jetzt in Maynooth studierte und die Ferien zu Hause verbrachte, ebenso wie Phelim. Gerade als er sich gegen acht Uhr auf den Heimweg machte, um vor Einbruch der Dunkelheit zu Hause zu sein, da er kein Licht am Fahrrad hatte, bog Philpot auf seinem stinkenden, röhrenden Motorrad in die Hauptstraße ein. Kaum hatte er Phelim entdeckt, fuhr er langsamer und hielt neben ihm an.

»Oha, ist das nicht Father O'Brien höchstpersönlich?« Er schob die Schutzbrille hoch und wischte sich mit den Zeigefingern die Augenwinkel sauber.

»Ich dachte, du wärst in Galway?« versuchte Phelim den Motorenlärm zu überbrüllen.

»Tja, der Mensch denkt, Gott lenkt«, grinste Pißpott schelmisch.

»Ich würde gern mit dir reden«, schrie Phelim.

Eine Sekunde lang blickte ihn Philpot argwöhnisch an, dann grinste er. »Ich fühle mich geehrt, Father«, meinte er, »mit einem Mann wie dir gesehen zu werden. Komm mit ins Graney's, dort spendiere ich dir was zu trinken, und wir können quatschen bis in die Puppen.« Ohne Phelim Gelegenheit zu geben, die Einladung auszuschlagen, gab er Gas und tuckerte langsam die Hauptstraße hoch. Phelim folgte ihm. Sie bogen in die Glebe Street ein, wo Philpot vor Graney's Pub anhielt, den Motor abstellte und den Seitenständer herunterklappte. Phelim lehnte sein Fahrrad an den Bordstein.

»Ich finde nicht...«, setzte er an, doch Philpot war bereits hineingegangen. An der Theke standen mehrere Männer, die Phelim in seinem schwarzen Anzug und Stehkragen neugierig musterten.

»Wir setzen uns in die Koje, Father«, flüsterte Philpot unüberhörbar und zwinkerte dabei den Männern zu. »Dort sind wir ungestört.«

Phelim wußte vor Verlegenheit nicht ein noch aus. Zwar war er hin und wieder einmal kurz im Gannon's oder im Mulligan's, den Pubs in Creevagh, gewesen, doch nie, um dort etwas zu trinken. Und noch nie hatte er in einer Koje gesessen. Wenn Father Dineen ihn jetzt sehen könnte, würde er ihn bestimmt auffordern, gar nicht erst nach Kimmage zurückzukehren.

»Was darf's denn sein, Gentlemen?« Der Wirt öffnete die Luke.

»Zwei Halbe«, sagte Pißpott. »Du trinkst doch eins mit, Father?«

»Nein, nein!« Phelim stand kurz vor einem hysterischen Anfall. »Nur eine Limonade bitte.«

»Dann also eine Limonade für Hochwürden und ein Bier für mich.« Pißpott blinzelte dem Wirt zu. »Wir wollen die Geistlichkeit ja nicht betrunken machen, nicht wahr? Sonst kann uns ja keiner mehr von der Kanzel herab einbleuen, stets nüchtern zu bleiben und nicht zu sündigen.« Nachdem der Wirt die Luke wieder geschlossen hatte, lehnte sich Philpot zurück und sah Phelim forschend an. »Willst du mir jetzt die Leviten lesen?« Er hob die Hand, damit Phelim ihn weitersprechen ließ. »Ist schon in Ordnung. Wir alle brauchen hin und wieder eine Standpauke. Manche öfter als andere, denke ich. Und bei mir ist wahrscheinlich eine ernste Ermahnung fällig.«

»Es gibt eine Menge Gerede über dich und Annie May«, meinte Phelim.

»Ja, das mag schon sein. Aber so wahr mir Gott helfe, ich weiß ehrlich nicht warum. Wir sind nichts weiter als zwei normale Menschenkinder, die tun, was wir nach Gottes weisem Ratschlag tun sollen. Letzte Woche habe ich in Galway einen Film gesehen, *Annie Get Your Gun*. Da gibt's ein Lied über das, was ganz natürlich ist, und mir kam in den Sinn, daß Annie May und ich doch nichts anderes tun.«

»Was ihr tut, erregt Anstoß«, entgegnete Phelim entschieden.

»Ach was, das bißchen Küssen und Schmusen tut doch keinem weh.« Philpot breitete die Arme aus. »Den Geistlichen würde es vielleicht nicht schaden, wenn sie es selbst einmal ausprobieren, anstatt den Leuten zu sagen, es sei verwerflich.« Phelim fühlte Ärger in sich aufsteigen. Da öffnete sich die

Luke, ein Guinness und eine Limonade wurden hereingereicht. »Auf das Knutschen!« sagte Philpot und hob sein Glas.

Phelim rührte seine Limonade nicht an. »Du bist ein Schandfleck der Gemeinde.«

In Philpots Augen spiegelten sich Gekränktheit und Erstaunen. »Das meinst du nicht ernst, Father!« Er stellte das Bierglas hin und beugte sich zu Phelim vor. »Ausgerechnet ich? Einer, der nicht mal einer Fliege was zuleide tun könnte? Weißt du, das ist eine schwerwiegende Anschuldigung. Und wenn dich deine rechte Hand zum Bösen verführt, dann hau sie ab und wirf sie weg, so heißt es doch im Evangelium. Welchen Körperteil muß ich also abhacken, was meinst du?«

Höchst peinlich berührt suchte Phelim Halt an seiner Limonade. Warum trieben die Menschen stets ihren Spott mit solch ernsthaften Dingen?

»Ich finde, es ist an der Zeit«, verkündete Philpot nach einem langen, tiefen Zug aus seinem Glas, »daß die Menschen in dieser Gemeinde, ja, die Menschen in diesem Land begreifen, daß wir nicht mehr im 19. Jahrhundert leben. Zum Beispiel diese Mutter-und-Kind-Idee. Da gibt es einen Plan, den Gesundheitszustand von Frauen und Kindern zu verbessern. Nun sagt sich doch jeder vernünftige Mann, was könnte löblicher sein, als die Frauen und Kinder dieses Landes gesünder zu machen? Und doch habe ich in Gannon's Pub mit Männern gesprochen, die das Ganze für eine Verschwörung der Kommunisten halten, um sich Irland samt der Iren einzuverleiben. Und ich habe gehört, wie unser eigener hochgeschätzter Gemeindepfarrer dieses Vorhaben von der Kanzel der Kirche in Creevagh herab aus demselben Grund verdammt hat. Ebenso wie ich in der *Irish Times* von der Verurteilung des Vorhabens durch die irischen Bischöfe gelesen habe. Und so frage ich mich, bin ich denn der einzige Idiot weit und breit, der nicht sieht, wie die hinterhältigen Kommunisten mit diesem Plan von Dr. Browne unser Creevagh unterwandern? Doch dann überlege ich wieder, warum sollten denn die Russen ausgerechnet in Creevagh einfallen wollen? Verstehst du, was ich meine? Creevagh liegt schließlich nicht am Ende der Welt, sondern sogar noch vierzig Meilen westlich davon. Nicht etwa, daß ...«

»Der Kommunismus«, dozierte Phelim mit dröhnender Stimme, um die übelriechende atheistische Propaganda zu übertönen, die Pißpott verbreitete, »der Kommunismus ist der Antichrist! So listig wie der Satan geht er zu Werke, er vermag die Unwissenden zu täuschen und die Arglosen zu übertölpeln. Er kann ...«

»Himmel, Phelim, du kannst ja wettern wie Father Coyne höchstpersönlich. Und nicht viel schlechter als Bischof Michael von Galway. Ich hab den Mann vor ein paar Wochen in seiner Kathedrale predigen gehört, daß einem Hören und Sehen verging.« Wieder nahm Philpot einen kräftigen Schluck von seinem Guinness. »Wirklich prima, das Zeug. Du solltest es auch mal probieren.«

»Dieser Mutter-und-Kind-Plan«, fuhr Phelim mit glühendem Eifer fort, »bereitet den Boden für einen totalitären Überfall.«

»Was du nicht sagst!« Wieder erhob Philpot sein Glas. »Und ist das ansteckend, Father?« Ein Grinsen huschte über sein Gesicht. »Ich hab nur Spaß gemacht. Aber im Ernst, ich verstehe einfach nicht, warum es ein kommunistisches Komplott sein soll, wenn man Frauen und Kinder gesund macht.«

»Oh, ja!« Erst vor ein paar Wochen hatte Phelim genau bei diesem Thema die gefährlich spitzfindige Argumentation eines Mitseminaristen widerlegt. »Ohne eine Bedürftigkeitsermittlung, mit der man die kostenlose Versorgung auf die wirklich Bedürftigen beschränkt, wird die gottgewollte Rolle des Vaters als erstem Hüter der Gesundheit seiner Familie in Frage gestellt. Und wir wissen ja, daß es Ziel des Kommunismus ist, die christliche Familie zu zerstören, denn das ist der schnellste Weg, der Welt die atheistische Propaganda unterzujubeln.«

»Nun, wer hätte je gedacht...« Philpot leerte sein Glas. »Ich glaube, ich nehm noch eins, dann kann ich besser über all das nachdenken, was du da gerade gesagt hast.« Er klopfte an die Luke, die sogleich geöffnet wurde. »Laß die Luft aus dem Glas, Paddy.« Eine Hand nahm das Glas vom Tresen. »Du willst damit also sagen, daß die Mütter und Kinder dieses Landes wie gute Christen an ihren Krankheiten sterben sollen, damit Ehemänner und Väter weiterhin... was, hast du gesagt, sollen sie sein?«

»Der Vater ist der erste Hüter der Gesundheit seiner Familie«, wiederholte Phelim steif. »Aber wir wollten eigentlich über etwas anderes sprechen.« Was scholastische Erörterungen betraf, war er inzwischen ein alter Hase und wußte, wann jemand eine falsche Fährte legte.

»Das ist aber wichtig«, beharrte Philpot. »Wirklich wichtig. Ich arbeite in der Bank mit einem zusammen, der behauptet – wobei ich nicht sagen will, daß ich seiner Meinung bin –, also, er behauptet, dieses Land gehe immer mehr vor die Hunde, weil sich die Kirche ständig in Dinge einmischt, die sie nichts angehen.«

»Der Klerus hat das Recht, sich zu allen Fragen des Glaubens und der Moral zu äußern.«

»Stimmt, das hat er.« Philpot leerte sein zweites Glas mit beachtlicher Geschwindigkeit. »Doch sag mir eins, Father: Was hat es mit Glauben und Moral zu tun, wenn man ein Kind davor bewahrt, Tuberkulose zu kriegen? Es gibt welche – wieder sage ich nicht, daß ich dazugehöre –, aber diese Leute behaupten, daß die Bischöfe immer dann, wenn sie uns in irgendwas dreinreden wollen, das Ganze einfach zu einer Frage von Glauben und Moral erklären, damit wir alle nur noch brav nicken und die Schnauze halten.«

»Wir wollen hier nicht über die Bischöfe sprechen«, meinte Phelim, »sondern über das unsittliche Betragen von dir und Annie May.«

»Hast du jemals ein Mädchen geküßt?« Wieder hatte Philpot sein Glas geleert und klopfte an die Luke. »Jetzt nehm ich einen Whiskey, Paddy. Das zählt nämlich zu den schönsten Dingen auf dieser Welt. Du solltest es mal probieren.«

Phelim fand, es sei nun an der Zeit, sein theologisches Wissen ins Spiel zu bringen. »Weißt du nicht, daß schon das kleinste Fünkchen willentlich herbeigeführter Fleischeslust außerhalb der Ehe eine Todsünde ist und dazu führen kann, daß du für alle Ewigkeit der Verdammnis anheimfällst?« Er sah Philpot durchdringend an, ganz wie Father Dineen die Seminaristen vom Katheder herab angesehen hatte, als sie bei den letzten Exerzitien ebendieses Thema erörterten.

»Himmel, du machst ja ganz schön große Worte, Father.« Philpot hielt mit dem Glas auf halbem Weg zum Mund inne. »Diese Sichtweise ist mir natürlich nicht neu – schließlich war ich fünf Jahre bei den Zisterziensern, wo man alles mindestens zweimal gesagt kriegt –, aber ich habe sie nie so recht verstanden.« Er nippte am Whiskey. »Mein Problem ist die Sache mit dem Fünkchen. Leicht zu sagen, wann man eine Menge Spaß hat, aber verdammt schwierig, so ein Fünkchen zu erkennen. Es huscht nur eben mal kurz vorbei. Man weiß erst hinterher, daß es da war, und dann ist es zu spät. Man hat nicht mal so recht die Zeit, es zu genießen. Beim Küssen beispielsweise. Wie oft habe ich schon nachts dagelegen und mir den Kopf darüber zerbrochen, was die Lippen einer Frau denn an sich haben, daß einem so heiß und kalt dabei wird. Nun, manchmal nur ein bißchen, manchmal mehr. Aber es ist wirklich schwierig herauszufinden, woher das Vergnügen eigentlich kommt.«

»Jetzt machst du dich lustig über mich«, entgegnete Phelim. Während er an seiner Limonade nippte, fühlte er wieder Zorn in sich aufwallen.

»Aber nein, ehrlich nicht!« Philpots braune Augen waren vor Schreck geweitet, und unschuldig fuhr er fort: »Es ist nur, weil ich doch schon seit Jahren darüber brüte und es einfach nicht verstehen kann. Und weil wir gerade beim Thema sind, da gibt es noch etwas, was mir nicht in den Kopf will: Ich kann mir einfach nur schwer vorstellen, daß der Allmächtige oben auf einer Wolke steht und mich beobachtet und darauf wartet, daß ich etwas Unerlaubtes tue, dann herumhüpft und dem heiligen Petrus zuruft: ›Ha, ich hab ihn erwischt! Emmet hat ein Fünkchen Vergnügen gehabt! Laß ihn ja nicht rein.‹ Verstehst du, was ich meine?«

»Das grenzt ja schon an Gotteslästerung!« Phelim zitterte vor Wut. »Ich gehe lieber heim.«

»Nichts für ungut«, waren die letzten Worte, die Phelim beim Herausgehen noch hörte. Und nur eine Woche später war der Eklat um das durchgebrannte Paar das Gesprächsthema der ganzen Gemeinde.

Phelim konnte nicht anders, er grübelte den Rest des Monats darüber nach, ob die Tragödie zu verhindern gewesen wäre, hätte er nur ein bißchen mehr Geduld mit dem Lästermaul Philpot gezeigt. Doch die bittere Lektion seines Versagens würde aus ihm einen besseren Priester machen, schwor er sich auf dem Rückweg nach Kimmage. Zwei Wochen später schweiften seine Gedanken während der Morgenandacht ab, und er überschlug mittels seiner biologischen Grundkenntnisse, daß der Samen für diesen Skandal wohl schon einige Zeit vor seiner Ankunft zu Hause gesät worden war. Daraufhin fühlte er sich erheblich besser, was diese ganze Episode betraf.

DIE UNTERSUCHUNG DES CORONERS

Es regnete an dem Tag, als Reddy Ryan beerdigt wurde. Stetig prasselte es herab, und es war beinahe windstill, was darauf schließen ließ, daß es so bald nicht aufhören würde. Von den Hüten, Mützen und Kopftüchern der Trauergemeinde tropfte das Wasser und hinterließ Pfützen auf den Bänken und dem Boden der Kirche von Creevagh. Es war eine große Beerdigung: Reddy Ryan war ein hervorragender Fußballer und ein allseits beliebter junger Mann gewesen. Und er war unter wirklich tragischen Umständen ums Leben gekommen.

»Die Engel weinen um ihn«, bemerkte Jack Higgins, als er aus der Kirche trat. Allerdings verriet sein Tonfall, daß er diese alte Redensart vielleicht auf seine eigene Weise interpretierte. »Er war ein anständiger Bursche«, fügte er hinzu.

»Ja, das war er.« Thomas Ryan stützte sich auf seinen Stock, während er sich mit der freien Hand an die Melone tippte, um seinen Respekt gegenüber seinem verstorbenen Patenkind zu bekunden. Die Ehefrauen, Catherine Ryan und Maura Higgins, schwiegen. Sie standen zusammen an der Kirchenpforte und beobachteten, wie sich die Trauerprozession formierte und hinter Mike Carneys Leichenwagen die Straße entlangzog. An der Spitze schritt Father Coyne mit seinen sechs Ministranten, unmittelbar gefolgt von Reddys Familie. Als nächstes kam die Fußballmannschaft von Creevagh, allen voran Seamus Laffey mit dem Ball und Paddy Moran, der die Vereinsfahne hochhielt. Der lange Strom der Freunde und Nachbarn trottete hinterdrein, unter ihnen auch die »Berufstrauernden«, wie Paddy Gannon sie nannte: Gemeindemitglieder, für die die Teilnahme an Beerdigungen so wichtig war wie der sonntägliche Kirchgang.

Von der Kirche zum Grab war es nur ein kurzer Weg. Am Rand des Dorfes bei Gannon's Pub, nur ein paar hundert Meter hinter dem neuen Pfarrsaal und von der Straße nach Kilmolara ein gutes Stück zurückgesetzt, erstreckte sich rings um die Ruinen einer alten protestantischen Kirche der Friedhof. Es sei eine Ironie der Geschichte, so erklärte Addis Emmet, der Schulmeister, seinen Zöglingen, daß den armen verfolgten Katholiken früherer Zeiten jetzt nachträglich ein wenig Gerechtigkeit zuteil werde. Hinter den rostigen Eisentoren war der Weg schlammig und voller Schlaglöcher, hohes Gras überwucherte die Gräber. Dieser Friedhof ist eine Schande für unsere Gemeinde, dachte sich Catherine Ryan, und bei der Vorstellung, daß Reddys Leichnam bis zum Jüngsten Tag hier ruhen sollte, traten ihr Tränen in die Augen. Sie und Thomas hielten sich im Hintergrund, außerhalb des Blickfelds von Reddys Familie, während Jack Higgins, der ja Grafschaftsrat war, nach vorne trat, um gesehen zu werden. Maura Higgins blieb hinten bei Catherine.

Unter dem Schutz eines großen schwarzen Regenschirms, den ein Ministrant über ihn hielt, las Father Coyne vor dem Grab die Gebete. »Wir bitten dich, o Herr, befreie die Seele deines Dieners Thomas Redmond von jeder Fessel der Schuld, auf daß er in deiner Herrlichkeit auferstehe. Schenke ihm das ewige Leben und nimm ihn auf in die Gemeinschaft der Heiligen und Auserwählten.« Catherine Ryan schluchzte, obwohl sie sich um Fassung bemühte. War seine Seele jetzt im Himmel? Und wenn nicht, war es dann ihre, Catherines Schuld? Noch am letzten Samstag war er zur Beichte für die Standeskommunion gegangen. Zu einem Hilfspfarrer in Kilmolara, damit Father Coyne nichts davon erfuhr, aber eine Beichte war es nichtsdestoweniger. Doch dann, am Sonntag nachmittag im Heuschober ihres Mannes, hatten er und sie es miteinander getan. Und am Mittwoch vormittag war er ums Leben gekommen. Also bestand seine einzige Hoffnung auf Erlösung darin, daß er in der Zeit dazwischen ehrliche Reue gezeigt hatte.

»Seine Seele und die Seelen aller verstorbenen Gläubigen mögen durch die Barmherzigkeit Gottes ruhen in Frieden.« Father Coyne schloß sein Buch, legte die purpurne Stola ab und ließ den Blick über die Trauergemeinde schweifen. »Dr. Daly, der Coroner«, fuhr er dann in ruhigem Ton fort, »hat mich gebeten, euch mitzuteilen, daß aufgrund der Umstände, die zum Tod des armen Reddy führten, gleich anschließend im Pfarrsaal eine kurze Untersuchung des Falls stattfinden wird. Er bittet um möglichst zahlreiches Erscheinen.«

Francie Madden schlich sich an Catherine heran, als sie und Maura sich ihren Weg zwischen den Schlammlöchern bahnten. »Mein herzliches Beileid, Ma'am«, murmelte er, dann beschleunigte er seinen Schritt, um ein paar seiner Kameraden einzuholen. Ob es als eine echte Beileidsbekundung oder als ein spöttischer Seitenhieb gemeint war, konnte man bei Francie nicht sagen. Andererseits waren er und Reddy dicke Freunde gewesen, vielleicht wußte er also Bescheid.

»Was für eine schrecklich tragische Geschichte«, sagte Maura Higgins zum x-ten Mal. Sie war die einzige Menschenseele, der Catherine ihre Affäre mit Reddy anvertraut hatte.

»Wenn er noch am Leben wäre, würde ich jetzt auf der Stelle mit ihm nach England durchbrennen. Ich schwöre bei Gott, das würde ich tun.«

»Wir machen alle unsere Fehler«, meinte Maura mitfühlend, doch mit leicht vorwurfsvollem Unterton.

»Diesen alten Tattergreis zu heiraten war ganz schön blöd von mir, was?« Ihre törichte Entscheidung machte Catherine seit Mittwoch schwer zu schaffen. Natürlich war es ihre eigene Schuld gewesen. Aber auch die von Daddy, Gott strafe ihn. Nein, Gott vergebe ihr. Möge Daddys Intrigantenseele in Frieden ruhen. Er hatte nie etwas anderes als Grundbesitz und Geld im Kopf gehabt. Und sie deshalb mit einem alten Mann wie Thomas Ryan verkuppelt, den sie nach seinem Ableben beerben sollte. Was nicht mehr lange dauern würde, hatte er ihr versprochen. Aber diesen Monat wurden es fünf Jahre. Daddy selbst war schon vor zwei Jahren gestorben. Und jetzt auch noch Reddy. Nur dieser alte Mistkerl wollte nicht abkratzen.

»Allerdings, meine Liebe«, antwortete Maura finster.

»Wir könnten jetzt beide in London sein, dann hätte ihn dieser verdammte Traktor nicht überfahren.« In den letzten Monaten hatte sie sich oft ausgemalt, in London zu leben. Seltsamerweise war aber der Mann, den sie in ihren Tagträumen an ihrer Seite sah, nicht etwa der arme Reddy, sondern Phelim O'Brien.

»Mag sein. Aber es heißt, wenn die Zeit eines Menschen abgelaufen ist, kann man nichts dagegen machen. Es hätte ihn ja statt dessen ein Bus überfahren können.«

»Ach, das ist doch alles Quatsch«, entgegnete Catherine heftig. »Ich glaube, in dieser Welt ist jeder seines Glückes Schmied.«

»Nun, dann sag mir eins«, erwiderte Maura. »Glaubst du, daß das mit dem Traktor ein Unfall war?«

»Ich weiß es nicht.« Wieder standen Tränen in Catherines Augen. »Das werden wir wohl nie erfahren.«

Der neue Pfarrsaal, der Stolz von Father Coyne und Addis Emmet, wirkte kahl ohne die bunten Dekorationen, die man für das Weihnachtsspiel aufgehängt hatte. Die Trauergäste nahmen sich Klappstühle von einem Stapel an der hinteren Wand und bildeten ungleichmäßige Sitzreihen vor dem Tisch neben der Bühne, wo Dr. Daly verschiedene Papiere ausgebreitet hatte. Geduldig saß der Leichenbeschauer da und wartete, bis das Scharren der Stühle aufhörte und das Stimmengewirr verstummte. Dann erhob er sich. Er war ein stämmiger Mann, so groß wie Reddy Ryan, aber viel kräftiger gebaut. Und natürlich auch älter: Sein Haar war bereits ergraut, aber er hatte buschige schwarze Augenbrauen, die sich hoben und senkten, wenn er sprach. »Wenn der Tod nicht auf eine natürliche Ursache wie etwa eine Krankheit zurückzuführen ist«, begann er mit so säuselnder Stimme wie Father Coyne, wenn dieser den Stand der Gnade pries, »verlangt das Gesetz eine Untersuchung zur Klärung der Todesursache und -umstände. Dies sei nur vorausgeschickt, um jeglichen Verdacht zu zerstreuen, es könnte irgend etwas vielleicht nicht mit rechten Dingen zugegangen sein.« Für einen Sekundenbruchteil huschte der Anflug eines Lächelns über sein Gesicht – sehr zum Mißfallen von Catherine Ryan, die der Meinung war, nach dem Tod ihrer großen Liebe dürfe es auf dieser Welt überhaupt kein Lächeln mehr geben. Als sie sich das Bild des Geliebten vor Augen rief, herrschte allerdings eine gewisse Unklarheit: War es nun Reddy Ryan oder Phelim O'Brien? »In unserem Fall«, fuhr der Coroner fort, »wurde ein junger Mann namens Thomas Redmond Ryan, allgemein bekannt als Reddy, von einem Traktor überfahren, den sein Patenonkel Thomas Ryan lenkte. Nun,

Thomas Ryan ist mir seit Jahren persönlich bekannt, ich weiß, was für ein Mensch er ist und daß er niemals jemanden absichtlich verletzen würde. Doch wir müssen uns an die Vorschriften halten.«

Wenn du das wirklich glaubst, kennst du den alten Knacker aber verdammt schlecht, ging es Catherine durch den Sinn, während sie die zuckenden Augenbrauen des Coroners beobachtete. Dieser ließ den Blick langsam über die Anwesenden gleiten, als zähle er Schafe. Abgesehen von vereinzeltem nervösem Hüsteln war es vollkommen still. »Als erster Punkt der Verfahrensordnung sind sechs Geschworene zu ernennen. Die Aufgabe dieser Männer besteht in der Beweisaufnahme und der Urteilsfindung.« Er winkte einer Gruppe von Männern, die ganz hinten standen. »Meine Herren, darf ich Sie bitten? Wenn sechs von Ihnen bitte zu mir vortreten wollen, dann werde ich Sie vereidigen.«

Schwere Stiefelschritte schlurften über den harten Steinboden. Ein kleiner Mann mit einem braunen Hut und einem ockerfarbenen Regenmantel begab sich zum Tisch des Coroners: Martin McGreevy aus Kildotia, ein wortkarger Bauer, aber ein guter Freund von Thomas Ryan. Langsam, zögerlich und verschämt folgten ihm fünf andere Männer, denen man schon am Gang anmerkte, wie unangenehm ihnen das alles war: Seamus Moran, Packey Dunne, Mick Grady, Wattie Feerick und James Coneely. Bis auf einen waren sie alle mit Thomas befreundet. »Sehr schön«, ermunterte sie der Coroner. »Wenn Sie nichts dagegen haben, notiere ich mir zuerst Ihre Namen.«

O Gott! Catherine spürte, daß ihr wieder die Tränen kamen. Wie sehr sie ihn doch vermißte!

»Heben Sie jetzt bitte zur Vereidigung die rechte Hand.« Dr.

Daly hob ebenfalls seine Rechte, ließ sie aber sogleich wieder sinken. »Es ist wohl nicht zufällig einer von Ihnen mit dem Verstorbenen oder mit Thomas Ryan verwandt?«

Mick Grady, Thomas' Vetter mütterlicherseits, meldete sich. Der Untersuchungsbeamte schaute unglücklich drein. »Aha. Tja, wenn das so ist, müssen wir von Ihnen absehen.«

Mick schaute ihn an, als hätte er ihn nicht verstanden. »Sie können wieder bei den anderen Platz nehmen«, erklärte der Coroner, und Catherine sah ihm an, daß er ein wenig verärgert war. Erneut richtete er den Blick auf die Versammlung. »Ich brauche noch jemanden, bitte schön.«

»Kann es auch eine Frau sein?«

Maura Higgins! Den Arm in die Höhe gereckt, sprang sie auf, wie damals in Schwester Louis' Schulklasse. Die Augenbrauen des Gerichtsmediziners senkten sich beinahe bis über die Augen herab. Er starrte sie an, als hätte sie eine Krankheit, die ihm noch nie untergekommen war. »Na, ich weiß nicht. Das machen eigentlich immer Männer«, stellte er höflich, aber nachdrücklich klar.

»Aber warum kann es nicht auch eine Frau machen?« beharrte Maura mit immer noch erhobener Hand. Catherine Ryan wäre vor Scham am liebsten in den Erdboden versunken.

Eine Weile herrschte Schweigen. In der Hoffnung, Maura hätte den Wink mit dem Zaunpfahl begriffen, wartete der Coroner darauf, daß sie sich setzte, aber vergeblich. Schließlich sagte er: »Nun, das wäre aber wirklich höchst ungewöhnlich.«

»Bitte!« Unverwandt sah sie ihn mit ihren großen braunen Augen an. Eine hinreißende Frau, diese Maura Higgins, die genau um ihre Wirkung auf Männer wußte, wenn sie sie mit diesem Blick anschaute.

Abermals trat Schweigen ein. Der Untersuchungsbeamte stand an seinem Tisch und rührte sich nicht. Ebensowenig wie Maura. Am Ende gab er nach. »Na, meinetwegen. Ich denke, das geht schon auch.« Allerdings schien er ein wenig verwirrt zu sein.

»Na also«, meinte Maura, trat vor und stellte sich zu den Männern. Einen flüchtigen Moment lang war Catherine Ryan tatsächlich nach Lachen zumute, denn mit dieser Masche war Maura noch immer durchgekommen, schon damals auf der Klosterschule in Kilmolara.

»Bitte heben Sie nun zur Vereidigung alle die rechte Hand«, wiederholte der Coroner. Dann forderte er seine Geschworenen auf, sich Stühle zu holen und den Zuschauern gegenüber zu setzen, und erklärte ihnen, was sie zu tun hatten: die Zeugen anzuhören, den Tatbestand festzustellen und ein entsprechendes Urteil zu fällen. Welches natürlich aller Wahrscheinlichkeit nach Tod durch Unfall lauten würde, doch das zu entscheiden liege bei ihnen.

»Wenn Sie dann soweit sind.« Er setzte sich und stützte die Ellbogen auf den Tisch. »Als ersten rufe ich Thomas Ryan auf, der uns den Sachverhalt genau schildern soll.«

Catherine Ryan klammerte sich fest an ihre Handtasche. Ihr Ehemann trat vor den Coroner und die Geschworenen und nahm seinen Hut ab. »Ich…«, setzte er an, dann hielt er inne, um sich zu räuspern. »Ich möchte zu Beginn sagen, daß das, was am Mittwoch vormittag geschehen ist, niemanden in der ganzen Grafschaft Mayo mit mehr Trauer und Kummer erfüllt als mich. Die Erinnerung daran wird mich den Rest der wenigen mir noch verbleibenden Tage quälen. Gerade vorhin, als ich am Grab stand, dachte ich mir, es wäre besser gewesen, der Allmächtige hätte mich, einen alten Mann, zu sich gerufen und diesen jungen Burschen verschont, der seine besten Jahre doch noch vor sich hatte.«

Amen, sagte sich Catherine in Gedanken. Dieser alte Heuchler. Wußte er von ihr und Reddy? Sie waren immer so vorsichtig gewesen. Aber wenn es Jack Higgins und Francie Madden erraten hatten, wußte allein der Himmel, wer ihnen noch alles auf die Schliche gekommen war. Und wenn Thomas es gemerkt hatte ... Andererseits hatte er niemals auch nur die geringste Andeutung gemacht. Und er war Reddy gegenüber immer sehr freundlich gewesen.

»Aber die Wege des Herrn sind unergründlich«, fuhr Thomas Ryan weise fort, »und es steht uns nicht zu, darüber zu urteilen. Laßt mich nun berichten, wie es sich zugetragen hat.« Erneut räusperte er sich. »Wie ihr alle wißt, habe ich mir vor einem Jahr einen Traktor gekauft, und seitdem habe ich jeden Tag damit gearbeitet. Ich kann also gut damit umgehen. Das konnte übrigens auch Reddy, der Herr sei ihm gnädig. Nun, am Mittwoch vormittag gegen neun Uhr brachte ich meinem Vieh eine Heuladung in die Eckweide, die ungefähr eine halbe Meile vom Haus entfernt ist. Reddy saß auf dem Anhänger mit dem Heu. Es regnete an diesem Vormittag, so wie heute, und der arme Reddy hatte sein Ölzeug an. Er trug diesen Umhang oft an nassen Tagen. Wie auch immer, als wir ankamen, sprang er ab und öffnete das Gatter, ich fuhr durch und hielt an, dann ging Reddy zum Anhänger und kuppelte ihn ab. ›Du kannst jetzt zurückfahren, wenn du willst‹, sagte er. ›Ich kümmere mich schon um den Rest.‹ Er war ein außerordentlich zuverlässiger Junge; bei Reddy konnte man sich immer darauf verlassen, daß er alles erledigte, was zu tun war.«

Catherine hätte ihm gern gesagt, er solle endlich aufhören, mit seinem Ärmel an der nassen Hutkrempe zu rubbeln. Und er solle sie nicht an Reddys Ölzeug erinnern. Eine entsetzliche Spannung lastete auf ihr, am liebsten wäre sie schreiend davongelaufen, weit weg von hier und von diesem Mann. Schmerzlich wurde ihr bewußt, daß ihr der falsche Thomas Ryan geblieben war.

»Ich also lege, wie ich glaubte, den Vorwärtsgang ein, um zu wenden und wieder durchs Gatter hinauszufahren. Aber statt dessen...« Seine Stimme zitterte. Er verstummte, während er die Hutkrempe mit beiden Händen zusammenquetschte, bis das Wasser heraustropfte. Der Untersuchungsbeamte nickte ihm aufmunternd zu. »Statt dessen«, redete er nun schnell weiter, als wollte er es möglichst rasch hinter sich bringen, »setzt der Traktor plötzlich zurück, und ich spüre, wie er gegen den Anhänger prallt. Aber da hatte ich noch keine Ahnung, was wirklich passiert war. Ich lege den richtigen Gang ein und fahre ein Stück vor, dann springe ich gleich herunter, um mir den Schaden anzusehen. Dabei, fällt mir ein, habe ich noch gesagt: ›O Reddy, jetzt hab ich wohl Mist gebaut.‹ Erst als ich um den Traktor herumgegangen bin, hab ich ihn vor dem Anhänger am Boden liegen sehen.«

Nun zitterte Thomas Ryan am ganzen Leib, als hätte er Schüttelfrost. Er setzte wieder den Hut auf und ließ sich auf seinen Stuhl fallen.

Beklemmendes Schweigen trat ein. Der Coroner beugte sich vor, sagte aber nichts, bis Thomas' Zittern nachließ. Wie eine Mutter, die wartet, bis das Kind zu weinen aufhört. Dann fragte er mit ganz sanfter Stimme: »Haben Sie vielleicht eine Ahnung, Thomas, wo er getroffen wurde? Konnten Sie beispielsweise an seiner Lage erkennen, wo ihn der Traktor vermutlich erwischt hatte?«

Thomas blieb eine Weile mit gesenktem Kopf sitzen, ohne

etwas zu sagen. Während Catherine ihn betrachtete, fragte sie sich, ob ihn vielleicht der Schlag getroffen hatte. Doch dann erhob er sich langsam. »Ja«, antwortete er, nun mit fester Stimme. »Er lag zusammengekrümmt da, mit dem Kopf nach unten. Ich nehme an, er stand vornübergebeugt mit dem Rücken zum Traktor, als der ihn gegen den Anhänger quetschte.«

»Vielen Dank, Thomas«, sagte Dr. Daly. »Ich weiß, daß das sehr schwer für Sie war.« Ein weiteres Mal ließ er den Blick durch den Saal schweifen, als wollte er Schafe zählen. »War zu diesem Zeitpunkt noch jemand anderer anwesend? Hat jemand den Unfall beobachtet?« Es herrschte langes Schweigen. »In diesem Fall möchte ich Ihnen mitteilen, zu welchen Schlußfolgerungen ich bei der Untersuchung der Leiche gelangt bin.« Er stand auf und las von einem Blatt Papier ab: »Die Todesursache war ein gebrochenes Genick. Aufgrund der Verletzungen im unteren Nackenbereich sowie an der Schädeldecke ist anzunehmen, daß der Verstorbene von hinten angefahren wurde und mit der Schädeldecke gegen den Anhänger prallte. Sämtliche Verletzungen, einschließlich des gebrochenen Genicks, können darauf zurückgeführt werden.« Nachdem er kurz seine Unterlagen geordnet hatte, blickte er mit gewichtigem Ausdruck auf und fragte: »Möchte sich noch jemand zur Sache äußern, ehe wir die Geschworenen bitten, zur Urteilsfindung zu kommen?«

Maura Higgins hob die Hand. »Ich hätte noch eine Frage«, verkündete sie. »Ist etwas darüber bekannt, ob Thomas Ryan und Reddy Ryan gut miteinander ausgekommen sind?«

Es war nur ein paar Sekunden lang still, bis jemand von hinten rief: »Das sind sie nicht.« Unruhe brach aus, überall wurden Stühle gerückt, als sich die Leute nach dem Zwischenrufer umdrehten. »Dazu habe ich etwas zu sagen.« Laut und scharf ertönte die Stimme des Mannes und kündete von großem Zorn, der sich zu entladen suchte. Catherine Ryan brauchte sich nicht umzuschauen, denn sie wußte, wer da sprach.

Der Gerichtsmediziner setzte seinen Onkel-Doktor-Blick auf. »Ah, natürlich, Mr. Ryan. Wir alle möchten Ihnen und Ihrer Familie in dieser Stunde der Trauer unser tiefempfundenes Mitgefühl aussprechen. Sie haben eine schwere Last zu tragen.« Einen Moment lang verharrte er in andächtigem Schweigen. »Ja, eine wahrlich schwere Last«, wiederholte er. Da er um weitere Worte verlegen schien, beschränkte er sich auf eine ausladende Geste, die an einen Zirkusdirektor erinnerte, und die Aufforderung: »Bitte fahren Sie fort, Mr. Ryan.«

»Ich bin hier, um Ihnen zu sagen, daß der Tod meines Sohnes kein Unfall war«, erklärte Gerard Ryan in rasiermesserscharfem Ton. In der darauffolgenden Stille hätte man eine Stecknadel fallen hören können. Der Coroner wirkte etwas verunsichert, seine Augenbrauen hüpften auf und ab wie der Kamm eines Hahnes bei der Fütterung. Catherine Ryan wiederum glaubte sich in einem Alptraum. »Dieser schmierige Scheißkerl da vorn hat meinen Sohn auf dem Gewissen!« brüllte Gerard Ryan.

Catherine wünschte, sie wäre tot. O Gott! Jetzt würde alles ans Licht kommen. Für ihre Sünden drohte ihr nun die Hölle bereits auf Erden.

Der Coroner fand schließlich die der Situation angemessenen Worte. »Äh, ja, Mr. Ryan. Es ist schrecklich, was passiert ist, wirklich schrecklich. Darin sind wir uns alle einig. Aber wir wissen auch, daß Mr. Ryan – Mr. Thomas Ryan hier – Ihrem Sohn niemals vorsätzlich Schaden zugefügt hätte.«

»Thomas Ryan hatte Reddy schon lange auf dem Kieker, und am Mittwoch vormittag hat er ihn dann umgebracht.« Der

Tonfall des Vaters war so hart wie die Steine der Mauern von Creevagh. »Hören Sie nicht auf das, was der alte Mistkerl Ihnen erzählt. Er ist ein verdammter Heuchler. Das war er schon immer. Und jetzt ist er auch noch ein Mörder. Dafür, daß er meinen Sohn umgebracht hat, wird er in der Hölle schmoren. Und ich bin heute hier, um dafür zu sorgen, daß er dafür außerdem an einem Strick baumelt.«

Dr. Dalys Augenbrauen verharrten in der höchstmöglichen Position. »Sind Sie wirklich der Meinung«, sagte er in einem absolut ungläubigen Ton, »daß ein Mann wie Thomas Ryan imstande wäre, einen Mord zu begehen? Und selbst wenn, warum sollte er es ausgerechnet auf Ihren Sohn abgesehen haben?«

Sämtliche Versammelten waren mucksmäuschenstill, doch ihr Schweigen schrie Catherine entgegen, daß sie alle den Grund kannten. »Er hat meinen Jungen ermordet!« stieß Gerard Ryan hervor.

Dr. Dalys Augenbrauen senkten sich schlagartig. Erschrokken und ungläubig schürzte er die Lippen. »Mord ist eine entsetzliche Anschuldigung, Mr. Ryan. Haben Sie irgendeinen Beweis dafür, daß Thomas Ryan Ihren Sohn umgebracht hat? Waren Sie auf dem Feld, als sich das Unglück ereignete?«

»Himmel, wäre ich dort gewesen, hätte nicht Reddy, sondern ein anderer dran glauben müssen, darauf können Sie sich verlassen. Trotzdem weiß ich, daß er ihn ermordet hat. Thomas Ryan hatte einen Grund – oder zumindest glaubte er das –, meinem Sohn nach dem Leben zu trachten. Mehr als einmal habe ich zu Reddy gesagt: ›Wende diesem schmierigen Thomas niemals den Rücken zu, halte dich von ihm fern und arbeite nicht für ihn.‹ Aber er wollte ja nicht auf mich hören. Sonst wäre er heute noch am Leben. Und dieser Kerl hier hätte keinen Mord auf dem Gewissen. Dafür soll er auf ewig in der Hölle schmoren, und am Galgen hängen …«

»Langsam, langsam!« Der Coroner fuchtelte mit beiden Armen in der Luft herum, als versuchte er, Schafe in einen Pferch zu treiben. »Sie sagen, Thomas Ryan habe geglaubt, er hätte einen Grund, Ihren Sohn zu töten. Würden Sie uns bitte erläutern, was dies für ein Grund gewesen ist?«

Catherine wünschte, die Erde würde sich auftun und sie verschlucken. Doch Gerard sagte nur: »Es sind persönliche Gründe, die ich nicht in aller Öffentlichkeit ausbreiten möchte. Aber es gab diese Gründe. Jedenfalls war Thomas Ryan davon überzeugt. Ich selbst habe nie daran geglaubt. Aber wenn man von etwas überzeugt ist, dann handelt man eben auch dementsprechend.«

Der Untersuchungsbeamte lehnte sich auf seinem Stuhl zurück und verschränkte die Arme. »Mr. Ryan, haben Sie, abgesehen von Ihrer Ansicht, daß Mr … *dieser* Mr. Thomas Ryan ein bestimmtes Motiv hatte, Ihren Sohn zu töten, irgendeinen Beweis für einen vorsätzlichen, geplanten Mord? Irgend etwas, was die Herren Geschworenen – und die Dame – davon überzeugen könnte, daß es nicht Tod durch Unfall war?«

»Er hat es mit Absicht getan!« Gerard Ryan verlegte sich nun wieder aufs Schreien. »Das ist so sicher wie das Amen in der Kirche.«

Eine Zeitlang starrte der Coroner nur auf seine Unterlagen und schürzte dabei die Lippen, als versuchte er zu pfeifen. Catherine spürte einen Schmerz im Bauch, wie so oft im Bett, wenn Thomas meinte, es sei mal wieder an der Zeit, ihren ehelichen Pflichten nachzukommen.

»Mr. Ryan«, sprach der Mediziner nun ganz langsam, als erwäge er sorgsam jedes Wort. »Ich empfinde, so wie sicherlich jeder hier, größtes Mitgefühl für Sie und Ihre Familie. Es handelt sich um ein außerordentlich tragisches Ereignis. Und in solchen Augenblicken ist es ganz normal, daß man einen Sündenbock sucht. Man fühlt sich etwas wohler, wenn man einem anderen die Schuld geben kann. Nun wissen wir, und Mr. Thomas Ryan hat es mit größtem Bedauern zugegeben, daß er den Tod Ihres Sohnes verschuldet hat. Aber« – plötzlich gewann die Stimme des Coroners an Lautstärke und Schärfe – »zu behaupten, er habe es in böser Absicht getan, ist in der Tat eine schwere Anschuldigung, die Sie nur vorbringen dürfen, wenn Sie handfeste Beweise dafür haben.« Die Art, wie er Gerard Ryan quer durch den ganzen Raum anstarrte, ähnelte dem finsteren Blick von Schwester Louis, wenn ein Mädchen seine Lateinhausaufgaben nicht gemacht hatte.

»Dann will ich Ihnen mal sagen, was hier so gemunkelt wird«, brüllte Gerard Ryan in ebensolcher Lautstärke zurück. Catherine begann zu zittern. »Es hieß, dafür, daß mein Sohn Reddy und Thomas Ryans Frau Catherine nicht verheiratet waren, hätten sie ziemlich vertraulichen Umgang miteinander gehabt.«

Catherine rang um Atem. Erbarmungslos fuhr Gerard fort: »Thomas Ryan wußte, daß solche Sachen geredet wurden. Er wußte auch, daß seine Frau und mein Sohn von Kindesbeinen an befreundet waren. Und obwohl zwischen ihnen niemals etwas Unrechtes geschehen ist, nehmen die Leute trotzdem immer das Schlimmste an und zerreißen sich das Maul darüber. Auch Thomas waren diese Geschichten zu Ohren gekommen, und er nahm sie für bare Münze. Deshalb haßte er meinen Reddy, und als sich ihm die Gelegenheit bot, brachte er ihn um.«

Plötzlich wurden viele Stühle gerückt, und man empfand

allgemein das Bedürfnis, sich zu räuspern. Catherine hielt den Kopf so tief gesenkt, daß ihr der Nacken weh tat. Aus den Augenwinkeln sah sie, wie sich neben ihr ihr Mann erhob.

»Ich dulde nicht, daß meine Frau in dieser Weise verleumdet wird«, schrie Thomas Ryan. »Sie ist die beste und treueste Ehefrau, die man sich nur wünschen kann. Und ich lasse auch nicht zu, daß die Ehre meines verstorbenen Patenjungen in den Schmutz gezogen wird. Reddy war nämlich mein Patenkind. Und ein prima Kerl, jawohl.« Ihm brach die Stimme, er verstummte. Auch Catherine konnte sich nicht länger beherrschen: Bebende, verzweifelte Schluchzer entrangen sich ihrer Kehle, um so heftiger, je mehr sie dagegen ankämpfte. »Ich habe von dem Gerücht gehört«, fuhr Thomas nun fort, nachdem er sich etwas beruhigt hatte. »Keinem, der nicht stocktaub ist und seit drei Monaten unter der Erde liegt, konnte der Tratsch entgehen, der in der Gemeinde die Runde machte. Aber ich wußte, daß es nur das Geschwätz alter Klatschweiber war. Der blanke Neid derjenigen, die einem alten Mann nicht das Glück gönnen, eine hübsche junge Frau zu haben. Natürlich kenne ich das ganze Gerede. Doch ich habe es nie geglaubt, nicht ein Wort davon.« Er war im Begriff, sich hinzusetzen, richtete sich dann aber erneut auf. »Einmal habe ich Reddy darauf angesprochen. ›Reddy‹, hab ich ihn gefragt, ›was sagst du zu diesen Gerüchten um dich und meine Frau?‹ Und wißt ihr, was er geantwortet hat? ›Alles erstunken und erlogen‹, hat er gesagt. ›Auf das, was die Leute daherschwatzen, darfst du nichts geben. Catherine und ich sind wie Bruder und Schwester, schon seit unserer Schulzeit.‹ Und das hat mir genügt, denn Reddy war stets ein aufrichtiger Junge. Er hat niemals gelogen.« Wieder versagte seine Stimme, und er schwieg.

Catherine wurde von Weinkrämpfen geschüttelt. Wie hatte

sie nur diesen braven Mann, der ihr und Reddy vertraut hatte, betrügen können! Gott vergebe ihr. Auch dafür, daß sie den Verdacht gehegt hatte, er habe den Tod des armen Reddy vielleicht gewollt. Für den Rest seiner Tage wollte sie nun immer nett zu ihm sein.

»Reddy war für mich zeitlebens wie ein Sohn.« Thomas erging sich wieder in Rührseligkeit. »Für den Jungen hätte ich mein Leben gegeben. Und ich wünschte bei Gott, nicht er, sondern ich wäre am Mittwoch gestorben.«

Abermals mischte sich Maura Higgins ein. »Um Mr. Gerard Ryan Gerechtigkeit widerfahren zu lassen, möchte ich erwähnen, daß mein Ehemann Jack mir mehr als einmal erzählt hat, daß Mr. Thomas Ryan den jungen Reddy Ryan – der Herr sei ihm gnädig – auf den Tod nicht ausstehen konnte. Nach Jacks Worten hat er Dinge gesagt wie: ›Er hält sich für mordsgescheit, aber er kriegt noch, was ihm zusteht.‹ Das hat er doch gesagt, nicht, Jack?« Dabei sah sie zu ihrem Ehemann hinüber, der neben Thomas Ryan saß.

Jack Higgins wirkte nicht im mindesten überrascht. Eine imposante Erscheinung, dieser Jack. Es hieß, bei der nächsten Wahl wolle er fürs Parlament kandidieren. Er erhob sich und richtete den Blick geradewegs auf die Geschworenen. »Wie jedermann weiß«, begann er, »sollte man nie mit seiner Frau streiten.« Er machte eine Pause. »Vor allem, wenn sie sich irrt.« Seine Miene blieb ungerührt, während ringsum erwartungsgemäß schallendes Gelächter ertönte. »Aber eines möchte ich klarstellen: Ich habe niemals etwas in der Art gesagt und auch niemals Thomas Ryan etwas Derartiges sagen gehört. Tatsächlich hat Thomas Ryan den jungen Reddy sehr geschätzt, was er mir mehrmals gesagt hat und was sich auch an der Art und Weise zeigte, wie er mit ihm umgegangen ist.«

Zusammengekauert und mit gesenktem Kopf hörte Catherine, wie der Coroner Gerard Ryan fragte, ob er dem noch etwas hinzuzufügen habe, dann vernahm sie Gerards Stimme: »Wenn er glaubt, er kommt mit dem Mord an meinem Sohn ungeschoren davon, hat er sich aber geschnitten.« Schließlich hörte sie, wie der Coroner die Geschworenen aufforderte, sich zur Beratung und zur Urteilsfindung in die hintere Ecke des Saals zurückzuziehen. Doch all das schien weit weg zu sein. Catherine kam es vor, als wäre sie in eine hermetisch abgeschlossene Kiste eingesperrt, aus der sie sich befreien wollte, doch sie konnte sich nicht rühren. Von irgendwoher erklang Stimmengewirr, sie hörte, wie die Leute aufstanden. Dann gellte jäh die Stimme des Coroners in ihren Ohren, als polterten plötzlich Steine aus der Wand. »Sehr verehrte Damen und Herren, bitte nehmen Sie Platz; die Geschworenen haben ein Urteil gefällt.« Abermals Stühlerücken, Hüsteln, dann Stille. Dr. Daly sprach mit feierlichem Ernst: »Ich frage die Herren Geschworenen – sowie die Dame –: Wie lautet Ihr Urteil?«

Catherine hörte die rauhe Stimme eines Bauern. »Trotz einer Gegenstimme sehen wir keinen Grund zu der Annahme, daß Reddy Ryans Tod nicht durch einen Unfall verursacht wurde.«

»Fahrt doch alle zur Hölle!« Auf Gerard Ryans Fluch folgten schwere Stiefelschritte und ein Knall, als die Tür des Pfarrsaals ins Schloß fiel.

Thomas' Hand legte sich eisern um Catherines Arm, während er ganz leise sagte: »Jetzt geht's nach Hause.«

Am Montag nach der Beerdigung ging Catherine Ryan zu dem Feld neben dem Teich und fütterte die Gänse; sie wollte sich mit Arbeit vom Grauen der vergangenen Woche ablenken. Die Gänse scharten sich um sie und versuchten ihr das Brot aus den Händen zu reißen. Nur der schwarze Gänserich stand abseits und kehrte ihr den Rücken zu. »Gott verdamm mich, Phelim O'Brien«, schrie sie den Vogel an. »Wenn du hiergeblieben wärst, wäre das alles nicht passiert.« Wer brauchte denn schon Priester? Schwarze Gänseriche in schwarzen Röcken, die unbedingt anders sein wollten als alle anderen! Na, jedenfalls würde dieses schwarze Federvieh am Sonntag in den Kochtopf wandern, das stand für sie fest.

In diesem Moment sah sie, wie Bernie, der Postbote, gemächlich die Straße entlangradelte – und vor ihrem Tor hielt. Sie warf den Gänsen das restliche Brot hin und eilte zu ihm; schließlich kam der Postbote nicht alle Tage.

»Gott segne dein Tagwerk«, begrüßte er sie. Bernie war ein beeindruckender Mann. Er hatte im Ersten Weltkrieg gekämpft, und es hieß, er verdanke sein Leben einem silbernen Zigarettenetui, das er in seiner Brusttasche getragen hatte und das die Kugel vom Herzen ablenkte.

»Wie auch deines«, erwiderte sie.

»Ich hoffe, ich bringe keine schlechten Nachrichten.« Er kramte in seiner Posttasche und zog einen langen Umschlag mit schwarzem Rand heraus. In ihrer Küche öffnete Catherine das Kuvert mit einem scharfen Messer. Es enthielt mehrere gefaltete Blätter, die sie sorgsam glattstrich. Auf der ersten Seite prangte in großen schwarzen Lettern ein Briefkopf:

ANWALTSKANZLEI ARGEW & PHIBBS

Sehr geehrte Mrs. Ryan,
mit großem Bedauern haben wir im *Irish Independent* vom Ableben Ihres Gatten Thomas erfahren und möchten Ihnen

unser aufrichtiges Beileid zu diesem tragischen Verlust aussprechen.

Ihr verstorbener Ehemann war ein langjähriger Mandant unserer Kanzlei, und selbstverständlich sind wir gern und jederzeit bereit, Ihnen mit Rat und Tat zur Seite zu stehen, sofern dies in unserer Macht liegt.

Ihr Ehemann hat uns angewiesen, Ihnen im Falle seines Todes unverzüglich eine Abschrift seines Testaments zukommen zu lassen. Selbige liegt diesem Brief bei.

Mit freundlichen Grüßen,
Morris Phibbs

Erst war sie verdutzt, dann war ihr nach Lachen und schließlich nach Heulen zumute. Die Anwälte hatten Reddys Todesanzeige in der Zeitung gelesen und gedacht, bei dem Verstorbenen habe es sich um Thomas gehandelt. Aber was nun, sollte sie das Testament lesen? Angeblich brachte es Unglück, wenn man den Letzten Willen eines Menschen las, der noch lebte. »Im Vollbesitz meiner geistigen Kräfte…«, stand da am Anfang. Das mußte man in jedes Testament schreiben, hatte Catherine einmal gehört, »… tue ich hiermit meinen Letzten Willen kund…« Wie gestelzt das klang! »… Ich vermache meiner Frau Catherine, die mich andauernd betrogen hat, den Betrag von einem Penny; sowie meinem Neffen Jack Heneghan aus Tobarmor sämtliches Grund- und Kapitalvermögen, das sich zum Zeitpunkt meines Todes in meinem Besitz befindet.«

MARTIN MULLIGANS ERBE

Martin Mulligan starb eines Sonntag morgens. Er tat seinen letzten Atemzug beim letzten Glockenschlag für die Frühmesse. Ein angemessener Augenblick für den armen Mann dahinzugehen, so er denn gehen mußte: Er pflegte das Haus nämlich stets bei diesem letzten Glockenschlag zu verlassen, mit offenen Schnürsenkeln und nur halb zugeknöpftem Hemd die etwa hundert Meter zur Kirche zu rennen und mit großen Schritten durchs Mittelschiff zur ersten Reihe auf der Männerseite nach vorn zu hasten, just wenn Father Coyne und seine sechs Ministranten vor dem Tabernakel die Knie beugten.

Aber es waren weiß Gott nicht diese Kirchgänge, die ihn zu einem reichen Mann gemacht hatten, so hörte man immer wieder in Gannon's Pub; eine Anspielung darauf, daß Mulligan in seinen letzten Lebensjahren tagtäglich zur Messe ging. Und er hatte ja auch eine Menge gutzumachen, der Mistkerl, setzten ein paar verbitterte Zeitgenossen hinzu. Die Stammkundschaft im Gannon's hatte für Martin Mulligan nicht viel übrig.

Der Verblichene hatte eine eigene Kneipe gehabt, nur zweihundert Meter vom Gannon's entfernt, gegenüber der Kirche. »Mulligan's Bar, Lebensmittel & Gemischtwaren« stand auf dem schwarzweißen Schild über der Tür. Außerdem fuhr sein ältester Sohn Timmy für ihn mit einem Lastwagen als fliegender Händler übers Land, versorgte die Bauersfrauen mit Lebensmitteln und Mehlsäcken und was sie sonst noch brauchten und kaufte ihnen die Eier ab, die ihnen übrigblieben, wenn die Hennen gut legten. Außerdem kaufte Mulligan von den Bauern nach der Schur die Wolle und brachte sie mit dem LKW nach Galway, um sie dort weiterzuverkaufen. Zum doppelten Preis, den er ihnen gezahlt hatte, murrten dieselben Bauern, wenn sie im Gannon's ihr Bier tranken.

Martin Mulligan hatte seine Finger in allen möglichen Geschäften. Die Bar lief da nur so mit, aber er hatte eine ausgesuchte treue Kundschaft, die – außer Jack Higgins, dem Grafschaftsrat – nie im Gannon's einkehrte und kaum je etwas Abfälliges über Martin Mulligan äußerte.

Bei dem Umtrunk zu Ehren des Toten am Montag abend jedoch trafen die Stammgäste vom Gannon's mit denen vom Mulligan's zusammen und tranken aus den Bierfässern des Verschiedenen gemeinsam auf sein Wohl. Es war eine großartige Totenwache, darin stimmten später alle überein. Martin Mulligan war nach Father Coyne das bekannteste Gemeindemitglied gewesen, und jeder, der etwas auf sich hielt, kam vorbei, um Abschied von ihm zu nehmen.

Die ersten Nachbarn fanden sich schon am Nachmittag ein, zunächst vor allem die Frauen. Sie sprachen seiner Witwe Clare, einer großen dunkelhaarigen Frau ohne eine Träne im Auge, ihr Beileid aus. Und dann bewunderten sie das Schlafzimmer mit den riesigen Federbetten, wo der Verblichene in schlichtem Franziskanerbraun aufgebahrt lag. Donnerwetter, Tapeten an den Wänden, stellten sie fest, und mit Roßhaar gepolsterte Sessel und glänzende Mahagoni-Möbel: mehr ein Salon als ein Zimmer zum Schlafen.

Sogar ein paar Kinder schauten auf dem Heimweg von der Schule vorbei, um einen letzten Blick auf den alten Martin zu werfen. Sie alle kannten ihn gut. Er hatte ihnen die Süßigkeiten selbst abgezählt, wann immer sie einen Penny dafür erübrigen konnten, und manchmal hatte er ihnen sogar was dazugeschenkt. Vor allem, wenn es sich um den Sohn oder die Tochter eines Stammgastes vom Gannon's handelte.

Die meisten Trauernden, insbesondere die Männer, erschienen natürlich erst abends, zu Fuß oder mit dem Fahrrad, in Einspännern oder Kremsern. Sogar ein Leiterwagen war am Kirchenzaun festgebunden, Eigentum von Johnny Lydon, der (fälschlicherweise) sogar für noch reicher gehalten wurde als Martin Mulligan und der sich nie einen flotten Kremser oder einen Einspänner leisten würde.

Drinnen flossen Alkohol und Gespräche gleichermaßen, und Martin Mulligan, der von oben herabsah – oder von unten herauf, man wußte ja nie so genau – mußte ein wahrhaft glücklicher Mann sein angesichts der Vielzahl von Freunden und Feinden, Lobrednern und Miesmachern.

»Himmel, der hatte vielleicht 'ne Nase fürs Geld«, sagte Pat Moloney zu Paddy Gannon, während er sich aus dem Faß auf dem Küchentisch eine Halbe zapfte. Paddy hatte seine Kneipe an diesem Abend geschlossen, zu Ehren des Toten, wie er sagte. Was deutliches Kopfschütteln hervorrief, weil die Feindschaft zwischen ihm und dem Dahingeschiedenen wohlbekannt war. Doch keiner äußerte die Vermutung, er habe es nur deshalb getan, weil seine Stammgäste plötzlich eine Vorliebe für Mulligans Freibier entdeckten.

»Er sah sofort, wann man mit etwas Geld verdienen konnte, wo unsereins nie drauf gekommen wäre.« Pat nahm einen langen, tiefen Zug aus dem Glas. »Mein Vater hat mir erzählt, wie

Martin damals – es war noch vor dem Krieg, und überall herrschte Not – einen Esel aufgegabelt hat, den die Landfahrer auf der Straße zurückgelassen hatten. Das Tier war ausgemergelt und hungrig und lahm, die Hufe standen ihm hoch wie Widderhörner. Nicht mal mehr das fahrende Volk konnte was mit ihm anfangen. Aber Himmel noch mal, Martin schneidet dem Tier die Hufe und läßt es ein paar Monate auf dem Friedhof weiden – da soll ja das beste Gras wachsen. Und als die Landfahrer das nächste Mal in den Ort kommen, striegelt er den Esel und verkauft ihn den Leuten für ein paar Pfund zurück. Und nicht einer von den Kerlen hat jemals spitzgekriegt, daß er ihnen ihren eigenen Esel untergeschoben hat.«

»Der hat dich übern Tisch gezogen, ohne daß du's gemerkt hast«, erzählte Thomas Ruane. »Ich weiß noch…«

»Wetten, daß er den da nie übers Ohr gehauen hat.« Paddy Gannon zeigte auf den Amerikaner Walsh, der mit gesenktem Kopf und geschlossenen Augen neben dem Leichnam kniete, die Hände vor der breiten Brust gefaltet. »Wenn man den Mann nicht besser kennen würde, man könnte glatt glauben, er betet.«

»Na, da wärst du aber aufgeschmissen, wenn du auf ein Gebet vom Ami angewiesen wärst«, meinte Jimmy McTigue.

»Bei dem Kerl da auf dem Bett hilft Beten jetzt auch nichts mehr«, verkündete Paddy Gannon und klang dabei ziemlich zufrieden. »Soll der verdammte Scheißkerl doch in der Hölle braten!« brüllte er plötzlich los. Glücklicherweise ging dieser unerwartete Ausbruch im allgemeinen Lärm unter.

Langsam und mit der ernsten Würde eines Mannes, der gerade ein Zwiegespräch mit dem Allmächtigen hinter sich hat, erhob sich der Ami. Er öffnete die Augen, bekreuzigte sich mit einer knappen Bewegung aus dem Handgelenk und watschelte aus dem Schlafzimmer direkt auf Paddy und das Bierfaß zu.

»Der Herr sei ihm gnädig«, sagte er in die Runde. »So einen wie ihn gibt es nicht noch einmal.«

»Ein großartiger Mann«, nickte Paddy Gannon. »Er hat uns ein prima Bier hinterlassen.« Bei diesen Worten klopfte er auf das Faß. »Bedienen Sie sich, Mr. Walsh. Die Getränke gehen aufs Haus.«

»Ein anständiger Mann.« Der Ami zapfte sich ein Glas. »Wir kannten uns eine Ewigkeit.«

»Stimmt«, meinte Paddy. »Ich würde sagen, Sie haben mit ihm zusammen während des Krieges ein wahres Vermögen gemacht.«

»Nicht die Spur.« Der Ami hatte einen ordentlichen Zug. »In den Kriegsjahren gab's kein Geld zu verdienen.«

»Nein? Schrecklich, was die Leute so alles zusammenphantasieren«, bemerkte Thomas Ruane. »Anstatt anständiger Arbeit nachzugehen, jawohl. Da hat mir doch so manch einer hoch und heilig geschworen, es ließe sich nicht mal schätzen, wieviel Sie und Martin Mulligan im Krieg verdient haben.«

»Nichts als Lügen«, erwiderte der Ami und zupfte sich am Hemdkragen, als wäre er ihm zu eng. »Klar, dieses Land ist ja auch der reinste Lügenpfuhl. Ich sag Ihnen eins: Wenn ich nicht ein bißchen Geld in der Tasche gehabt hätte, als ich aus Amerika zurückgekommen bin, ich wäre heute der ärmste Mann von Creevagh. Das ist eine Tatsache. Und ich hab mir das Geld schwer genug erarbeitet.« Wieder nahm er einen kräftigen Schluck.

»Es gibt viele Männer, die hart arbeiten und trotzdem nie auf einen grünen Zweig kommen«, warf Jimmy McTigue ein.

»Erstklassiges Porter.« Der Ami zapfte sich noch ein Glas. »Martin Mulligan hatte immer das beste.«

»Ich trinke ja lieber Tee«, meinte Pat Moloney. »Der tut gut, und man wird nicht betrunken davon.«

»Aber er ist ungesund«, erwiderte der Ami. »Schädlich für die inneren Organe. Beinahe so wie Kaffee. Ich kannte mal einen in New York, der mit dem Biertrinken aufgehört hat und statt dessen mit dem Kaffeetrinken anfing. Vier Wochen später war er tot.«

»Bestimmt verätzt«, wagte Thomas Ruane einen Einwurf. »Man muß eine Menge Milch in den Tee schütten. Ich selbst trinke ja keinen Kaffee, aber ich habe gehört...«

»Er wurde von einem Bus überfahren«, sagte der Ami.

»Wahrscheinlich liegt es daran, daß man ihn in den Kriegsjahren so schwer kriegen konnte«, fuhr Pat Moloney fort, »aber ich habe morgens einfach einen schrecklichen Durst auf Tee. Ich kann erst Kühe melken oder Schweine füttern, wenn ich mindestens zwei Tassen getrunken habe. Bei meiner Mutter, Gott hab sie selig, war es das gleiche. Als der Tee knapp wurde, brühte sie dieselben Blätter immer und immer wieder auf. Sie konnte sich ja nicht einmal die halbe Unze leisten, die man auf Marken gekriegt hat.«

»Manche haben sich 'ne goldene Nase damit verdient, daß der Tee rationiert war«, mischte sich Paddy Gannon ein. »Wie der da auf dem Bett.« Doch sein Blick ruhte dabei auf Eileen Maille, die sich in der Tür zum Salon mit Timmy Mulligan unterhielt. Darüber würde er mal mit ihrer Mutter reden müssen.

»Ach Quatsch, der arme Tropf hat keinen Penny daraus geschlagen«, widersprach der Ami. »Er hat mir selbst erzählt, daß er ihn für den Einkaufspreis weitergibt. Rein aus Gefälligkeit seinen Kunden gegenüber. Es waren die Schwarzhändler in Dublin, die sich daran gesundgestoßen haben.«

»Und nicht zu vergessen die Typen, die das Zeug von Dublin hierhergebracht haben«, setzte Jimmy McTigue hinzu.

»Reichlich geheimnisvolle Burschen waren das«, meinte Pat Moloney. »Man sah sie weder kommen noch gehen. Doch plötzlich gab es bei Martin Mulligan unterm Ladentisch Tee und Zucker und Zigaretten zu kaufen.«

»Ich hab mal einen merkwürdigen Burschen getroffen, an einem Markttag in Kilmolara«, warf Thomas Ruane ein. »Und da habe ich mir gesagt…«

»Sie waren damals doch selbst häufig in Dublin, Mr. Walsh.« Über die Schulter des Amis behielt Paddy Gannon weiterhin Eileen Maille im Auge. Fürwahr ein Klassemädchen. »Haben Sie bei Ihren Reisen denn nie einen dieser Kerle gesehen?«

Eileen Maille machte die Unterhaltung mit Timmy Mulligan keinen großen Spaß. Sie tat ihr möglichstes, weiß Gott, aber es war nicht einfach, Timmy ins Herz zu schließen. Nicht, daß mit dem Jungen grundsätzlich etwas nicht gestimmt hätte. Nein, er hatte sogar Manieren, was man von den anderen Jungen im Ort leider nicht behaupten konnte. Den Schliff hatte er natürlich während der fünf Internatsjahre bei den Zisterziensern bekommen. Und er sah wirklich nicht allzu schlecht aus, abgesehen von der berüchtigten Mulligan-Nase, die im Profil dem linken Hang des Croagh Patrick ähnelte – wenn man den Berg von der Clew Bay aus betrachtete.

Eileen hörte nur mit halbem Ohr zu, während sie herauszufinden versuchte, was sie eigentlich an ihm störte – und dabei aus den Augenwinkeln zu Seamus Laffey hinüberlinste, der neben der Haustür stand. Er unterhielt sich mit ein paar jungen Burschen und tat so, als würde er sie nicht sehen, wie sie sich ja auch nicht anmerken ließ, daß sie ihn beobachtete. Sie mochte Seamus. Sehr sogar. Wenn sie ihn auch nicht leidenschaftlich liebte. Zumindest nicht so, wie sie die große Leidenschaft aus Romanen kannte. Aber sie hatte ihn eindeutig sehr viel lieber als Timmy Mulligan. Doch leider war Seamus arm wie eine Kirchenmaus. Es war eine richtig verzwickte Sache: Sie mochte Seamus so sehr, daß sie ihn geheiratet hätte, wenn er ein bißchen Geld gehabt hätte. Allerdings liebte sie ihn nicht leidenschaftlich genug, um zu sagen, zum Teufel mit allem Komfort. Timmy wiederum könnte ihr jede Annehmlichkeit bieten.

»Es heißt, das wird ein prima Jahr für Wolle«, erzählte Timmy gerade. »Die Australier hatten eine Dürre, das ist immer gut für uns.« Das war alles, worüber er reden konnte: Wolle, Eier, Geld. Sogar wenn sein Vater tot aufgebahrt drüben auf dem Bett lag.

»Dein Daddy wird dir fehlen«, sagte sie. Dann war da noch die Sache mit dem Mulligan-Vermögen. Stürzte man seine unsterbliche Seele ins Verderben, wenn man es annahm? Ihre Mutter war in dieser Frage unerbittlich. »Gott bewahre, Eileen, das Geld ist unehrlich erworben, und nichts, was du dir damit kaufen könntest, wiegt den Verlust deines Seelenheils auf.«

»Er hat schon seit längerem gesagt, ich soll endlich heiraten«, wechselte Timmy das Thema. »›Ich möchte einen Enkel haben‹, hat er öfter gesagt. Na, und ich hätte es ja auch schon getan, wenn eine gewisse Person willens gewesen wäre.« Dabei warf er ihr einen verstohlenen Seitenblick zu.

»Bestimmt gibt es haufenweise Mädchen, die dir nur zu gern ihr Jawort geben würden«, erwiderte sie. Und das stimmte. Timmy Mulligan galt als gute Partie. Was er auch wußte. Er hatte allen möglichen Mädchen den Hof gemacht, landauf, landab, von Castlebar bis Galway. Und immer waren es Mädchen von großen Bauernhöfen oder aus gutgehenden Läden gewesen. Denn bekanntlich wollte Martin Mulligan, daß seine Söhne reich heirateten. Bereits mehrmals hatte es geheißen, Timmy sei so gut wie verlobt. Trotzdem hatte er Eileen immer wieder Besuche abgestattet. Mit dem großen Ford V8 seines Vaters fuhr er abends die Zufahrt hoch, setzte sich ans Kaminfeuer und unterhielt sich mit ihrer Mutter. Manchmal hätte man glauben können, er umwerbe Mammy und nicht sie. Doch Mammy ging ihm nicht auf den Leim. Zwar blieb sie ihm gegenüber stets höflich, machte Tee und tischte Rosinenkuchen auf. Doch wenn er gegangen war, sagte sie immer: »Mein Gewissen würde mir keine Ruhe lassen, wenn ich Geld von den Mulligans annehmen würde.«

Eileen hatte diese Frage sogar mit Father Coyne erörtert. Eines Sonntags kam sie nach der letzten Messe in die Sakristei und sagte, wenn er fertig sei, würde sie gern im Pfarrhaus kurz mit ihm sprechen. Also ging er mit ihr ins Besuchszimmer und nahm das Birett ab. »Nun, mein Kind, worum geht's denn?«

»Um eine Gewissensfrage.«

»Dann bist du hier richtig.« Der Pfarrer lehnte sich im Sessel zurück. Nichts machte ihm mehr Spaß als eine herzhafte Diskussion.

»Wenn jemand auf unehrliche Weise zu Geld gekommen ist und sein Sohn erbt es und der Sohn heiratet, darf dann seine Frau dieses Geld annehmen und ausgeben?« Als sie diesen Satz herausgebracht hatte, war sie außer Atem.

»Diebesgut bleibt Diebesgut«, psalmodierte Father Coyne. »Und auch wenn Jahre vergehen, wird kein ehrlich erworbenes Vermögen daraus.« Er steckte die Hand in die Tasche seiner Soutane und zog einen Penny heraus. »Wenn ich jemandem

Geld aus der Tasche stehle und es dir gebe, darfst du es dann ausgeben, nur weil nicht *du* es gestohlen hast?« Er legte das Geldstück auf den Tisch und setzte das Birett wieder auf, als sei der Fall damit abgeschlossen.

»Wenn man es so einfach betrachtet wie Sie, Father, dann ist die Sache klar. Doch im wirklichen Leben liegen die Dinge meist komplizierter.« Eileen hatte bei den Nonnen ein bißchen Kasuistik gelernt, mit so einer oberflächlichen Antwort würde sie sich nicht abspeisen lassen. »Was ist beispielsweise, wenn man weder sagen kann, wem das Geld gestohlen wurde noch wieviel es überhaupt war? Und wenn es keine Möglichkeit gibt, es zurückzuerstatten, ohne denjenigen, der es genommen hat, in ernsthafte Schwierigkeiten zu bringen? Er könnte sein Geschäft verlieren, und seine Familie müßte Hunger leiden. Was sollte er dann tun?«

»Nun, der Betreffende müßte irgendwie Wiedergutmachung leisten.« Father Coyne blieb hart wie Granit. »Dazu findet sich immer eine Möglichkeit, auch in dem von dir angesprochenen Fall. Man kann nicht unehrlich erworbenen Besitz behalten und auf Gottes Vergebung hoffen.«

»Angenommen, derjenige spendet einen Teil des gestohlenen Betrags der Kirche, für eine Statue oder dergleichen. Wäre das dann recht und billig?« Genau das hatten sich eine Menge Leute gefragt, als Martin Mulligan die zauberhafte Kreuzigungsgruppe vor der Kirche von Creevagh gestiftet hatte.

Der Pfarrer zuckte nicht mit der Wimper. »Die Kirche darf gestohlenes Gut ebensowenig annehmen wie jeder andere.« Wieder setzte er das Birett ab. »Sie muß stets sichergehen können, daß Spendengelder moralisch einwandfrei erworben wurden. Was allerdings dann der Fall wäre, wenn der fragliche

Spender für sein unehrenhaft angeeignetes Vermögen bereits Wiedergutmachung geleistet hätte.«

Mehr wollte er dazu nicht sagen, und Eileen drängte ihn auch nicht weiter. Obwohl sie durchaus Zweifel hegte, daß Martin Mulligan je eine Entschädigung gezahlt hatte. Und noch mehr bezweifelte sie, daß Timmy Mulligan wirklich einen guten Ehemann abgab. Doch damals hatte sie geglaubt, er würde wahrscheinlich ohnehin nicht um ihre Hand anhalten, weil sein Vater nicht damit einverstanden gewesen wäre.

Paddy Gannon war nicht der einzige, der Eileen Maille im Gespräch mit Timmy Mulligan beobachtete. Auch Peter Solon, der die Schafe schlachtete, deren Fleisch Martin Mulligan dann in seinem Laden verkaufte, und der die Wolle abwog, die Martin Mulligan mit dem LKW nach Galway brachte und dort losschlug, starrte zu ihnen hinüber. Genauer gesagt, er behielt Timmy im Blick. Mit blutunterlaufenen, feindselig glitzernden Augen. Peter Solon war kein Freund von Timmy Mulligan.

»Ich denke, ich fahr gleich nach der Beerdigung wieder«, sagte Mark Gillespie zu Peter. Mark war ein gepflegter kleiner Mann, der sich im Gegensatz zu seinem kräftigen, linkischen Mitarbeiter im Sonntagsanzug wohl zu fühlen schien. Er hatte die Bücher für Martin Mulligan geführt, die Eier geprüft, die Timmy den Bäuerinnen abgekauft hatte, und sie dann für den Verkauf nach Galway in Kisten verpackt. »Lieber werd ich Kanalarbeiter, als für diesen verdammten Mistkerl auch nur einen Finger zu rühren.«

»Ich kapier's einfach nicht«, sagte Peter nach einem großen Schluck aus seinem Glas. »Manche Menschen werden mit einem goldenen Löffel im Mund geboren, und unsereins kommt kaum über die Runden, egal, wie sehr wir uns auch abstrampeln. Manchmal glaube ich, der Herrgott hat auch seine Lieblinge.«

»Na, wenn der Kerl da drüben zu ihnen zählt, hat Er aber einen merkwürdigen Geschmack.«

»Dem würde ich zu gern in den Hintern treten.« Peter Solon schien es bereits in den Zehen zu jucken, was aber auch an den unbequemen Sonntagsschuhen liegen konnte.

»Ich hab's zu lang rausgeschoben«, meinte Mark. »Ich hätte schon vor Jahren nach England gehen sollen. Dann hätte ich jetzt was auf der hohen Kante. Aber der da hatte es drauf, seine Leute bei der Stange zu halten. ›Mark‹, sagte er immer, ›wenn du mich jetzt im Stich läßt, bricht der ganze verdammte Betrieb zusammen.‹«

»Und du hast ihm geglaubt«, meinte Peter Solon und trank mitfühlend einen Schluck Porter.

»›Ich brauch mehr Geld‹, hab ich zu ihm gesagt. ›Meine Mutter da droben in Sligo ist ganz auf sich allein gestellt und hat nur eine winzige Altersrente, die sie so gerade eben vor dem Armenhaus bewahrt.‹ Und Martin hat dann gesagt: ›Soviel mehr Geld hättest du auch in England nicht in der Tasche, nach Abzug der Miete und den Kosten für die Überfahrt, wenn du gelegentlich mal deine Mutter besuchen willst.‹ – ›Das hätte ich wohl‹, hab ich dann gesagt. – ›Jede Wette, das hättest du nicht.‹ – ›Aber sicher‹, hab ich zurückgegeben. Und am Ende haben wir uns im Laden jedesmal so lange angebrüllt, bis die Mrs. hereingekommen ist und gefragt hat, worüber wir denn streiten. ›Ich gehe morgen nach England‹, hab ich geantwortet und bin raus.«

»Aber du hast es nie wahrgemacht«, nickte Peter verständnisvoll. »Und ich auch nicht. Ich war …«

»Ich hasse England und alles, was damit zusammenhängt!«

Mark Gillespie geriet immer leicht in Rage. »Die britischen Sondereinheiten haben damals meinen Großvater erschossen, einen Monat vor meiner Geburt. Wenn ich mal zu den Engländern rübergehe, dann nur mit 'ner Knarre oder 'ner Stange Dynamit in der Hand. Nein, mich zieht's nach Amerika.«

»Deine Mutter ist letztes Jahr gestorben«, erinnerte sich Peter Solon und senkte den Kopf. »Der Herr sei ihrer Seele gnädig.«

»Er ist sehr gut zu ihr gewesen.« Mark Gillespies Augen hinter der breitrandigen Brille schimmerten feucht. »Nachdem ich ihm von ihr erzählt hab, kommt er doch eine Woche später zu mir, ich verpack gerade Eier. ›Besuch am Sonntag deine Mutter‹, sagt er zu mir. ›Nimm den Wagen.‹ Und das mitten im Krieg, verstehst du, als hier weit und breit niemand Benzin hatte außer ihm. ›Und bring ihr ein bißchen was mit‹, sagt er noch. Er legt einen Sack voll Mehl in den Wagen. Und Zucker und Tee und Sirup und sonst noch alles mögliche. Ich denk schon, er ist nicht mehr ganz dicht. Und von da an sagt er alle paar Monate das gleiche. Bis zu dem Tag, wo sie gestorben ist. Wie hätte man so einen Mann im Stich lassen können?«

»Es war aus ihm jedenfalls nicht schlau zu werden, soviel steht fest. Wenn einer in Not war, hätte er ihm sein letztes Hemd gegeben. Aber dann wieder knauserig bis zum Gehtnichtmehr. Ich weiß noch ...«

»Er hat zu mir gesagt«, das Porter-Bier tat bei Mark allmählich seine Wirkung, »›Gillespie‹, hat er zu mir gesagt, ›du hast wirklich Mumm.‹ – ›Wie kommen Sie denn darauf?‹ frage ich. Und er: ›Weil du zu deinen Überzeugungen stehst.‹ – ›Was meinen Sie damit?‹ frag ich zurück. ›Na ja, du bist der einzige Mann in der ganzen Gemeinde von Creevagh, der nie zur Messe geht. Sogar der Ami Walsh, der mir feierlich geschworen hat, daß er Atheist ist, rutscht Weihnachten und Ostern in der Kirche auf den Knien rum.‹ – ›Es ist doch witzlos hinzugehen‹, erwidere ich, ›wenn man nicht dran glaubt.‹ Da lacht er nur. ›Himmel, hier in der Gemeinde gibt es 'ne Menge Burschen, die auch nicht dran glauben und trotzdem allmonatlich zur Standeskommunion vor den Altar treten. Ich zähl selbst dazu‹, sagt er noch.«

»O Mann!« Zur Beruhigung brauchte Peter Solon einen ordentlichen Schluck von seinem Bier. »Glaubst du, er hat das ernst gemeint? Er hat einen ja auch gern mal auf die Schippe genommen.«

»Ein anderes Mal hat er zu mir gesagt: ›Mark‹, hat er gesagt, ›manchmal weiß ich gar nicht, warum in Gottes Namen ich morgens überhaupt aufstehe.‹ Er hat mir gern dabei zugeschaut, wie ich die Eier geprüft hab. ›Wieso denn das?‹ hab ich ihn gefragt. Und er sagt: ›Weil ich jeden Tag mit dem Gedanken aufwache, daß dies vielleicht mein letzter Tag auf Gottes schöner Erde ist. Und weißt du, eines Tages wird es ja auch soweit sein. Das ist bei Gott die Wahrheit. Also, warum überhaupt noch 'nen Finger krumm machen?‹ fragt er.«

»Er war schon ein schrecklicher Mensch«, meinte Peter Solon.

»›Aber an Martin Mulligan wird man sich erinnern‹, fährt er fort. ›Bei Gott, das wird man. Ich habe ohne einen Penny in der Tasche angefangen und bin jetzt der reichste Mann in ganz Mayo, niemand in der Grafschaft kann mir das Wasser reichen. Doch weißt du was‹, sagt er dann, ›ich hab Angst vor der Hölle.‹«

»Ist das denn die Möglichkeit«, staunte Peter Solon.

»›Hast du Angst vor der Hölle, Mark?‹ fragt er mich. Und ich sage: ›Die Hölle haben diese Teufel in den schwarzen Klamotten erfunden, um Leute wie Sie und mich daran zu hindern, über die Stränge zu schlagen.‹«

»Wenn man vom Teufel spricht...«, sagte Peter Solon und nickte zu Father Coyne hinüber, der gerade durch die Küche hereingekommen war und ins Schlafzimmer ging.

Der Pfarrer kniete lange Zeit neben dem Leichnam. Währenddessen erstarb die Unterhaltung im Schlafzimmer, als könnten Gesprächsfetzen die Kraft seiner Gebete mindern. Nachdem er wieder aufgestanden war und sich bekreuzigt hatte, sagte er laut, als spräche er von der Kanzel zu seiner Gemeinde: »Er war ein achtbarer Mann, der Herr sei ihm gnädig.« Dann trat er auf Martins Witwe Clare zu und schüttelte ihr die Hand. Einige murmelten: »Amen.«

»Ein trauriger Tag für uns alle«, sagte der Priester zur Witwe.

»Ja«, stimmte sie zu und trocknete sich mit einem winzigen Spitzentaschentuch eine Träne. »Er war mit jedem gut Freund.«

»Ja, das ist wahr.« Father Coyne rieb sich die Hände. »Selbst seine Feinde schätzten ihn.«

»Hatte Daddy viele Feinde?« fragte Mona Mulligan, die sich an den Arm ihrer Mutter klammerte. Ein hochgewachsenes, schüchternes Mädchen, diese jüngste aus dem Mulligan-Clan, sie besuchte das University College in Galway und war zur Beerdigung heimgekommen.

»O ja. Was wäre denn das für ein Mann, der keine Feinde hat«, entgegnete der Pfarrer. »Und dein Vater war ein herausragender Mann, der Herr sei ihm gnädig.«

»Er war ein guter Mensch.« Von Gefühlen überwältigt, brachte Clare Mulligan nur mehr ein Flüstern zustande. »Ich weiß nicht, wie ich ohne ihn zurechtkommen soll.«

»Es ist eine schwere Prüfung«, tröstete sie Father Coyne. »Du mußt dieses Kreuz annehmen. Aber wem Gott ein Kreuz zu tragen auferlegt, dem verleiht er auch die notwendige Stärke.« Man spürte die tiefe Überzeugung hinter seinen Worten. Father Coyne war eine große Stütze für die Bedürftigen.

»Wahrscheinlich ist Paddy Gannon einer von den Feinden«, überlegte Mona laut und starrte den Pfarrer mit weit aufgerissenen Augen an.

»Timmy und die Jungs verstehen was vom Geschäft«, fuhr Father Coyne fort. »Zumindest darum brauchst du dir keine Sorgen zu machen.«

»Ist er das, Mammy?« ließ Mona nicht locker. Dieses Mädchen war ein schrecklicher Dickschädel. Darüber hatte sich Mr. Addis Emmet, der Schulmeister, bereits ihrem Vater gegenüber ereifert, als sie gerade erst in die fünfte Klasse ging. »Dürr wie eine Bohnenstange, Martin, aber wenn sie sich mal was in den Kopf gesetzt hat, so unnachgiebig wie eine Eiche.« Das war in dem Jahr gewesen, bevor Addis Emmet und Martin Mulligan sich so sehr zerstritten, daß sie nie wieder ein Wort miteinander wechselten.

»Dein Vater und Paddy Gannon hatten so ihre Meinungsverschiedenheiten.« Clare Mulligan strich ihrer Tochter sanft übers Haar. »Aber man kann nicht sagen, daß sie Feinde gewesen sind.«

»Worüber waren sie denn verschiedener Meinung?« bohrte Mona weiter. »War es, weil Daddy ein Betrüger war, wie alle behaupten?«

»Die Toten soll man in Frieden ruhen lassen«, meinte Father Coyne.

»Mein Daddy fehlt mir«, kreischte das Mädchen plötzlich und weinte los. Sie stürmte zum Bett und warf sich über ihn. »Daddy! Daddy! Warum bist du gestorben? Komm zurück! Hörst du mich nicht? Komm zurück! Ich will nicht, daß du tot bist!« Sie begann haltlos zu schluchzen. Dann wieder schrie sie, bis sogar draußen im Salon, in der Küche und in der Bar die Trauergäste aufhörten, die Vorräte des Toten zu versaufen, und stumm die Hälse reckten, um einen Blick auf den Leichnam und die daraufliegende Mona Mulligan zu erhaschen. »Du hattest nicht das Recht zu sterben«, heulte sie. »Wie konntest du nur!«

Ihr neuerlicher, durchdringend spitzer Schrei gellte Johnny Lydon schmerzhaft in den Ohren, obwohl er am Bartresen stand, noch jenseits der Küche. Johnny hatte eben schon von Kindesbeinen an ein sehr empfindliches Gehör.

»Wenn deine Zeit vorbei ist, dann gehst du eben«, sagte Johnny nachdrücklich zu Thomas Ryan und Jack Higgins. »Das ist doch kein Grund, sich so anzustellen.«

»Er fehlt ihr eben, der Kleinen«, meinte Jack. »Sie soll ja sein Liebling gewesen sein.«

»Na, manche von uns weinen ihm jedenfalls keine Träne nach.« Johnny Lydon blickte in seinen leeren Humpen. »Vielleicht nehme ich ihm zu Ehren noch einen zur Brust.« Sprach's und tappte leicht schwankend zu dem Faß auf dem Tresen.

»Verdammter Heuchler«, brummte Thomas Ryan ihm hinterher. »Besäuft sich auf Kosten eines Mannes, für den er zu seinen Lebzeiten nie was übrig hatte.«

»Der wußte genau, was er dir abknöpfen konnte, wenn du auf ihn angewiesen warst«, erzählte Johnny, als er mit einem gut gefüllten Krug Porter zurückkam. »Ich weiß noch, wie ich mal ein bißchen Wellblech gebraucht hab, und Martin hatte gerade 'nen alten Schuppen auf seinem Acker abgerissen. Ich sag also zu ihm: ›Wenn du für das Dach keine Verwendung mehr hast, nehm ich's dir gerne ab.‹ Das Blech lag da einfach nur rum. Und hat das Gras am Wachsen gehindert. Doch er: ›Dann wirst du mir aber was dafür bezahlen. Das Dach ist noch einwandfrei in Schuß.‹ – ›Quatsch, das ist doch schon ganz verrostet‹, sage ich. ›Ich tu dir doch 'nen Gefallen, wenn ich's mitnehm.‹ Aber er kam mir kein bißchen entgegen. Zwei Pfund hat er verlangt. Und schließlich hab ich sie ihm gegeben. Es war immer noch billiger, als ein neues zu kaufen.«

»Da kommt man doch ins Grübeln«, meinte Thomas Ryan, der an seinem Whiskey nippte, zu Jack Higgins, der überhaupt nichts trank. »Martin Mulligan war zehn Jahre jünger als ich, und trotzdem ist seine Uhr schon abgelaufen.«

»Veranlagung«, behauptete Jack. »Die Mulligans sind nie alt geworden. Im Gegensatz zu deiner Familie ...«

»Ja, das stimmt«, nickte Thomas.

»Leider kann er's nicht weitervererben«, sagte Johnny in die Luft zu seiner Rechten, als stünde dort noch jemand.

Thomas Ryan trank einen weiteren Schluck Jameson. Jack Higgins starrte zu Boden. Alle wußten, daß Thomas' junge Frau Catherine ihm in mehr als fünf Ehejahren kein einziges Kind geschenkt hatte. Und ihn nun obendrein noch verlassen hatte und nach England durchgebrannt war. Durch und durch verdorben, die Göre, lautete die einhellige Meinung. Obwohl manche gemeinerweise hinzufügten: »Warum mußte er sie auch heiraten, wo er doch vierzig Jahre älter ist?«

»Es ist heutzutage nicht leicht, die Frau bei Haus und Herd zu halten.« Johnny schien mit sich selbst zu sprechen.

»Es heißt, du kandidierst bei der nächsten Wahl fürs Abgeordnetenhaus«, sagte Thomas Ryan laut zu Jack Higgins. »Du gibst bestimmt 'nen prima Abgeordneten ab. Dort brauchen wir einen Mann wie dich. Das Land geht doch vor die Hunde.«

»Wie weit ist es denn schon gekommen«, knurrte Johnny Lydon, »wenn sich ein Mann nicht mal mehr ein Bier leisten kann, weil die Regierung soviel Steuern draufschlägt? Da wirst du dich drum kümmern, Jack, wenn du den Sitz hast, nicht wahr?« Dabei blinzelte er Thomas Ryan pfiffig zu.

»Zuerst muß ich gewählt werden.« Plötzlich tat Jack sehr ernst und bescheiden. »Das ist schließlich kein Kinderspiel, wenn man wie ich nur ein kleiner Bauer ist.«

»Was heißt da kleiner Bauer?« fragte Johnny entgeistert. »Du könntest mehr Land kaufen oder verkaufen, als jeder von uns hat, und würdest es nicht mal merken. Und außerdem bist du Grafschaftsrat!«

»Ich hab schwer auf ihn gezählt«, Jack senkte vertraulich die Stimme und nickte zu dem Leichnam hinüber. »Martin kannte alle und jeden. Und noch wichtiger, jeder schuldete ihm was. Das hilft ungeheuer beim Stimmenfang. Doch damit ist es jetzt aus und vorbei.« Er vergrub die Hände noch tiefer in den Hosentaschen und starrte wieder auf den Boden.

»Du kannst doch gut mit den Bauern«, meinte Thomas. »Und die Bauern sind das Rückgrat dieses Landes und haben es satt, daß da oben in Dublin Typen in ihrem Namen sprechen, die keine Ahnung haben, wo bei einer Kuh vorne und hinten ist. Stell dich sonntags auf deiner Seifenkiste vor die Kirchen und sag ihnen, daß du ein kleiner Bauer bist wie sie und ein Ohr für ihre Probleme hast, und ausnahmslos alle werden dir ihre Stimme geben. Ganz egal, ob sie für *Fianna Fail* oder *Fine Gael* oder *Clann na Talmhan* sind. Sie werden für dich stimmen, weil du einer von ihnen bist.«

»Himmel, Thomas«, meinte Johnny, dem das Porter angenehm warm durch die Adern strömte, »du würdest dich als Abgeordneter aber auch nicht schlecht machen. Stimmt's, Jack?«

»Martin Mulligan hat mir mal erzählt«, verriet Jack Higgins, »wenn du den Bauern versprichst, daß sie jeden Hammel für zwei und jeden Ochsen für fünf Pfund mehr verkaufen können, dann stimmen sie alle für dich.«

»Das kannst du glauben, daß ich dem Mann meine Stimme geben würde«, versicherte Johnny Lydon sofort.

»Tja, man kann es ihnen versprechen«, stimmte Thomas Ryan zu. »Du kannst ihnen auch zehn Pfund zusagen. Aber kannst du dein Versprechen auch einlösen?«

»Er hat nicht gesagt, daß man Wort halten muß«, bemerkte Jack Higgins. »Er hat nur gesagt, man kann es versprechen. ›Die Chancen stehen ganz gut‹, hat er immer gesagt. Was heißen sollte, daß man heutzutage beim normalen Gang der Dinge damit rechnen kann, daß die Preise in einer Wahlperiode in etwa um soviel steigen werden, egal wer gewinnt. Da kannst du auch gleich das Lob dafür einheimsen. Wenn nicht, tut es ein anderer.«

Wieder kreischte Mona Mulligan auf. Johnny Lydon zuckte zusammen und trank einen kräftigen Schluck. »Frauen sind wirklich eine Plage«, meinte er.

»Stimmt«, schloß sich Jack Higgins unerwartet und geradezu nachdrücklich dieser Auffassung an.

»Deine Frau wird dir bestimmt eine große Hilfe sein, wenn du Abgeordneter bist«, überlegte Thomas. »Sie hat ein helles Köpfchen und ist nicht auf den Mund gefallen.« Doch sein düsterer Tonfall strafte sein vermeintliches Kompliment Lügen. Thomas Ryan hegte den Verdacht, Maura Higgins' Beredsamkeit könnte nicht unerheblich dazu beigetragen haben, daß seine Catherine vor ein paar Monaten verschwunden war.

Diese Ahnung hätte sich noch verstärkt, wenn er im Nebenzimmer das Gespräch zwischen besagter Maura Higgins und Eileen Maille hätte belauschen können. Denn Maura hatte sich, ohne auch nur zu fragen, zwischen Eileen und Timmy Mulligan gestellt, woraufhin Timmy sich schleunigst verdrückt hatte. Allein der Anblick von Maura Higgins war zuviel für ihn.

»Liegt dir Daddys kleiner Junge immer noch in den Ohren?« erkundigte sich Maura.

»Er ist nicht mehr Daddys kleiner Junge«, erwiderte Eileen. »Jetzt gehört ihm der Laden.«

»Was soll das heißen?« Fragend hob Maura eine Raus-mit-der-Sprache-Augenbraue. Sie und Eileen waren dicke Freundinnen.

»Jetzt, wo Daddy tot ist, hat er mich ohne Umschweife gefragt.«

»Ob du ihn heiratest?«

»Ja. Ist es denn zu fassen?«

»Das ist nicht dein Ernst! Du meinst hier, gerade eben?«

»Genau an dieser Stelle.« Eileen wurde ein bißchen rot.

»Obwohl der Alte da auf dem Bett noch kaum kalt ist!«

»Takt war noch nie Timmys Stärke.«

»Schade, daß ich seinen Antrag nicht gehört habe. Du lieber Himmel, das muß ja übel gewesen sein! Wie hat er es gemacht, wie Clark Gable? Ist er vor dir auf die Knie gefallen? ›O Liebling!‹« Maura prustete los. Dabei war das hier wirklich nicht der richtige Ort für Heiterkeit. »Entschuldigung«, gluckste sie. »Es ist nur …«

»Ich laß es mir ernsthaft durch den Kopf gehen«, sagte Eileen gemessen.

Maura Higgins schaute so verdutzt drein, als wäre sie von einem Pferd getreten worden, ihre zuckenden Gesichtsmuskeln führten einen wilden Tanz auf. Mehrmals öffnete sie den Mund, um etwas zu sagen, und schloß ihn gleich wieder. Schließlich brachte sie mühsam heraus: »Du meinst, du ziehst in Erwägung, ihn zu heiraten?«

»Nun, er sieht schließlich nicht schlecht aus«, sagte Eileen herausfordernd.

»Nein, nein«, räumte Maura schnell, viel zu schnell ein. »Er ist der bestaussehende Idiot westlich von Castlebar, wenn du auf Geld und eine große Nase aus bist. Er… Ach, hör auf, Maura Higgins, hör auf! Halt die Klappe, Mädchen, und schweig schön stille«, ermahnte sie sich. Und schwieg.

Es herrschte Stille, Maura starrte die Wand an und Eileen sah zur Tür, wo bis vor kurzem noch Seamus Laffey gestanden hatte. Schließlich bat sie: »Sprich mit mir, Maura. Ich bin völlig durcheinander. Was soll ich tun?«

»Willst du, daß ich dir zurede, ihn zu heiraten?« fragte Maura. »Oder willst du, daß ich dir frei heraus sage, was ich denke?«

Eileen schien den Tränen nahe. »Ich weiß nicht. Sag mir, was du denkst. Ach, ich weiß schon. Du glaubst, ich hab nicht mehr alle Tassen im Schrank. Aber ich habe es satt, von der Hand in den Mund zu leben. Hast du eine Ahnung, wie wenig kleine Bankangestellte verdienen? Ich würde gern in einem Achtzylinder herumkutschieren und im Winter einen Pelzmantel tragen. Verstehst du, was ich meine?«

»Catherine Ryan mußte bereits feststellen, daß Geld nicht alles ist.«

»Das war etwas anderes. Thomas Ryan ist schließlich alt wie Methusalem. Timmy ist in meinem Alter.«

»Okay. Du bist also Mrs. Timothy Mulligan. Es ist Mitternacht. Du steigst aus deinem dicken Wagen. Du ziehst den Pelzmantel aus. Und du legst dich neben deinen Ehemann ins Bett. Zu Timothy Patrick Mulligan, dem reichsten Mann von Creevagh. Seine Hände sind überall, er betastet dich, er grabscht nach dir. Wie fühlst du dich dabei?«

»Maura! Ich bin praktisch noch Jungfrau.«

»Fahr ein paarmal mit Timmy in seinem V8 durch die Lande, Mädel, und du bist es nicht mehr. Es ist ein offenes Geheimnis, daß auf diesem Autorücksitz viele Mädchen mit dem Zipfel von dem Burschen Bekanntschaft gemacht haben.«

»Maura Higgins! Du bist wirklich schrecklich.«

»Und laß dir sagen, daß das mehr als einmal Folgen gehabt hat. Es hat Martin Mulligan ’ne Stange Geld gekostet, das alles zu vertuschen.«

»Ich heul gleich los«, sagte Eileen und brach prompt in Tränen aus.

»Ist schon gut.« Maura Higgins zog ein winziges Taschentuch aus ihrem Handtäschchen und reichte es ihrer Freundin. »Die Leute werden glauben, du weinst um Martin.«

Worauf sie beide kichern mußten, was Eileens Tränen versiegen ließ.

»Was soll ich tun?« Eileen betupfte sich mit Mauras Taschentuch die Augen.

»Wenn du meinen Rat hören willst, laß das Heiraten überhaupt bleiben. Ganz abgesehen von Timmy Mulligan. Vor dir steht jemand, der seit zehn Jahren verheiratet ist. Mit einem Mann, der allseits als eine denkbar gute Partie galt. Und ich sage dir, die ganze Institution Ehe ist ein riesengroßer Scheiß. Ohne Father Coyne zu nahe treten zu wollen mit seinen frommen Sprüchen über das heilige Sakrament, und wie wichtig eine Heirat für junge Männer ist. Er redet eben zu den Männern. Vielleicht weiß er ja etwas über deren Bedürfnisse. Doch von Frauen hat er keine Ahnung, das kannst du mir glauben.«

Maura nahm einen Schluck von ihrem Scotch und zog eine Grimasse. »Schreckliches Zeug, aber wenn sie es trinken können, dann schaff ich das auch. Na, jedenfalls hörst du auf, als eigenständige Person zu existieren, sobald du diesen Ring am Finger hast. Nachdem er dich nach Hause geführt hat, gehörst du ihm mit Haut und Haaren. Du bist so was wie eine preisgekrönte Kuh. Etwas, das man herumzeigt und bewundert. Um andere Männer neidisch zu machen. Und du wirst behandelt wie eine preisgekrönte Kuh. Jedes Jahr hast du ein Baby zu kriegen, und schon bald fängst du an, wie eine Kuh auszusehen, dich wie eine Kuh zu benehmen und wie eine Kuh zu fühlen. Nur mit dem Unterschied, daß eine Kuh ihre Kälber nach ein paar Monaten abstillen kann, aber deine Kinder bleiben dir dein Leben lang: einmal Mutter, immer Mutter, bis an dein Lebensende.«

»Wie hast du es denn geschafft… ich mein… daß du nicht…« Vor Verlegenheit wurde Eileen knallrot.

»Veranlagung«, antwortete Maura Higgins freimütig. »Ob's an ihm liegt oder an mir, wer weiß? Selbstverständlich glauben alle, daß bei mir was nicht stimmt. Aber ich habe einiges zu dem Thema gelesen. Klar wollte er, daß ich diese Tests mache. ›Mach ich‹, hab ich gesagt, ›wenn du sie auch machst.‹ Ach, du lieber Himmel! So was von Ausflüchten hast du noch nie gehört! Seine Du-weißt-schon-was einer Untersuchung ausliefern? Nie und nimmer! Aber es spricht überhaupt nichts dagegen, daß diese Ärzte – immerhin auch Männer – in meinen intimsten Bereichen herumstochern, mich abtasten und inspizieren wie die schon vorher erwähnte Kuh. ›Wie würde es dir denn gefallen‹, sage ich zu ihm, ›wenn deine kostbarsten Teile von ein paar Ärztinnen peinlichst genau unter die Lupe genommen würden? Die dann vielleicht zu dem Schluß kommen, daß dir eben das Entscheidende fehlt?‹ Das hat ihm überhaupt nicht gepaßt, das kann ich dir sagen. Aber danach ist nie wieder die Rede von irgendwelchen Tests gewesen.«

»Du bist wirklich eine Schau, Maura Higgins«, meinte Eileen Maille. »Schade, daß ich nicht bin wie du.«

»Das würde dir nicht gefallen. Ich denke zuviel nach. Ich weiß zuviel. Das ist kein friedliches, beschauliches Leben. Vielleicht sind die Frauen, die jedes Jahr Kinder kriegen, ja sogar besser dran. Sie sehen doch gar nicht so unglücklich aus, wie sie da den halben Tag über den Waschtrog gebeugt stehen und in der übrigen Zeit die Kinder und die Schweine und die Hühner füttern.«

»Mit Timmy…«

»Ich weiß, ich weiß. Du hättest ein Dienstmädchen, das dir die Plackerei abnimmt. Klar, das hilft. Aber du bist nicht mehr du selbst, du bist dann Mrs. Timothy Mulligan – sag Timmy zu mir. Ich bin Mrs. Jack Higgins.« Unvermittelt beugte sich Maura vor und flüsterte: »Das sage ich nur dir, verrat es um Himmels willen keinem weiter. Aber ich überlege mir ernsthaft, Jack zu verlassen.«

»Jesus, Maria und Joseph, das ist doch nicht dein Ernst.« Mit schreckgeweiteten Augen starrte Eileen ihre Freundin an.

»Dabei ist Jack kein schlechter Kerl. In vielerlei Hinsicht mag ich ihn. Es ist dieser schreckliche Politikkram, der mir auf die Nerven geht. Dieses heuchlerische Getue und die Unehrlichkeit, dieses Gerangel um die Macht. Seit er Grafschaftsrat geworden ist. Davor war er reizender Mann. Aber jetzt… Und der Kerl da drüben auf dem Bett hat ihn dazu verleitet.«

»Ich hab gedacht, es wäre Jacks Idee gewesen. Daß er hier in Mayo so was wie der große Politiker sein wollte.«

»Eines Abends ist er heimgekommen und hat gesagt, Mulligan will, daß er für den Grafschaftsrat kandidiert. So hat das Ganze angefangen. Martin wollte sich nicht selbst aufstellen lassen, weil es vielleicht seinem Geschäft hätte schaden können.

Aber es war klar, wer hinter der ganzen Sache steckte. Zumindest noch bis gestern vormittag. Der Herr vergebe mir, aber es fällt mir sogar schwer, für sein Seelenheil zu beten.«

»Nun«, meinte Eileen, die Trostreiche, »vielleicht ändert sich jetzt ja einiges.«

»Nein. Er will unbedingt ins Abgeordnetenhaus. Das ist Martin Mulligans Vermächtnis an seinen Schützling Jack Higgins. Und für mich der Tropfen, der das Faß zum Überlaufen bringt. Wenn er kandidiert, bin ich weg.«

»Aber Maura, du wärst dann die Frau eines Abgeordneten! Du würdest in Dublin viel Spaß haben, wichtige Leute kennenlernen, zu Empfängen gehen und so.«

»Ich hätte nicht gedacht, daß ich diesen Tag noch erleben würde.« Mauras Worte waren kaum mehr als ein Hauch, während sie links an Eileens perlengeschmücktem Ohrläppchen vorbeistarrte. »Der verdammte Addis Emmet und die Mrs.! Wie findest du das?«

Es war Addis Emmet nicht leichtgefallen, zu Martin Mulligans Totenwache zu kommen. Den ganzen Tag über war er unentschlossen und zerstreut gewesen. Welch ein Segen für diejenigen seiner Schüler, die es versäumt hatten, die aufgegebenen Verszeilen auswendig zu lernen. Vorsichtshalber hatten die jungen Tunichtgute schon ihre Handflächen angewärmt, indem sie sich darauf gesetzt hatten. Und sich pflichtgemäß geräuspert und gestammelt, als sie aufgerufen wurden. Doch der Schulmeister hatte sie mit glasigen Augen gewähren lassen und wider alle Gewohnheit nicht ein einziges Mal in seine Schublade gegriffen, um den Lederriemen herauszuholen. Addis Emmet haßte Martin Mulligan. In ihm brodelte tiefer, grimmiger Abscheu gegen diesen Lumpen. Und wenn der Name dieses Mannes in seiner Gegenwart auch nur erwähnt wurde, schäumte der brodelnde Haß über. Solange er, Addis Emmet, lebte, würden Mulligans Worte und Taten niemals Vergebung finden. Und wenn er für diesen Haß in der Hölle schmoren mußte, wie er einmal in einem besonders giftigen Augenblick zu sich selbst gesagt hatte, dann sollte es eben so sein. Daher hatte er, kaum daß er am Sonntag morgen nach der Messe von dem Ableben des Schurken erfahren hatte, prompt zu Mrs. Emmet bemerkt: »Die Erlösung von dem Bösen.« Und es war ihm egal gewesen, wer ihn sonst noch hörte.

»Addis!« Sie war entsetzt gewesen. Mrs. Emmet war die freundlichste Frau in der ganzen Gemeinde. »Der Herr sei seiner Seele gnädig«, fügte sie inbrünstig hinzu.

»Soll ihn doch der Teufel holen«, gab Addis zurück. »Ich werde den Rest meiner Tage auf den Knien verbringen«, fuhr er fort, »damit ich nicht gezwungen bin, die Ewigkeit am gleichen Ort zu verbringen wie dieser niederträchtige Schuft.«

Warum er dann doch zur Totenwache gekommen war, konnte er sich selbst nicht erklären. »Also dann, gehen wir«, sagte er aus heiterem Himmel zu Mrs. Emmet, nachdem sie das Geschirr vom Abendessen abgeräumt hatte.

»Wohin?« Sie nahm *Stolz und Vorurteil* von der Anrichte, zog ihre Lesebrille aus der Schürzentasche und ließ sich erschöpft in ihren Sessel am Kamin sinken.

»Zur Totenwache von diesem Lumpen.«

»Du meinst zu Martin Mulligan, der Herr sei ihm gnädig?« Sie setzt die Brille wieder ab, um zu sehen, was mit ihrem Gatten nicht stimmte. »Was ist denn in dich gefahren?«

»Komm, gehen wir«, wiederholte er und stand abrupt auf.

»Du hast doch gesagt, du wolltest lieber tot sein, als je wieder einen Fuß in sein Haus zu setzen.« Dennoch stand sie auf.

Man widersprach Addis nicht, wenn er in dieser Stimmung war.

»Ja, aber jetzt ist *er* tot«, entgegnete er, und ein beinahe verklärter Ausdruck lag auf seinem Gesicht.

Addis und seine Mrs. knieten neben Martin Mulligans Leichnam nieder. Jeder betete auf seine Weise für die Seele des Verstorbenen. »Barmherziger Gott«, betete die Mrs., »hab Mitleid mit diesem deinem Diener, Martin Mulligan. Man sagt, er soll schlimme Dinge getan haben, aber wer sind wir, darüber zu richten? Und was spielt das jetzt noch für eine Rolle? Welchen Zweck hat es denn, o Herr, die Menschen zu strafen? Darum vergib ihm seine Sünden und schenke ihm das ewige Leben. Und gewähre meinem Ehemann die Gnade, ihm ebenfalls vergeben zu können.« Danach wollte sie sich bekreuzigen und aufstehen, doch Addis kniete noch immer mit geschlossenen Augen neben ihr.

Addis betete: »O Gott, laß nicht zu, daß dieser jämmerliche Sünder einst deine Herrlichkeit schauen darf. Seinesgleichen hat man in Irland seit Oliver Cromwell nicht mehr gekannt. Laß ihn an die Seite des verfluchten Oliver in die tiefen, finsteren Kerker der Hölle fahren. Er hatte kein Recht dazu, o Herr! Nein, dazu hatte er kein Recht. Mein Leben lang habe ich daran gearbeitet, mir einen untadeligen Ruf zu erwerben, o gnadenreicher Herr Jesus. Und schließlich war ich der am meisten geachtete Mann nicht nur in der Gemeinde von Creevagh, sondern in der halben Grafschaft. Aber er hat meinen Namen besudelt. Was ist ein Mann ohne Ehre und ohne guten Namen denn noch wert? Wenn man ihm das raubt, nimmt man ihm das Leben. Martin Mulligan, er sei verdammt in alle Ewigkeit, hat mir das Leben genommen. Doch es darf nicht wahr sein, o Herr, sag, daß es nicht wahr ist. Meine fromme

Mutter kann mich nur im Stand deiner Gnade empfangen haben. Ich wurde im Stand dieser Gnade geboren und habe immer demgemäß gelebt. Und im Stand dieser Gnade will ich sterben.«

Etwa an dieser Stelle warf Mrs. Addis ihrem Mann einen Seitenblick zu und wunderte sich ob der Länge seines Gebets. Sie sah seine zusammengekniffenen Augen und sein trotzig vorgeschobenes Kinn – wie ein Kind, das gerade Lebertran geschluckt hat. Wie gern hätte sie ihn angestupst, aber einen Addis Emmet stupste man nicht in aller Öffentlichkeit, nicht einmal, wenn man seit zwanzig Jahren mit ihm verheiratet war. Also blieb sie knien, während Addis weiterbetete: »Barmherziger Herr Jesus, das werde ich ihm nie verzeihen. Verlange das bitte nicht von mir. Ich gehe zum Lough Derg und rutsche zehnmal auf Knien den Kreuzweg entlang. Ich werde im strömenden Regen den Croagh Patrick erklimmen. Aber ich werde Martin Mulligan nicht vergeben. Er hat das vor allen Leuten gesagt. Und man kann nie zurücknehmen, was man einmal gesagt hat, ganz egal, wie falsch es auch ist. Also kann man auch niemals verzeihen, was unverzeihlicherweise gesagt worden ist, ganz egal, wieviel Zeit vergeht, und nicht einmal, wenn der Lügner tot ist. Dabei habe ich ihn keineswegs beleidigt. Ich habe nur gesagt, daß manche Leute sich offenbar am Elend anderer bereichern. Er und sein Schwarzmarkttee mitten im Krieg, wo andere Leute gehungert haben. Welche Veranlassung hatte er da, so etwas zu sagen? Wo zudem noch drei weitere Leute im Laden waren? Mit gespitzten Ohren, um ja alles aufzuschnappen, was der Schulmeister und der Krämer sich gegenseitig an den Kopf werfen, damit sie es zu Hause weitererzählen können, wieder und wieder, bis auch noch die beiläufigste Bemerkung zu einer bedeutsamen Feststellung geworden ist und die höhnischste Anspielung für bare Münze genommen wird. ›Keiner von uns ist ohne Makel‹, hat er gesagt. Eine Wahrheit, die jedem von uns bewußt ist, die man nicht groß verkünden muß. ›Vor allem diejenigen nicht, die zu früh geboren wurden‹, fährt er fort. Und blinzelt dabei mit seinen kleinen Schweinsaugen. Dazu dieses blöde Grinsen in seiner gräßlichen Visage. Oh, alle haben auf Anhieb verstanden, was gemeint war, auch wenn keiner etwas dazu gesagt hat und jeder so tat, als ob er gar nicht zugehört hätte. Aber da kannst du sicher sein, das hat jeder gehört und verstanden und schon auf dem Heimweg überall weitererzählt. Und noch bis zum heutigen Tag lachen sie über Mr. Addis Emmet, den als Bastard geborenen Schulmeister. Ich kann es ihnen von den Augen ablesen. Ich höre es ihren Stimmen an. Ich bin für sie nicht mehr der Inbegriff von Ehre und Wahrhaftigkeit und Anstand.«

»Hast du's endlich?« zischte seine Mrs. zu ihm hinüber. Ein Betragen, das sie bei ihren Schülern niemals duldete. Aber sie hielt dieses Gebet ihres Mannes nicht länger aus. Mittlerweile schielten ja schon die Leute herüber, oder zumindest kam es ihr so vor. Und auch die Gespräche schienen allmählich zu verstummen. Doch Addis beantwortete ihre Frage nicht. Er verharrte mit verkniffener Miene in Gebetshaltung, reglos wie der Leichnam auf dem Bett. Hätte nicht Mona Mulligan einen weiteren herzzerreißenden Schrei losgelassen und sich von neuem über den Leichnam ihres Vaters geworfen, der Schulmeister hätte vielleicht die ganze Nacht hier auf Knien verbracht und im stillen wüste Beschimpfungen und Verwünschungen gegen seinen dahingeschiedenen Verleumder ausgestoßen. Doch so nutzte er die Störung, um ebenso unauffällig wieder hinauszuschleichen, wie er gekommen war, und nickte nur kurz zu Father Coyne hinüber, der noch immer damit beschäftigt war, der Witwe Trost zu spenden.

»Es ist mir einfach ein Rätsel«, sagte Father Coyne gerade, »warum zwei so achtbare Männer wie dein Ehemann und Addis Emmet seit Jahren kein Wort mehr miteinander gewechselt haben.«

»Ja, das ist merkwürdig«, erwiderte Clare Mulligan und versuchte die Unruhe, für die ihre Tochter sorgte, nicht weiter zu beachten. »Ich habe Martin einmal danach gefragt, aber er hat nur gesagt, er wüßte auch nicht warum. ›Den einen Tag hat er noch mit mir geredet, den nächsten schon nicht mehr‹, hat er gesagt. Und er spricht ja auch nicht mit mir, obwohl ich ihm nie was getan habe. Die Mrs. grüßt immer und bleibt hin und wieder auch mal stehen, um ein bißchen mit mir zu plaudern, aber dabei hat man immer den Eindruck, sie fühlt sich irgendwie beobachtet.«

»Man weiß eben nie, was in Addis Emmets Kopf vor sich geht«, sagte der Priester. So eine Bemerkung kam ihm nicht alle Tage über die Lippen: Father Coyne war sehr vorsichtig mit Äußerungen über seine Schäfchen, schon wegen des Beichtgeheimnisses und der Gefahr, einen Skandal heraufzubeschwören. Doch er und Clare waren schon seit Ewigkeiten gute Freunde. Es gab sogar ein paar Klatschweiber, die fanden, daß die beiden ein bißchen zu gut miteinander auskamen, obwohl sie nie auch nur den geringsten Anlaß zu übler Nachrede gaben. Sie hatten einfach ein Verhältnis zueinander, das es ihnen erlaubte, ganz offen über alles zu reden. Sogar ein Pfarrer braucht solche Freunde. Und die waren in der Gemeinde von Creevagh weiß Gott nicht leicht zu finden.

»Martin, Gott hab ihn selig, hat sich auch meistens ausgeschwiegen. Ehrlich gesagt, manchmal war ich ganz froh, daß ich nicht gewußt habe, was er jetzt schon wieder vorhatte. Habe ich damit gefehlt, Father?«

»Unsinn, wie kommst du denn darauf? Du hast stets deine Pflicht erfüllt und bist deinem Gewissen gefolgt. Mehr kann man doch nicht verlangen. Du bist nicht für die Taten anderer Menschen verantwortlich. Auch nicht, wenn sie dein eigen Fleisch und Blut sind.«

Und daß sie es nicht gewußt hatte, war auch gut so, dachte Father Coyne. Er hatte tatsächlich eine Schwäche für Clare Mulligan. Sie war die anständigste Frau, der er je begegnet war. Doch leider verheiratet mit einem Lumpen, wie er im Buche steht. Vom Ausmaß dieser Schurkerei hatte allerdings auch er nur eine vage Vorstellung gehabt – bis zu Mulligans letzter Beichte am Freitag abend. Natürlich hatte er ein bißchen was über den Schwarzhandel gewußt. Wie jeder andere auch. Vor allem diejenigen, die Martin Mulligan in den Kriegstagen dreißig Schilling für ein Pfund Tee gezahlt hatten. Das hatte Mulligan sogar gebeichtet, als er vor ein paar Jahren beschlossen hatte, ein neues Leben anzufangen und sich um sein Seelenheil zu kümmern, wie er es ausgedrückt hatte. Und er habe auch Wiedergutmachung geleistet, hatte er behauptet, an jenen, die er ein ganzes Jahr lang beim Teeabwiegen mit falschen Gewichten betrogen hatte. Dieser Heuchler! Und er, Father Tom Coyne, Hüter der Moral in der Gemeinde von Creevagh und Kilsaggart, hatte ihm das geglaubt. Und sogar das Geld angenommen, das nach Mulligans Worten ehrlich erworben war. Und damit diese wunderschöne Kreuzigungsgruppe errichten lassen, zur Erbauung der Menschen von Creevagh. Und er hatte nie wieder einen Gedanken daran verschwendet. Bis letzten Freitag abend.

»Ich sterbe, Father«, hatte Mulligan gekrächzt, kaum daß der

Priester ins Zimmer getreten war. Und das klang so nörgelig, als würde er sich darüber beklagen, daß der Eierpreis gefallen war.

»Aber nein«, hatte Clare gesagt, die auf einem Stuhl am Bett saß und strickte. »Das bildet er sich nur ein, Father. Sagen Sie ihm, daß er wieder gesund wird.«

»Und warum hast du dann nach ihm geschickt?« fragte Mulligan, und sein Husten klang, als polterten Steine aus einem Gemäuer. Clare ließ das Strickzeug sinken und hielt ihm mit einer Hand ein Taschentuch vor den Mund, damit er hineinspucken konnte. »Wenn der Priester einen salbt, steht man praktisch schon mit einem Fuß im Grab. Habe ich nicht recht, Father?«

»Nun, Martin, es ist ja nur eine Vorsichtsmaßnahme. Die Letzte Ölung ist die Krankensalbung, verstehst du? Und sie kann den Körper ebenso heilen wie die Seele.«

»Ist die Kirche nicht eine wunderbare Einrichtung, Father?« meinte Mulligan. »Für jede Gelegenheit hat sie das Passende parat.«

»Ich laß Sie jetzt allein, Father, damit Sie ihm die Beichte abnehmen können.« Clare wickelte die Wolle auf und ging zur Tür.

»Was habe ich schon zu beichten«, rief ihr der Kranke laut hinterher. »Gehe ich nicht allwöchentlich zur Beichte und zur Kommunion?« Aber Clare schloß die Tür hinter sich, und Father Coyne setzte sich auf ihren Stuhl.

»Sterbe ich jetzt, Father? Sagen Sie mir um Gottes willen die Wahrheit. Sie wissen ja, Frauen würden einem das nie sagen. Aber Ihnen vertraue ich, Father.« Dabei fuhr er sich mit dünnen Fingern über die Augen. Es war nicht zu übersehen, daß er in den vier Wochen, seit er krank war, schrecklich abgebaut hatte. »Niemand will einem Mann je sagen, daß er stirbt. Ist das nicht merkwürdig, Father? Aber ich will es wissen. Ein Mann sollte seine Todesstunde kennen. Es ist schließlich ein bedeutsamer Augenblick im Leben, und trotzdem will keiner damit herausrücken. Also sagen Sie es mir.«

»Der Arzt meint, dir bleibe wohl nicht mehr allzuviel Zeit. Aber Ärzte können bekanntlich irren.«

»Ich hab's gewußt, verdammt noch mal! Entschuldigen Sie meine Ausdrucksweise, Father. Aber ich hab's gewußt. Man kann Martin Mulligan nichts vormachen. Nicht einmal, wenn er auf dem letzten Loch pfeift. Sie wollten mir's nicht ins Gesicht sagen, der Teufel soll sie holen. Aber ich hab's gewußt.« Die Pupillen verschwanden unter seinen Augenlidern, als spräche er mit einem unsichtbaren Wesen. »Man kann einen Martin Mulligan eben nicht hinters Licht führen.«

»Wenn dich noch etwas bedrückt, Martin, ist jetzt der rechte Zeitpunkt gekommen. Gott ist barmherzig.« Das war Father Coynes Lieblingseinleitung zu einer letzten Beichte. Er nahm die purpurfarbene Stola aus seiner Tasche und legte sie sich um. »Fang einfach an.«

»Himmel, ich hab herzlich wenig zu beichten, Father. Segnen Sie mich, Father, denn ich habe gesündigt. In Demut und Reue bekenne ist...« Aber da begannen wieder die Steine zu rumpeln, und Martins Brust hob und senkte sich schwer bei dem verzweifelten Versuch, etwas Luft in die Lungen zu pumpen. Erneut setzte er an: »In Demut und Reue...«

»Laß das Confiteor weg«, meinte der Priester. »Komm gleich zum Wesentlichen.«

»Da gibt's nicht viel, Father. Man hat keine Zeit zu sündigen, wenn man ans Bett gefesselt ist und sich darauf vorbereitet, vor seinen Schöpfer zu treten. Vielleicht hab ich die Mrs. ein paarmal angeschrien. Mir ist schon immer leicht der Geduldsfaden gerissen, das wissen Sie ja, Father. Und es ist nicht einfach, mit einer lebenslangen Gewohnheit zu brechen.«

»Schön. Sehr schön. Noch etwas?«

»Ach, was soll denn sonst noch sein, Father? Der Mann hier unter den Decken kann keinen großen Ärger mehr machen, er kriegt ja kaum noch Luft zum Atmen.«

»Und es gibt auch nichts mehr aus deiner Vergangenheit?« Eine gedankenlose Frage, rein gewohnheitsmäßig gestellt.

»Die Vergangenheit liegt schon lange hinter mir, Father. Ich bin bereit, vor Ihn zu treten.«

»Dann erteile ich dir die Absolution. Tue Buße.«

»Vielleicht gibt es doch noch eine Kleinigkeit, Father. Wissen Sie, ich hab ein ziemlich schwaches Gedächtnis. Erst gestern habe ich sie überall im Haus nach meiner Nachthaube suchen lassen, und dabei hatte ich sie die ganze Zeit auf dem Kopf.«

»Verstehe. Nun, ich bin sicher, Gott der Herr sieht darüber hinweg. Und nun die Buße.«

»Vielleicht habe ich vergessen, Ihnen alles über den Schwarzmarkt zu erzählen.«

»Darüber hast du mir bereits alles gesagt, Martin. Und du hast Buße getan. Es ist dir vergeben. Sprich jetzt …«

»Ich glaube eher, daß ich Ihnen nicht alles gesagt habe, Father.«

Diese Sterbenden mit ihren Sorgen und Ängsten, je näher die Begegnung mit ihrem Schöpfer rückte. »Ich bin sicher, daß du dein Bestes getan hast. Und mehr erwartet Gott nicht von uns.«

»Wollen Sie mir jetzt bitte zuhören, Father?« Mit großer Mühe setzte sich Martin Mulligan auf. »Es geht nicht nur um das, was ich im Laden verkauft und wovon ich Ihnen schon erzählt habe. Ich habe Tausende von Pfund damit verdient, daß ich alle möglichen Schwarzmarktwaren aus Dublin besorgt und sie jedem zweiten Ladeninhaber in Mayo verhökert habe, und das mit einem phantastischen Gewinn. Ich habe Unsummen damit verdient! Womit, glauben Sie, wurde Ihre Kreuzigungsgruppe bezahlt?«

»Heilige Mutter Gottes! Und das hast du noch nie gebeichtet? Und auch nicht gesühnt?«

»Dann bräuchte ich es Ihnen doch jetzt nicht zu erzählen, oder? Mir ist erst gestern klargeworden, daß das wohl eine Sünde war. Es ist komisch, Father, aber eine Menge Dinge im Leben kommen einem erst später schlecht vor; wenn man sie macht, scheinen sie gut und richtig zu sein. Merkwürdig, nicht wahr?«

In diesem Augenblick konnte der Pfarrer jedoch an nichts anderes denken, als daß diese Kreuzigungsgruppe als die schönste in ganz Westirland galt.

»Und deshalb habe ich Ihnen bisher nichts davon gesagt, Father.«

»Verstehe«, erwiderte Father Coyne.

Der Sterbende faßte nach dem Arm des Priesters. »Father, Sie werden jetzt doch nicht Timmy dafür büßen lassen, oder? Er weiß überhaupt nichts davon. Und das ist die reine Wahrheit, so wahr mir Gott helfe. Wie sollte er auch? Er war doch damals noch ein Knirps.«

»Weiß deine Frau davon?« Vage kam dem Priester zu Bewußtsein, daß er diese Frage mehr aus persönlichen als aus seelsorgerischen Gründen stellte.

»Unsinn, wieso sollte sie?« Mulligan sank ins Kissen zurück. »Clare stellt keine Fragen, Father, und ich lüge sie nicht an. Sie kennen sie ja ebensogut wie ich.«

»Du mußt versprechen, daß du in all diesen Fällen Wiedergutmachung leistest, sobald es dir wieder bessergeht.«

»Oh, das werde ich, Father, das werde ich bestimmt. Da können Sie ganz beruhigt sein.«

Der Priester neigte den Kopf. »Gibt es noch etwas?«

»Aber Sie sprechen mich doch los, Father, nicht wahr?«

»Wenn du es wirklich aus tiefstem Herzen bereust, ja. Und nun zur Buße.«

»Aber wenn ich sterbe, bevor ich es wiedergutmachen kann, Father, dann lastet diese Schuld doch nicht auf Timmy, oder?«

»Nun, wenn er Kenntnis davon erhält, dann hat er eine entsprechende Verpflichtung. Du kannst nicht ...«

»Aber wer sollte es ihm denn sagen, Father? Außer Ihnen und mir weiß doch niemand davon. Und das Beichtgeheimnis darf nicht gebrochen werden. Das stimmt doch, Father?«

»Er hat gut für uns gesorgt«, sagte Clare Mulligan gerade.

»Ja, das hat er wirklich.« Doch Father Coyne wurde innerlich von Ekel geschüttelt. Als hätte er etwas Unappetitliches gegessen. Er hatte Martin Mulligans Gesicht vor Augen, wie er ihm die Absolution erteilte. Dann drängte sich die Kreuzigungsgruppe, auf die er so stolz war, ins Bild. Am liebsten hätte er sie in diesem Moment eigenhändig zertrümmert. »Ich gehe jetzt nach Hause und bete noch mein Brevier zu Ende.«

Wieder regnete es. Als er vor der Tür gerade den Mantelkragen hochschlug, hörte er hinter sich Paddy Gannons Stimme: »Könnte ich kurz mit Ihnen sprechen, Father? Ich begleite Sie nach Hause.«

»Natürlich, Paddy.« Dabei wäre ihm in diesem Augenblick alles andere lieber gewesen, als mit irgend jemandem ein Gespräch zu führen. »Ich wollte selbst demnächst mal mit dir reden.«

»Ich habe seit fünfzehn Jahren nicht mehr gebeichtet«, gestand der Kneipenwirt, während sie gemeinsam die Straße entlanggingen.

»Ach ja.« Das wußte er natürlich. In seinen von glühendem Eifer durchdrungenen Tagen als Kaplan hätte er den Mann sofort in den Beichtstuhl gezerrt. Doch mit den Jahren war er klüger geworden.

»Es war Haß, der mich ferngehalten hat, Father. Ich habe einen Mann so sehr gehaßt, daß ich dafür sogar die Hölle in Kauf genommen hätte. Aber Gott vergibt dir deine Sünden nicht, heißt es, wenn du jemanden haßt. Stimmt das, Father?«

»O ja, das stimmt.«

»Nun, Father, ich habe Martin Mulligan gehaßt. Er soll in der Hölle schmoren.«

»Wir müssen jenen vergeben, die sich gegen uns versündigt haben, wie auch wir auf Vergebung unserer Sünden hoffen.«

»*Ich* habe es nie mit seiner Tochter getrieben, so wie er mit meiner.«

»Heilige Mutter Gottes!« entfuhr es Father Coyne. »Deine Tochter lebt in Amerika, nicht wahr?«

»Das glauben alle. Dabei wohnt sie in Dublin und zieht dort seinen Bastard groß.«

»Donnerwetter! Ist das wahr?«

»Der Junge ist jetzt fünfzehn, Father. Martin hat für seinen Unterhalt gezahlt. Und ich will, daß das so bleibt. Aber ich verlange noch mehr. Schließlich ist er Martin Mulligans Sohn, genau wie Timmy und die anderen, und er hat ein Recht auf seinen Anteil am Mulligan-Vermögen.«

Es ist schmutziges Geld, hätte Father Coyne ihm am liebsten

auf der Stelle entgegengehalten, aber er war durch das Beichtgeheimnis gebunden.

»Werden Sie mir helfen, damit er zu seinem Recht kommt, Father?«

Nun, was würden die Theologen wohl dazu zu sagen wissen? schoß es dem Priester durch den Kopf. »Hmmh, ich weiß nicht, ob ich in meiner Position der Richtige bin, um mich da einzumischen, Paddy. Ich stehe natürlich auf deiner Seite, aber so wie die Dinge liegen, halte ich es nicht für angebracht, daß ich mich dazu äußere. Vielleicht wäre es das beste, du würdest einen Anwalt einschalten?«

»Das könnte ich tun, Father. Und vielleicht werde ich das auch.« Paddy Gannon blieb einige Schritte vor dem Pfarrhaus stehen. »Aber Sie sind gut befreundet mit Mrs. Mulligan, Father. Vielleicht könnten Sie ihr gegenüber etwas davon verlauten lassen. Wenn ich zu einem Anwalt gehe, weiß es gleich die ganze Grafschaft. Und das will doch keiner von uns, nicht wahr, Father?«

Im Dunkeln konnte Paddy Gannon nicht sehen, daß ein leises Lächeln über das Gesicht des Pfarrers huschte. »Nein, Paddy, das will keiner.« Dann verwandelte sich Father Coynes Stimme in die eines gestrengen Beichtvaters. »Dieses Unrecht muß und wird gesühnt werden. Überlaß das nur mir. Ich werde die Angelegenheit mit Timmy besprechen, sobald die Beerdigung vorbei ist. Dein Enkel wird seinen gerechten Anteil am Mulligan-Vermögen erhalten. Aber kein Wort zu Clare, verstanden? Wir wollen der armen Frau doch nicht noch mehr Kummer bereiten.«

»Ich komme zur nächsten Beichte für die Standeskommunion«, versprach Paddy Gannon. »Gute Nacht, Father.«

DIE KOMMUNISTISCHE BEDROHUNG

Im Sommer 1953 war der Kommunismus in aller Munde, der Kommunismus als die große Bedrohung. Die gelbe Gefahr, die Heerscharen aus dem fernen Korea und China, die den Westen überrollen wollten, die Horden der Russen und ihre osteuropäischen Vasallen, die am Eisernen Vorhang zerrten – all das gab sogar in der Gemeinde Creevagh Anlaß zu leiser Besorgnis. Die apokalyptischen Warnungen vor diesem zivilisationsbedrohenden Übel, ausgesprochen von Senator Joseph McCarthy im Kongreß der Vereinigten Staaten von Amerika, wurden nicht nur von der *Irish Press* und dem *Irish Independent* verbreitet, sondern hallten auch über *Radio Eireann* in den Wohnstuben von Creevagh wider. Ganz zu schweigen vom Gannon's und vom Mulligan's, den Pubs, wo man den Zehnuhrnachrichten lauschte und danach, beim letzten Guinness vor der Sperrstunde, freimütig darüber diskutierte.

Father Coynes Sonntagspredigten machten die Unmittelbarkeit der globalen Bedrohung deutlich. »Glaubet nicht«, dröhnte er von der Kanzel, »diese atheistische Propaganda könnte die geheiligte Schwelle unseres christlichen Irland nicht überschreiten. Dies kann nicht nur geschehen, es ist bereits geschehen. Schon jetzt befinden sich in dieser unserer Gemeinde, hier mitten unter uns, solche, die dem entsetzlichen Irrglauben des Antichristen anheimgefallen sind. Sie verbreiten ketzerische Lehren, sie verschließen das Ohr vor ihren Priestern und weigern sich sogar, die heilige katholische Kirche anzuerkennen.«

Die Eingeweihten wußten, wer mit »solchen« im einzelnen gemeint war: nämlich Maura Higgins, die Frau des Grafschaftsrats Jack Higgins. In den letzten Jahren hatte sie sich immer unverblümter zu gesellschaftlichen und politischen Fragen geäußert. Es hieß, ihr und ihrem losen Mundwerk habe Jack es zu verdanken, daß er nicht ins Parlament gewählt worden war, obwohl es in der ganzen Grafschaft Mayo keinen eingefleischteren Kapitalisten gab als ihn. War seine Frau nicht eine glühende Verfechterin von Dr. Noel Brownes Mutter-und-Kind-Plan, bei dem es sich doch eindeutig um eine kommunistische Verschwörung handelte? Aber dieses Komplott war fehlgeschlagen, denn das Volk des christlichen Irland hatte dank der klugen Führung durch seine Kardinäle, Bischöfe und Priester die Infamie erkannt und die Regierung gestürzt, die jenen Plan unterstützt hatte. Diese Niederlage hatte Maura Higgins maßlos verbittert. »Ein Haufen vorsintflutlicher Neandertaler«, schimpfte sie über den Klerus und die Bevölkerung, als sie eines Morgens in Eileen Mailles Gegenwart die neuesten Schlagzeilen der *Irish Times* las. Maura Higgins war die einzige in der ganzen Gemeinde, die diese Zeitung las – ein protestantisches, englandfreundliches Schmierblatt, wie Timmy Mulligan es ausdrückte, und der mußte es schließlich wissen, weil er es als einziger verkaufte. Und daß die *Times* mit den Kommunisten sympathisierte, das wußte jeder.

Eileen begriff nicht ganz, was Maura damit meinte, aber daß es sich nicht um ein Kompliment handelte, war ihr ziemlich klar. Wie auch immer, im September würde sie Timmy heiraten, und sie hatte gerade anderes im Kopf.

»Du regst dich doch immer über irgendwas auf, Maura Higgins«, meinte sie. »Vielleicht solltest du nächstes Mal selbst fürs Parlament kandidieren.« In Wirklichkeit beschäftigte sie allerdings die Frage, ob das Ehepaar Higgins womöglich nicht zur Hochzeit kommen würde, da doch Maura und Father Coyne auf Kriegsfuß miteinander standen.

»Jedenfalls weiß ich, was ich nicht tun werde«, sagte Maura. »Ich werde nie wieder dort reingehen.« Sie standen vor »Mulligan's Bar, Lebensmittel & Gemischtwaren«, und Maura deutete auf die Pfarrkirche ein Stück weiter unten an der Straße.

»Aber du kommst doch zu meiner Hochzeit, nicht wahr?« Eileen war den Tränen nahe. Die Hochzeit würde das größte Spektakel werden, das man in Creevagh je gesehen hatte, schwärmte Timmy, da durfte der Grafschaftsrat keinesfalls fehlen.

»Dir zuliebe mache ich eine Ausnahme«, versprach Maura. »Aber danach ist ein für allemal Schluß.«

Nur einen Tag nachdem Phelim O'Brien über die Ferien nach Hause gekommen war, hatte er von Seamus Laffey das Neueste über Maura Higgins erfahren. Während er auf der Mauer vor dem Haus saß und sich in Betrachtungen über das Leiden Christi versenkte – eine Gewohnheit, die ihm während der soeben beendeten dreißigtägigen Exerzitien nach Ignatius sehr lieb geworden war –, erblickte er auf der Straße seinen Freund, der auf ihn zuschlurfte. Laffey machte ein furchtbar trauriges Gesicht. »Bei allen Heiligen, was ist denn mit dir los?« fragte Phelim.

Da schlug Seamus Laffey mitten auf der Straße die Hände vors Gesicht und heulte los wie ein Baby. So ein Geflenne hatte die Welt noch nicht erlebt: schüttelnde Krämpfe, Geplärre, Schniefen, Rotzen. Der arme Phelim wußte nicht, ob er sich davon anstecken lassen oder lieber Dr. Daly holen sollte. Also sprang er nur von der Mauer und wartete auf das Ende der Vorstellung, so wie man wartet, bis sich ein Wildpferd auf der Koppel ausgetobt hat, ehe man sich ihm mit dem Zaumzeug nähert. Nach einer Weile beruhigte sich Seamus und putzte sich mit dem Hemdsärmel die Nase. »Entschuldige«, brachte er einige Male heraus, bevor ihn erneut das heulende Elend überkam. Diesmal lehnte er sich an die Mauer, als könne sie ihm in seinem Kummer Halt geben.

Schließlich hatte Seamus sich soweit gefangen, daß er Timmy Mulligan in einer ziemlich eindeutigen Sprache verfluchen konnte. Eileen Maille, *seine* Eileen, heiratete dieses blöde Schwein, diesen verdammten Hurensohn, diesen Schuft, diesen Halunken... die ganze Litanei der üblen Nachrede, einschließlich einer Aufzählung sämtlicher Gemeinheiten, die Mulligan vom Tag seiner Geburt bis heute begangen hatte. Irgendwann gegen Ende seiner Schmährede erwähnte Seamus den Streit zwischen Maura Higgins und Father Coyne, eine Katastrophe, die ebenfalls auf Timothys Verruchtheit zurückzuführen sei.

»Was hat Maura denn diesmal angestellt?« fragte Phelim, zum einen, weil er Seamus von weiteren Schimpftiraden abhalten wollte, zum anderen, weil er Mrs. Higgins' Vorliebe für ausgefallene Ansichten nur zu gut kannte.

»Sie ist eine Kommunistin! Father Coyne hat's gesagt. Und ich glaube, Mulligan ist auch ein Kommunist«, fügte er hinzu, als ihm einfiel, daß diese Verleumdung noch auf seiner Liste fehlte.

»Ist das wahr?« Phelim spürte, wie sich seine Gesichtshaut

spannte. Das passierte ihm jedesmal, wenn er das Wort »Kommunist« hörte. Was diese Menschheitsplage des zwanzigsten Jahrhunderts betraf, vertrat er eine ziemlich rigorose Meinung. In langen, eingehenden Kontemplationen hatte er sich gründlich mit diesem Thema beschäftigt, und letztes Jahr am Fronleichnamsfest hatte er vom Herzen Jesu höchstselbst die Eingebung bekommen, daß es seine große Lebensaufgabe als Priester sei, diese moderne Inkarnation des Satans zu bekämpfen.

»Sie hört überhaupt nicht auf das, was Father Coyne sagt«, bemerkte Laffey. »Ja, sie geht nicht einmal mehr zur Messe. Und Mulligan kommt immer zu spät zur letzten Messe«, fügte er überflüssigerweise hinzu.

»Aha.« Phelim blickte nach Westen zu den blauen Mweelrea-Bergen, hinter denen der kegelförmige Gipfel des Croagh Patrick aufragte. »Dann spreche ich wohl am besten mal mit ihr«, tat er weise kund. Mehr sagte er allerdings nicht dazu. Denn den tiefsinnigen Inhalt der Strafpredigt, die er der Gemeindekommunistin zu halten gedachte, würde ein einfacher Laie wie Seamus Laffey wohl kaum verstehen. Maura hingegen galt als äußerst scharfsinnig, und obwohl Phelim selten mehr als nur einen flüchtigen Gruß mit ihr ausgetauscht hatte, war ihm sofort klar, daß der Weg zur Eroberung ihrer Seele über ihren Verstand führte. Bestimmt hatte Father Coyne in dieser Hinsicht versagt. Ein guter Priester, keine Frage, aber letztes Jahr hatte Phelim bei einem Gespräch mit ihm festgestellt, daß er ein äußerst dürftiges Interesse am intellektuellen Unterbau des Glaubens hatte. Das mochte angehen, solange man es mit schlichten Bauern zu tun hatte, aber bei so intelligenten Menschen wie Maura Higgins war ein wenig Theologie vonnöten, um sie auf den Pfad des wahren Glaubens zu führen. Und dafür war Phelim der richtige Mann, wenn er das einmal so von sich sagen durfte. Er konnte bei aller Bescheidenheit von sich behaupten, daß er nach nur einem Jahr theologischer Studien in Kimmage schon beinahe zu den Leuchten in Theologie zählte. Dies galt besonders für Fragen des Kirchenrechts und der Moraltheologie, wobei sein scharfer Verstand selbst die feinsten kasuistischen Unterscheidungen durchdrang. Ja, man munkelte sogar – er selbst erging sich freilich nicht in derlei unbescheidenen Spekulationen –, daß er nach der Ordination nach Rom geschickt werden solle, um dort die Doktorwürde zu erlangen. Neben seinem theologischen Wissen, erinnerte er sich nun, hatte er sich im letzten Jahr an der Universität gründliche Kenntnisse des dialektischen Materialismus erworben. Ja, Phelim O'Brien war bestens gerüstet, um Maura Higgins von ihren Irrwegen abzubringen.

Jetzt fehlte ihm nur noch die passende Gelegenheit. Normalerweise war die Zeit nach der Sonntagsmesse am besten dafür geeignet, aber die Frau ging ja nicht mehr zur Kirche. Und er kannte sie auch nicht gut genug, um einfach so, ohne einen bestimmten Anlaß, mit dem Rad zu ihr zu fahren. Zufälligerweise fiel ihm dann aber ein guter Vorwand ein, als er am Sonntag vormittag aus dem Gottesdienst kam und durch die Kirchenpforte ging: Er bemerkte an der Mauer auf der anderen Straßenseite ein altes, zerrissenes Wahlplakat. Es zeigte Jack Higgins, und darunter stand in großen Buchstaben:

WÄHLEN SIE JACK HIGGINS –
DEN MANN, DER EIN OFFENES OHR
FÜR SIE HAT!

Am Montag abend lehnte Phelim sein Fahrrad an die Higginssche Vorgartenmauer an der Straße nach Kilmolara, öffnete das kunstvoll geschmiedete Eisentor und schritt entschlossen über den betonierten Weg zur Haustür. Er würde gern mit Jack reden, meinte er.

»Jack ist momentan leider nicht zu Hause.« Mrs. Higgins bat ihn nicht herein, sondern blieb mitten in der Tür stehen und schenkte ihm so wenig Beachtung wie ein Viehhändler einem dürren Ochsen auf dem Markt von Kilmolara.

»Vielleicht können Sie mir dann weiterhelfen.« Unwillkürlich kamen ihm diese Worte über die Lippen – gegen den überlieferten Rat, den sämtliche frommen Männer der Vergangenheit den praktizierenden Zölibatären der Gegenwart gaben, daß man nämlich niemals mit einer Frau allein sein sollte. Zu seiner Verteidigung sei angeführt, daß er in ebendiesem Augenblick kaum wahrnahm, daß das Kleid dieser hinreißenden Frau ärmellos und das obere Drittel des Vorderteils aufgeknöpft war, daß es ihr nur bis zu den Knien reichte und sie zudem barfuß war. All seine Gedanken kreisten einzig darum, daß Gott ihm jetzt die Gelegenheit gab, diese Atheistin zum wahren Glauben zu bekehren.

»Wobei?« Noch immer machte sie keine Anstalten, ihn ins Haus zu bitten.

Während er an ihr vorbei auf den Messingtürklopfer starrte, der dringend poliert gehörte, erklärte er, er wolle eine Arbeit über eine gesellschaftliche und moralische Frage von großer nationaler Bedeutung schreiben, und dazu hätte er gern die Ansichten eines klugen Politikers wie Jack Higgins gehört. Da er aber nicht zu Hause sei, wolle sie sich vielleicht dazu äußern?

»Nun, vielleicht.« Eine ganze Weile stand sie da und schaute ihn an, ohne auch nur ein Wort zu sagen. Er sah auf die Treppenstufen hinab, zugegebenermaßen jedoch mehr aus Verlegenheit als aus Gehorsam gegenüber dem frommen Gebot, wonach man in Gegenwart des anderen Geschlechts seine Blicke streng unter Kontrolle zu halten habe. Schließlich meinte sie: »Kommen Sie rein.« Es war ein hübsches Haus. Blümchentapeten im Flur. Glänzendes Mahagoni und helle Polstermöbel im Wohnzimmer. Ein Klavier. Auf dem Boden lag ein Teppich, an den Wänden hingen Gemälde. Doch wohlgemerkt: Alles war ziemlich verstaubt, ein Zustand, der im Scholastikat niemals geduldet worden wäre. »Machen Sie es sich bequem.« Sie wies auf einen Sessel. Als sie sich ihm gegenüber auf ein Sofa setzte, schlug sie die Beine übereinander, wobei sie ihr Kleid etwas hochhob. Gott stehe ihm bei, aber er konnte es nicht übersehen, und es stürzte ihn in solche Verwirrung, daß er kurzzeitig vergaß, was er sagen wollte.

»Ich habe Jack nur ein- oder zweimal getroffen«, plapperte er drauflos. »Er ist ein netter Mensch.«

»Ja, das ist er.« Nun schlug sie die Beine andersherum übereinander, sah ihn dabei aber an, als wolle sie ihn zum Hingucken verleiten.

»Ich schreibe eine Studienarbeit«, fing er an und mußte sich sogleich räuspern. Die Art und Weise, wie sie ihn anschaute, erfüllte ihn mit größtem Unbehagen: In diesem Blick lag nichts von der freundlichen Achtung, die ihm üblicherweise von Freunden und Nachbarn entgegengebracht wurde, seit sie ihn zum ersten Mal mit Stehkragen gesehen hatten. »Eine Arbeit über Kommunismus und Wohlfahrtsstaat.«

»Oh!« meinte sie, und allein dieser Ausruf verriet ihm, daß er ihr Interesse geweckt hatte. »Tatsächlich? Nun, ich muß sagen, an diesem Thema liegt mir auch sehr viel.«

Und wieder hob sie umständlich ihr Kleid hoch, um ihre nackten, weißen Beine erneut übereinanderzuschlagen. Diesmal konnte er den Blick nicht abwenden, so sehr er sich auch bemühte. Ihm fielen die hellbraunen Flaumhärchen an ihren Schienbeinen auf, und er merkte, daß er errötete.

»Beides stellt eine ernsthafte Bedrohung für das Seelenheil der Menschen in unserem Lande dar«, verkündete er, und löblicherweise gelang es ihm sogar, einen gewissen Nachdruck in seine Stimme zu legen. Die scholastische Ausbildung machte sich bezahlt.

»Ach was, das ist überhaupt keine Bedrohung.« Maura Higgins' spontaner Widerspruch klang sehr ungehalten. Sie lehnte sich auf dem Sofa zurück und verschränkte die Hände hinter dem Kopf. Dabei rutschte das Kleid weit über die Knie. »So was zu behaupten ist doch Quatsch!«

Daß sie so schnell angebissen hatte, erfüllte ihn mit tiefer Befriedigung. »Die päpstlichen Enzykliken zu dieser Frage waren alle sehr eindeutig«, bemerkte er in einem beinahe selbstgefälligen Ton. Jetzt bewegte er sich auf vertrautem Terrain.

»Zum Teufel mit den päpstlichen Enzykliken.« Sie beugte sich vor, stützte die Ellbogen auf ihre nackten Knie und wölbte die Hände ums Kinn. »Wieviel verdienen Sie in der Woche?«

Er wußte, daß der Ausschnitt ihres Kleides aufklaffte, doch mußte man ihm zugute halten, daß er sich beherrschte und nicht hineinguckte. »Ich bin ein Seminarist.« Angesichts einer derart gotteslästerlichen Respektlosigkeit kostete es ihn einige Mühe, die Ruhe zu bewahren. »Ich studiere, um Priester zu werden. Ich verdiene kein Geld. Tatsache ist vielmehr, daß ich ein Armutsgelübde abgelegt habe«, fügte er hinzu, in weiser Voraussicht, wohin die Frage führen sollte.

»Wer füttert Sie dann durch? Wer hat Ihren Anzug bezahlt? Wer kommt für Ihr Studium auf?« Sie lehnte sich zurück, schlug erneut die Beine übereinander und verschränkte die Arme. In ihren Augen lag ein kaltes, ja feindseliges Glitzern.

»Das irische Volk!« erwiderte er mit Stolz und Pathos. »Arm und Reich gleichermaßen. Sie schätzen ihre Priester und zahlen gern für ihre Ausbildung und ihren Unterhalt. Der Herr hat verfügt, daß diejenigen, die das Evangelium verkünden, auch nach dem Evangelium leben sollen. Das hat der heilige Paulus selbst gesagt«, fügte er bedeutungsvoll hinzu.

»Zum Teufel mit dem heiligen Paulus.« Das sagte sie ganz ruhig, ihr Gesichtsausdruck änderte sich keinen Deut. »Tatsache ist, daß Sie Ihr täglich Brot, Ihre Kleidung, Ihr Obdach und Ihre Ausbildung einem Wohlfahrtsstaat verdanken – dem irischen Volk. Und jetzt wollen Sie Gutes mit Schlechtem vergelten.«

Es handelte sich ganz offensichtlich um ein Scheinargument, auch wenn es ihm bisher noch nicht untergekommen war. Daher war es nun an ihm zu erwidern: »So was zu behaupten ist einfach Quatsch.« Zugegeben, es klang ein bißchen hitzig, denn ihre Respektlosigkeit gegenüber der Kirche und Religion zählte zum Übelsten, was er je gehört hatte. »Was hat denn meine Ausbildung mit dem Wohlfahrtsstaat zu tun? Der Wohlfahrtsstaat beraubt das Familienoberhaupt seiner gottgegebenen Rechte und Pflichten, für jene Sorgen zu tragen, die ...«

»Der Wohlfahrtsstaat kümmert sich um jene, die in Not geraten sind, aber nur, *wenn* sie in Not geraten!« unterbrach sie ihn heftig. »Was jedem von uns mal passieren kann. Sogar Ihnen. Was in Gottes Namen soll daran schlecht sein? Sind wir Menschen denn nicht alle Brüder und Schwestern? Hat Christus nicht gesagt, wir sollen einander lieben? Warum sollen wir uns also nicht um unsere Mitmenschen kümmern?«

Auf diese kommunistische Propaganda würde er nicht hereinfallen, selbst wenn sie im Gewand christlicher Nächstenliebe daherkam. »Der Wohlfahrtsstaat«, erwiderte er mit einer Autorität, auf die die irischen Bischöfe sicherlich stolz gewesen wären, »bereitet den Boden für einen totalitären Überfall, und somit müssen wir ihn bei jeder sich bietenden Gelegenheit bekämpfen. Der Wohlfahrtsstaat beabsichtigt, nicht nur für die Bedürftigen, sondern für uns alle Sorge zu tragen. Dadurch will er uns unserer Freiheit berauben, uns zu abhängigen Mündeln eines allmächtigen Staates machen, die Macht der heiligen Mutter Kirche brechen und ...«

»Jetzt haben Sie sich verraten!« schrie Maura Higgins. Ihr Kleid rutschte hoch, als sie die Beine nebeneinanderstellte, und zwei nackte Knie reckten sich ihm breitbeinig vom Sofa entgegen. »Eure totalitäre Kirche fürchtet den totalitären Staat, weil dieser die größere Armee hat. Doch ihr Pfaffen wollt auch nichts anderes, als uns, das Volk, beherrschen. Deshalb müssen wir, das Volk, euch beide, den totalitären Staat wie die totalitäre Kirche, abschütteln. Egal, was Sie über mich gehört haben mögen, Maura Higgins ist keine Kommunistin. Was dieses Land braucht, ist ein demokratischer Sozialismus. Und dazu gehört natürlich auch die Trennung von Kirche und Staat. Wollen Sie eine Tasse Tee?« Noch ehe Phelim ablehnen konnte, war sie schon auf dem Weg in die Küche.

Sie blieb lange weg und ließ ihn allein dort sitzen. Er hörte das harte Klacken von Steingut und Besteck und dazu das leise Summen von Maura Higgins, als würde sie sich über etwas freuen. Unterdessen versuchte er sich auf die richtigen Argumente zu konzentrieren, die er dieser ungestümen Frau mit ihren kommunistischen Ideen und ihrem Haß auf die heilige katholische Kirche entgegenhalten konnte. Doch immer wieder drängten sich ihm Bilder von nackten weißen Beinen, von einem hochrutschenden Kleid und bloßen weißen Armen auf.

Bisher war ihm nie aufgefallen, daß Frauen Haare unter den Achseln und an den Beinen hatten. Oder war sie in dieser Hinsicht ebenso eine Abweichung von der Norm wie in Glaubensfragen? Schließlich trug sie auf einem großen Tablett eine silberne Teekanne, Tassen und Untertassen aus Porzellan und eine kleine Platte mit Rosinenkuchen herein. »Ohne eine gute Tasse Tee kann man sich gar nicht so richtig schön streiten«, meinte sie fröhlich, während sie Tee einschenkte, umrührte und ihm eine Tasse reichte.

Er wußte nicht, was er darauf erwidern sollte. Er stritt mit ihr doch nicht um des Streits willen, sondern um ein verlorenes Schaf zu Christus, dem guten Hirten, zurückzuführen, um Gottes willen! Und sie tat seine heilige Mission ab, als würde es sich um eine Erörterung im Klassenzimmer handeln. »Es heißt, Sie gehen nicht mehr zur Messe«, bemerkte er, den Blick von ihr abgewandt, und biß in ein Stück Rosinenkuchen.

»So?« Mehr sagte sie nicht, sie goß nur wortlos etwas Milch in ihren Tee und rührte um. Mit Tasse und Untertasse in einer Hand schwang sie plötzlich die angezogenen Beine aufs Sofa und hockte sich darauf, während sie mit der freien Hand ihr Kleid zurechtzupfte. So hatte er noch nie eine Frau sitzen gesehen.

»Die Leute sagen, Sie glauben auch nicht mehr an die Kirche«, bohrte er mit einer gewissen Genugtuung weiter, weil er das Gespräch jetzt dahin gelenkt hatte, wo er es haben wollte.

Sie nippte an ihrem Tee und rührte abermals um, als wäre er noch nicht süß genug. Dann bedachte sie Phelim mit dem nachsichtigen, leicht amüsierten Blick einer Mutter, die ihrem Kind erklären soll, woher die Hühner ihre Eier haben. »Was ich glaube«, erwiderte sie ruhig, beinahe geduldig, »ist eine ganz persönliche Angelegenheit zwischen mir und meinem Herrgott. ›Die Leute‹, wer immer das auch sein mag, täten deshalb besser daran, sich um ihren eigenen Kram zu scheren. Das können Sie ihnen von mir ausrichten.« Wieder nippte sie genießerisch an ihrem Tee und hielt dabei den kleinen Finger abgespreizt. »Ah! Es geht doch nichts über eine Tasse Tee.« Dabei lächelte sie ihn sogar an.

Aus Gründen, die er sich später nicht mehr genau erklären konnte, wallte angesichts dieses Lächelns plötzlich Zorn in ihm auf. Ihre Haltung drückte etwas Leichtfertiges aus, etwas Flatterhaftes, wenn sie so abrupt von einer tiefschürfenden Debatte zu einem Geplauder über Tee wechseln konnte. Sie machte sich über ihn lustig, jawohl, und somit über die heilige katholische Kirche höchstselbst. »Ich habe das Gefühl, daß Sie das alles kein bißchen ernst nehmen«, sagte er und spürte dabei die Bitterkeit in seinen Worten.

Seine Verärgerung schien sie nicht im mindesten zu stören, sie sah ihn weiterhin unverwandt an. »Ich nehme meinen Tee sehr ernst«, erwiderte sie ruhig. »Und meinen Glauben sogar noch ernster.« Das kam beinahe geflüstert. »Was ich allerdings nicht ernst nehme« – ihre Stimme schwoll an wie der Westwind bei einem Wintersturm – »sind Leute, die mir vorschreiben wollen, was ich zu glauben habe. Ich glaube, was ich glaube, so wie Sie glauben, was Sie glauben. Das ist ein Phänomen der menschlichen Natur, auf das wir keinen Einfluß haben. Wenn Sie also mit mir eine fruchtbare Diskussion über den Wohlfahrtsstaat führen wollen, dann lassen Sie Maura Higgins' Glauben und die Art und Weise, wie sie ihn ausübt, lieber aus dem Spiel.« Daraufhin lächelte sie ihn wieder an, doch dieses Mal blieben ihre Augen dabei hart. »Wo waren wir eigentlich stehengeblieben?«

Er spürte, wie ihm das Blut in den Kopf schoß und seine

Wangen mit Röte überzog. Was für eine unerhörte Frechheit! Aus dem Mund dieser Laiin! Dieser abtrünnigen Katholikin! Dieser geistigen Schwerverbrecherin, die sich in Blasphemien erging! Und so eine wollte *ihm* vorschreiben, worüber er zu reden hatte! »Wir haben über den Schaden an Ihrer unsterblichen Seele gesprochen, da waren wir stehengeblieben!« Er schrie es förmlich heraus. »Daß Sie nicht zur Messe gehen, daß Sie die Kirche hassen, daß Sie respektlos über den Papst reden, ganz zu schweigen vom heiligen Paulus. Gütiger Allmächtiger!« Phelim stellte den Tee ab, als wäre er Gift für seine Seele, und beugte sich vor. »Weib, wofür halten Sie sich? Ist Ihnen denn gar nichts heilig? Herr im Himmel! Ich habe all diese Dinge über Sie gehört, doch ich habe sie nicht geglaubt. Ich wollte sie nicht glauben. Aber jetzt weiß ich, daß es die Wahrheit ist. Und ich rate Ihnen, Mrs. Higgins, beugen Sie jetzt, in dieser Stunde, das Knie und bitten Sie Gott, den Allmächtigen, um Verzeihung, ehe Er Sie für Ihre Gotteslästerungen dahinrafft. Dann begeben Sie sich schnellstmöglich zur Beichte und verbringen die nächsten sechs Monate im Gebet, um Buße zu tun für Ihre Worte und Taten, ehe Sie wieder die heilige Kommunion empfangen. So lautet mein dringlicher Rat.« Er verstummte kläglich, denn als er in diesem Moment aufsah, um festzustellen, wie sie reagierte, blickte er in gütige braune Augen, warm wie die Sommersonne.

»Es ist einfach zu schade«, meinte Maura Higgins – ohne zu lächeln, wohlgemerkt, aber auch ohne Zorn. Vielmehr sprach aus ihrer Miene große Traurigkeit.

»Wie bitte?« Die Worte blieben ihm fast im Hals stecken. Schon tat ihm sein Gefühlsausbruch leid, und jetzt wußte er nicht, wie er Maura Higgins' eigenartige Reaktion darauf deuten sollte.

»Sie sind so ein gutaussehender junger Mann«, sagte sie. »Sie würden einen prächtigen Verehrer abgeben. Wenn ich selbst noch frei wäre … Und Sie könnten ein machtvoller Streiter für die gerechte Sache des Sozialismus sein. Müssen Sie denn dem Priesteramt zuliebe all dem entsagen?«

Das sprach sie in so aufrichtigem, ja beinahe ehrerbietigem Ton, daß ihm der Sinn ihrer Worte nicht sogleich aufging. In ebendiesem Augenblick, so muß festgehalten werden, war Phelim O'Brien, Seminarist und tonsurierter Geistlicher mit niederen Weihen, plötzlich und angesichts der Umstände zunächst unerklärlich dem Zauber jener Frau erlegen, die Tee trinkend auf dem Sofa saß. Dagegen war er vollkommen machtlos. Wenn Maura Higgins ihren Charme spielen ließ, konnte man ihr einfach nicht böse sein. Jeder, der auch nur ein halber Mann war, wünschte sich nichts sehnlicher, als daß sie nur das Beste von einem dachte. Und wenn man ein geübter Zölibatär war, wußte man nicht mal, wie einem geschah. Der arme Phelim hatte nicht die Muße zu ergründen, was da, gleichsam wie die Flut in der Bucht von Galway, über ihn hinwegspülte. Seit Catherine McGrath ihn damals beinahe verführt hatte, hatte er keiner attraktiven Frau mehr so unverhohlen in die Augen geblickt. Tag für Tag übte er sich gewissenhaft in der Zügelung seiner Sinne, auf daß sie nichts wahrnehmen mochten, was seiner priesterlichen Seele zu Schaden oder Nachteil gereichte. Bedauerlicherweise ließen sich Fußknöchel und Waden und mitunter auch Knie nicht immer aus dem Blickfeld verbannen, wenn er in den Ferien zu Hause war, doch mit Hilfe von Gebeten und Kasteiungen hatte der junge Geistliche gelernt, damit einigermaßen umzugehen. Allerdings fehlte ihm jegliche Übung für Situationen, in denen er unmittelbar mit einem so hinreißenden Augenpaar wie dem von

Maura Higgins konfrontiert war. »Herr Jesus!« entrang sich sogleich ein unberechenbarer Zischlaut seiner gepeinigten Seele, ähnlich einem Rülpser nach dem Genuß kohlensäurehaltigen Wassers. Es war ein Stoßgebet, die vergebliche Anrufung des Herrn, das verzweifelte Aufbrüllen eines latenten Lüstlings und ein qualvoller Schrei aus absoluter Verwirrung und Frustration heraus – dies alles brach sich gleichzeitig Bahn. »O Gott!« fügte er atemlos hinzu, als müßte in ebendieser Minute nicht nur der Sohn Gottes, sondern die ganze Dreifaltigkeit angerufen werden, um ihm gegen die plötzliche und beinahe übermächtige Bedrohung seiner Keuschheit beizustehen.

»Was ist los?« fragte Maura Higgins nun voll unschuldiger Besorgnis. »Ist alles in Ordnung?« Sie schwang ihre Beine vom Sofa und enthüllte dabei reizvolle Partien weißer Haut, und als sie sich vorbeugte, um Phelim genauer in Augenschein zu nehmen, klaffte der Ausschnitt ihres Kleides auf und entblößte schneeweißen Busen. »War es der Tee? Vielleicht hab ich ihn zu stark gemacht. Wissen Sie, ich trinke ihn gern stark, aber das ist nicht jedermanns Sache.«

»Ich...«, fing Phelim an, wußte aber nicht, was er weiter sagen sollte. Schlagartig, als hätte ihn ein Fußball am Hinterkopf getroffen, wurde ihm klar, was mit ihm geschehen war. Er schnellte aus dem Sessel hoch und wich mit einem Seitwärtsschritt geschickt den vorrückenden Knien aus. Dabei prallte er rücklings gegen das Klavier, das einige ziemlich schräge Akkorde erklingen ließ, als er sich auf die Tasten stützte, und erreichte schließlich mit einem Satz die offene Tür. Nachdem er so eine angemessene Distanz hergestellt und sich seinen Fluchtweg gesichert hatte, faßte er den Grund seiner Verwirrung ins Auge. »Weiche von mir, Satan!« brüllte er. »Führe den Gesalbten des Herrn nicht in Versuchung.« An dieser Stelle mußte er innehalten, weil ihm die Luft ausging. Maura saß auf der Couch und beobachtete ihn reglos. »Ich bin ein in Keuschheit lebender Diener Gottes, und Sie, Mrs. Higgins, versuchen mich zu verführen!« rief er. »Möge der Herr Ihnen dies wie auch alles andere, was Sie getan haben, verzeihen.« Und dann marschierte er mit der Grandezza eines im Sturm erprobten Pfarrers zur Vordertür hinaus.

Man muß Maura Higgins zugute halten, daß sie niemandem je von dem Zwischenfall erzählte. Das heißt natürlich, niemandem außer Eileen Maille; der mußte sie es einfach sagen, sonst wäre sie geplatzt. Doch nachdem sie ausgiebig darüber gelacht hatten, gab Mrs. Higgins ihrer Freundin zu verstehen, daß es wohl zum Besten des törichten jungen Geistlichen sei, wenn die Geschichte nicht die Runde machte. Deshalb war Eileen darauf bedacht, die Sache für sich zu behalten, und machte nur ihrem Verlobten Timmy Mulligan gegenüber eine Ausnahme. Timmy, der Phelim nie besonders gemocht hatte und zudem Maura Higgins auf den Tod nicht ausstehen konnte, gab an jenem Abend vor den Gästen seines Pubs die Geschichte in einer lustigen und etwas unflätigen Interpretation wieder, wobei er sich einige künstlerische Freiheiten erlaubte. Innerhalb einer Woche kursierten in der Gemeinde von Creevagh ein Dutzend verschiedener Versionen des Vorfalls. Diejenige, die Mary Hughes am Dienstag nach der Frühmesse von der empörten Mrs. McTigue erfuhr, zählte zu den eher harmlosen Darstellungen. Trotzdem war sie noch so anstößig, daß es angebracht erschien, den Pfarrer davon in Kenntnis zu setzen. Was Mary Hughes auch pflichtschuldigst tat, als sie ihm an jenem Morgen das Frühstück servierte.

Father Coyne fuhr am Abend desselben Tages mit seinem Kleinwagen nach Knockard. Auf der Straße begegnete er

Phelim, der gerade sein Brevier betete. »Man erzählt sich da so eine Geschichte über dich«, begann der Pfarrer, als er ausgestiegen war und, die Hände auf den Rücken verschränkt, neben seinem Schützling herging. »Ich möchte gern aus deinem eigenen Mund hören, daß nichts dran ist.«

»Eine Geschichte?« wunderte sich Phelim – in aller Unschuld, denn ihm selbst war von den Gerüchten kein Wort zu Ohren gekommen. »Was denn für eine Geschichte?«

»Die Leute sagen«, erklärte Father Coyne, den Blick auf seine glänzenden schwarzen Schuhe gerichtet, »und wohlgemerkt, ich glaube es nicht, aber sie sagen, du seist in Jack Higgins' Haus gewesen, um Jacks Frau den Teufel auszutreiben.«

»Ich habe nie …«, setzte Phelim an, doch der Pfarrer fuhr fort.

»Nun, in Anbetracht dessen, wie Mrs. Higgins sich aufführt, wäre das an sich keine schlechte Idee, doch ist dies eine seelsorgerische Aufgabe, die dem Gemeindepfarrer vorbehalten ist und über die er nach eigenem Ermessen befindet. Aber egal, das steht jetzt nicht zur Debatte. Was mich viel mehr beunruhigt, ist, daß du dich angeblich vollkommen entkleidet hättest und dann die Frau sich ebenfalls entblößen ließest, ehe du mit dem Ritual begonnen hast. Sag mir jetzt ins Gesicht, daß das nicht stimmt, Phelim, und ich werde dir glauben, und wir verlieren nie wieder ein Wort darüber.«

Father Coyne blieb stehen und sah Phelim O'Brien geradewegs in die Augen. Der Pfarrer konnte wahrlich böse dreinschauen, und es war bekannt, daß so mancher vierschrötige Bauer, der seine österlichen Pflichten vernachlässigt hatte, unter diesem Blick vor Angst erzittert war. Doch nach sieben Jahren im Scholastikat, wo die Mentoren gleichermaßen nach Strenge wie nach frommer Gelehrsamkeit ausgesucht wurden, war Phelim O'Brien ein alter Hase und zuckte nicht mit der Wimper. »Das ist eine gemeine Lüge«, entgegnete er, und angesichts der Ungeheuerlichkeit dieser Anschuldigung entbrannte heftiger Zorn in ihm. »Ich bin nur zu ihr gegangen, um ihr ihre kommunistischen Ansichten auszureden. Was sind das überhaupt für Menschen, die sich solche Verleumdungen ausdenken?« In einer dramatischen Geste reckte er zur Anrufung des Allmächtigen die Arme gen Himmel. Dabei flog ihm das Brevier aus der Hand und landete im Gras am Straßenrand. Nachdem er es aufgehoben und abgewischt hatte, stand er nur da und schüttelte ungläubig den Kopf ob der Verderbtheit des Menschengeschlechts.

»Du brauchst nichts mehr zu sagen«, beruhigte ihn Father Coyne. »Ich glaube dir vollkommen. Die Menschen neigen eben ein bißchen zu Übertreibungen.« Und gleich darauf kam er auf das Wetter zu sprechen, es sei ja nun ein paar Tage lang warm und sonnig gewesen, heute abend allerdings sehe es ganz nach Regen aus.

Aber den Menschen bleiben Lügen oftmals länger im Gedächtnis haften als die Wahrheit. Die verrückte Phantasiegeschichte von Phelims unzüchtigem Exorzismus lebte im Volksmund der Gemeinde von Creevagh fort, und noch heute findet sich in Paddy Gannons Pub gelegentlich ein trinkfreudiger Gast, der sie genußvoll zum besten gibt.

HOCHZEITSVORBEREITUNGEN

Francie Madden war am Bahnhof von Kilmolara, weil er etwas mit dem Heizer des Zuges nach Dublin zu regeln hatte, als er Jack Mulligan aus dem Zug steigen sah. Um was für Geschäfte es gegangen war, verriet Francie seinen Saufkumpanen im Gannon's nicht, er erwähnte am Abend nur beiläufig, daß das schwarze Schaf der Mulligan-Sippe wieder aufgetaucht war. Und nach dieser aufsehenerregenden Neuigkeit kam es keinem mehr in den Sinn, ihn danach zu fragen.

»Er ist wegen der Hochzeit gekommen«, verkündete Pat Moloney scharfsinnig.

»Warum auch nicht?« pflichtete Paddy Gannon ihm bei. »Alle reichen Pinkel aus Süd-Mayo werden dasein. Vielleicht hofft er ja, ein bißchen von ihrem Geld in die Finger zu kriegen.«

»Oder ein paar der jungen Damen, die kommen werden«, meinte Jimmy McTigue säuerlich. Bevor Jimmys Tochter Annie May mit Philpot Emmet durchgebrannt war, hatte Jack mal versucht, ihr den Hof zu machen. Allerdings hatte Jimmy ihm mit einem kräftigen Arschtritt gedroht, wenn er sich nicht sofort aus dem Staub machte.

»Nach allem, was er angestellt hat, sollte man doch meinen, daß er sich schämen würde, hier jemals wieder aufzukreuzen«, sinnierte Johnny Lydon, ein wahrer Tugendbold, was den Umgang mit dem anderen Geschlecht betraf.

»Die Jungs werden sich freuen, wenn er am Sonntag mit gegen Kilmolara antritt«, bemerkte Thomas Ruane. »Er ist ein großartiger Fußballer.«

Jack Mulligan, der Gegenstand des Gesprächs, war der Bruder von Timmy Mulligan, dem wohlhabenden Besitzer von »Mulligan's Bar, Lebensmittel & Gemischtwaren« und in Kürze zudem glücklicher Bräutigam von Eileen Maille, der Zierde von Turloughmor. Oder, um es genauer zu sagen, Jack war der älteste der drei jüngeren Brüder von Timmy. Nach ihm kam Michael, der vor zwei Jahren in eine vermögende Kneipiersfamilie in Castlebar eingeheiratet hatte, dann Matty, der zwar nicht gerade überreichlich mit Grips gesegnet war, es aber mit viel Büffeln geschafft hatte, sein Examen als Arzt abzulegen, und jetzt in Galway, gleich bei Oranmore, seine Praxis hatte. Was den Grips betraf, hatte der alte Martin dank einer verrückten Laune der Natur die meisten grauen Zellen ausgerechnet Jack vererbt, der am wenigsten Neigung verspürte, etwas daraus zu machen, und seine Begabung immer nur verplempert hatte. Abgesehen von Phelim O'Brien einer der klügsten Köpfe, der je bei ihm die Schulbank gedrückt hatte, aber ein Tunichtgut, wie er im Buche steht – so hatte ihn Addis Emmet einmal beschrieben und sinngemäß in etwa hinzugefügt, daß man von solch einer Familie ja auch nichts anderes erwarten könne. Der Schulmeister von Creevagh hatte seinen Groll gegenüber der Mulligan-Sippe immer noch nicht abgelegt.

Jedenfalls hatte Jack auf Druck seines Vaters das University College in Galway besucht, um Tierarzt zu werden. Mit seinem Studium befaßte er sich dort herzlich wenig, während er angeblich mehr als nur das übliche Soll an nächtlichen Trinkgelagen absolvierte. Nach zwei Jahren war er dann von der Universität verwiesen worden, aus Gründen, die in dem Brief an seinen Vater mit »Zügellosigkeit« umschrieben wurden, und das, obwohl er ein großer Gewinn für das Gaelic-Football-Team des Colleges gewesen war. Jack war dann nach Hause zurückgekehrt und hatte seine Zeit mit Fußballspielen verbracht, was er ziemlich gut konnte, und damit, den Mädchen nachzusteigen, worin er ein wahrer Meister war. Als dann jedoch eines der Mädchen in andere Umstände kam, hatte er sich schleunigst nach England absetzen müssen, während Martin Mulligan kraft seines Einflusses und seines Vermögens eine heimliche Entbindung und eine Unterbringung im Waisenhaus arrangierte. Seit damals hatte Jack keinen Fuß mehr in diese Gemeinde gesetzt, nicht einmal, als sein Vater gestorben war, und man hatte allseits angenommen, Creevagh würde künftig von ihm verschont bleiben.

Natürlich war derzeit das Hauptgesprächsthema im Gannon's wie überall sonst in Creevagh die bevorstehende Hochzeit. Jeder, der Rang und Namen hatte, aber auch eine Menge Leute, die bloß einen Namen vorweisen konnten, waren eingeladen. Denn Timmy, ein noch gerissenerer Geschäftsmann als sein Vater, wollte niemanden ausschließen, der jemals Kunde gewesen war oder eines Tages einer werden könnte. Er würde in Galway ein Zelt mieten, verkündete er, halb so groß wie der Fußballplatz hinter seinem Haus, womit er den Acker meinte, auf dem das Creevagh-Team immer spielte. Dort sollte dann der Empfang stattfinden, fuhr er fort, trotz der Einwände seiner Mutter, die in dem Ardilaun House in Taylor's Hill drüben in Galway den eleganteren und passenderen Rahmen für einen solch festlichen Anlaß sah. Ein Teil des Zeltes würde mit einem Holzboden ausgelegt werden, damit man tanzen konnte. Und als Tanzkapelle hatte Timmy seine Lieblingsband, »Mairtin Heaney & his Glen Miller Sound«, aus dem fernen Claremorris engagiert. Ein Ausstatter aus Kilmolara wurde damit beauftragt, das Innere des Zeltes mit schicken Girlanden und Vorhängen zu dekorieren. Und für das Festessen sollte Peter Solon einen Ochsen und sechs Schafe schlachten. Zwei Burschen kamen extra aus Castlebar, um im Hof große Spieße aufzustellen, an denen die Tiere gebraten werden sollten. Zehn Frauen aus dem Ort wurden eingestellt, um bei der Zubereitung des Essens und beim Servieren zu helfen. Und was die Getränke betraf, nun, da war bereits eine halbe LKW-Ladung mit Guinness-Fässern eingetroffen, neben Unmengen von irischem Whiskey für die härteren Trinker und den verschiedensten Sorten Mineralwasser für die Mitglieder der »Pioniere der vollkommenen Abstinenz«. Kurz und gut, es würde das größte Fest werden, das die Gemeinde Creevagh je erlebt hatte.

Eileen Maille, die zukünftige Braut, betrachtete die ganze Angelegenheit mit gemischten Gefühlen. Klar, gemischte Gefühle hatte sie schon, seit sie Timmy Mulligan letztes Jahr das Heiratsversprechen gegeben hatte, und sie war sich immer noch nicht sicher, ob sie das Richtige tat. Weshalb sie ihn überredet hatte, nach der Verlobung ein ganzes Jahr zu warten. Trotzdem war sie weinend zusammengebrochen, als Seamus Laffey letzten Monat zu ihr gekommen war, um ihr viel Glück zu wünschen und ihr zu sagen, daß er tags darauf nach England gehen würde. Sie hatte Seamus wirklich von Herzen gern, und als sie ihn an diesem Abend mit schlenkernden Armen und vor sich hinpfeifend die Zufahrt hinuntergehen sah, hätte sie ihm beinahe hinterhergerufen, er solle zurückkommen und sie heiraten. Aber sie hatte es nicht getan, und nun war sie drauf und dran, Mrs. Timothy Mulligan zu werden, dank des Vermögens ihres Mannes die reichste Frau von Süd-Mayo. Sie würde zehnmal mehr Kleider haben als jede andere Frau in der Gemeinde, hatte Timmy ihr großspurig versprochen und ihr bereits eine Menge Geld gegeben, um sich welche zu kaufen. Doch sie hatte sich noch nicht neu eingekleidet, abgesehen von einer Anprobe des Brautkleides. Und eines schönen Nachmittags saß sie gerade in der Küche und überlegte, was sie denn mit all dem Geld anfangen sollte, das den Worten ihrer Mutter zufolge, Gott bewahre, unredlich erworben war, als unverhofft Jack Mulligan auf der Türschwelle stand.

Nun kannte sie Jack eigentlich kaum. Der Frauenheld von Creevagh, der sich einen Spaß daraus gemacht hatte, jedem gutaussehenden Mädchen der Gemeinde nachzustellen, hatte sich stets von ihr ferngehalten. Der Grund dafür war, daß Timmy ihm unmißverständlich klargemacht hatte, wenn er auch nur einen längeren Blick auf Eileen Maille riskiere, würde er, Timothy Joseph Mulligan, so wahr ihm Gott helfe, Jack Mulligans Nase in ein genaues Ebenbild des Mulligan-Riechkolbens verwandeln. Denn bemerkenswerterweise hatten Jack und seine Schwester Mona die entzückend regelmäßigen Gesichtszüge und die klassische Nase ihrer Mutter geerbt, während drei der vier Brüder mit dem berüchtigten Zinken ihres Vaters gestraft waren. Und weil Jack Mulligan eitel war, hatte Eileen Maille bis zum heutigen Tag von Martin Mulligans verlorenem Sohn nie mehr als ein knappes »Hallo« gehört.

»Was verschafft mir die Ehre?« Eileen hatte noch nie so nahe vor ihm gestanden wie hier an der Haustür, und im ersten Moment empfand sie dabei eine Art prickelnder Erregung, die sie vom Kopf bis zu den Zehenspitzen durchlief. Der Gerechtigkeit halber, und trotz all des neidischen, bösartigen Klatsches über Jack, sei gesagt, daß er mit seinen schwarzen Haaren und den breiten Schultern ein wirklich gutaussehender Mann war. Zudem besaß er eine Ausstrahlung, der nur wenige Frauen widerstehen konnten.

»Der Boß schickt mich mit ein paar Würstchen für deine Mutter; sie sind heute morgen frisch aus Castlebar eingetroffen.« Seine tiefe Stimme hatte einen schmeichelnden Klang, und die angenehme Überraschung, die sich in seinen großen, dunklen Augen spiegelte, vermittelte Eileen das Gefühl, daß sie die schönste Frau war, die er je zu Gesicht bekommen hatte.

»Komm rein«, bot sie an. »Meine Mutter ist hinten auf der Weide und schaut nach einem kranken Kalb.« Zu ihrer Verwunderung sah sie Timmys Wagen vor dem Tor stehen. Ihr Zukünftiger ließ sonst keinen ans Steuer seines V8.

»Es heißt, ihr würdet demnächst heiraten«, sagte er und reichte ihr die sorgsam in braunes Papier gewickelten Würste.

»Sieht so aus.« Doch aus irgendeinem Grund, den sie selbst nicht verstand, war es ihr ungeheuer peinlich, dem ausgesprochen attraktiven jüngeren Bruder diese Tatsache einzugestehen.

»Na, ist ja großartig. Schön, daß manche von uns tatsächlich die Richtige finden und einen Hausstand gründen. Ich hatte in der Beziehung nie Glück.« Dabei warf er Eileen ein scheues Lächeln zu, das sie zwang, einen ihrer nackten Füße anzuheben – als würde ihr der Boden unter den Füßen zu heiß.

»Möchtest du eine Tasse Tee?« Noch nie in ihrem ganzen Leben hatte sie die Vorzüge dieses außerordentlichen Getränks mehr geschätzt. Guinness war ja schön und gut; aber es war der Tee, der in jedem irischen Haushalt den Kern der Gastfreundschaft bildete. Er stärkte die Bande zwischen Freunden und Nachbarn; er riß die Barrieren zwischen Fremden nieder; er bot einen Vorwand für einen längeren Besuch, indem man ein Täßchen trank, oder die Gelegenheit, es kurz zu machen, indem man ihn ablehnte. Jack Mulligan, der dieses Zeug sonst nicht anrührte, wenn es sich irgendwie vermeiden ließ, nahm die Einladung bereitwillig an. Die beiden setzten sich an den Küchentisch und plauderten miteinander, bis die Mutter das kranke Kalb verarztet hatte und zurückkam. Jäh stand Jack Mulligan auf, ihm war plötzlich eingefallen, daß er noch tausend Dinge erledigen mußte.

»Schau, was er dir gebracht hat«, sagte Eileen.

»Oh, wie nett von dir.« Mrs. Maille hatte sogleich Geschmack an den Würstchen gefunden, die Timmy ihr schon seit geraumer Zeit regelmäßig schickte. Schade nur, daß sie es nicht über sich brachte, Timmy genauso gern zu mögen. »Na, na, Eile mit Weile«, wandte sie sich an Jack und empfand durchaus Sympathie für den jungen Mann, von dem jeder sagte, daß er ein Schlingel war. »Trink doch noch ein Täßchen.« Und so blieb Jack noch ein bißchen länger und trank noch mehr Tee. Schließlich kam Eileens Bruder Joe aus dem Moor zurück, der Tisch wurde gedeckt und Jack überredet mitzuessen. Nach dem Abendbrot saß er dann mit ihnen vor dem Kamin und beantwortete ihnen ihre Fragen über das Leben in London. Er sprach vom Harrods, dem großartigsten Kaufhaus der Welt, wo er eine Zeitlang als Verkäufer gearbeitet hatte, bis er es satt hatte, den ganzen Tag im Anzug herumzustehen und fremde Leute anzulächeln. Jetzt arbeitete er für eine Reederei und verdiente eine Stange Geld, das schon, aber er würde lieber zurückkommen und in Dublin leben, was er in nächster Zukunft auch vorhabe.

Und die ganze Zeit über konnte Eileen nicht den Blick von ihm wenden. Es war leicht, ihn zu beobachten, denn seit Mrs.

Maille hereingekommen war, galt seine Aufmerksamkeit ihr und später dann Joe. Zu ihr, Eileen, schaute er kaum je herüber. Sie wußte nicht, was in sie gefahren war, daß sie ihn die ganze Zeit derart anstarrte, aber es war ihr auch egal. Kaum war er gegangen – nachdem er jedem, auch ihr, die Hand geschüttelt und gesagt hatte, wie wohl er sich hier gefühlt habe und daß er bald mal wieder vorbeischauen wolle, wo er doch jetzt bald ihr Schwager sei –, ging sie schnurstracks in ihr Zimmer und warf sich aufs Bett. In ihrem Kopf drehte sich alles. Ihre Gedanken waren wie betäubt. Und ein Prickeln überlief ihren Körper, als wäre sie gerade aus der Kälte hereingekommen und stünde nun vor einem wärmenden Kaminfeuer.

Ein paar Tage später kam er wieder vorbei, diesmal mit dem Fahrrad. An diesem Abend wurde Timmy nicht erwartet. Der Verlobte hatte feste Gewohnheiten, was seine Besuche anging: Er kam nur dienstags, donnerstags, samstags und sonntags. Er wolle Joe besuchen, sagte Jack, und mit ihm über das bevorstehende Fußballspiel gegen Ballindine reden, denn seit Seamus Laffeys Abreise war Joe der Kapitän des Creevagh-Teams. Und obwohl Eileen ihn aufforderte, doch hereinzukommen und bei einer Tasse Tee auf Joe zu warten, lehnte er ab und suchte ihren Bruder auf dem Hof. Später kamen er und Joe ins Haus und setzten sich in die Küche, wo sie bis zum Abendessen über Fußball redeten. Und Joe lud Jack ein, einen Happen mitzuessen, was Jack dankend annahm. Danach blieb er noch bis zehn Uhr, kniete sich dann mit ihnen zusammen nieder, um den Rosenkranz zu beten, und sprach sogar auf Aufforderung von Mrs. Maille flüssig, ja beinahe melodisch das vierte Gesätz.

Doch den ganzen Abend lang sah er Eileen nur an, wenn es die Höflichkeit zwingend gebot. Überflüssig zu erwähnen, daß sie schmachtete. Einerseits hätte sie am liebsten gezwitschert wie ein Vögelein vor lauter Entzücken darüber, daß sie in seiner Nähe weilen und ihn ansehen durfte, obwohl sie das nur sehr verstohlen tat. Andererseits war sie sowohl verblüfft als auch gekränkt. Schon seit frühester Jugend war sie daran gewöhnt, daß die Jungen ihr eher *zuviel* Aufmerksamkeit schenkten, und hatte sich deshalb eine kühle Reserviertheit zugelegt, um sie auf Abstand zu halten, zumal sie an den meisten ohnehin nicht besonders interessiert war. Nun gab es jemanden, dessen Aufmerksamkeit sie begehrte, und was tat er? Er quasselte mit ihrem Bruder über Fußball! Hätte er sie beim Abschied nicht strahlend angelächelt und ihr herzlich eine gute Nacht gewünscht, sie wäre regelrecht wütend auf ihn geworden. Später in ihrem Zimmer kam sie zu dem erstaunlichen Schluß, daß er damit wahrscheinlich nur ein Spiel spielte: Indem er sie scheinbar nicht beachtete, wollte er ihre Aufmerksamkeit erregen. Bestimmt wußte er, daß sie als unnahbar galt: Maura Higgins hatte ihr oft erzählt, daß die Jungen sie für hochnäsig hielten. Jedenfalls stimmte sie dieser Gedanke zufriedener. Sie sah sein lächelndes Gesicht vor sich, seine breiten Schultern und wie er gewinkt hatte, als er aus dem Haus getreten war, und schlief ein.

Als Timmy am nächsten Abend kam, wollte er wissen, ob sie ihre neue Garderobe schon beisammenhatte. Sie würden die Flitterwochen an einem sehr eleganten Ort verbringen, wenn er auch nicht verriet, wo – das sollte eine Überraschung sein. Aber dazu müßte sie sich entsprechend ausstaffieren. Und als sie erwiderte, daß sie überhaupt noch nichts gekauft hatte, meinte er, das könne er nicht verstehen, und war augenscheinlich auch ein wenig verärgert.

»In Kilmolara kriegt man doch kaum was«, versuchte sie sich zu rechtfertigen.

»Dann fahre ich dich morgen nach Galway, dort können wir alles besorgen, was du brauchst.« Timmy war sehr entschlußfreudig. Doch am nächsten Morgen fuhr nicht er, sondern der jüngere Bruder mit der Limousine vor.

»Er mußte mit dem Lastwagen nach Castlebar, was Geschäftliches erledigen«, erklärte Jack unbefangen. Eileen zog ein Gesicht, als ob sie enttäuscht wäre, aber natürlich war sie hocherfreut. Jack sah so gut aus in seinem Sonntagsanzug und mit der Uhrkette, die ihm aus der Westentasche hing. Fast hatte sie Schuldgefühle, weil sie den Bruder ihrem Verlobten vorzog. Und dann wieder wußte sie nicht, was sie von ihm halten sollte, denn den ganzen Weg nach Galway sagte er kaum einen Ton, außer um ihre Fragen zu beantworten. Allmählich trieb er sein Unnahbarkeitsspielchen ein bißchen zu weit. Nur einmal machte er von sich aus eine Bemerkung, und zwar als sie an einer langen, hohen Backsteinmauer vorbeifuhren, in deren Mitte ein rostiges schmiedeeisernes Tor schief in den Angeln hing.

»Das hat früher mal einem Gutsherrn gehört«, erzählte er. »Ich habe neulich in einem Geschichtsbuch etwas über diese Burschen gelesen. Ich lese eine Menge, weißt du.« Dabei starrte er mit todernstem Gesicht geradeaus auf die Straße. »Für die armen Bauern damals waren es furchtbar harte Zeiten. Im Umkreis von Meilen gehörte sämtliches Land dem Gutsherrn, und die Pächter durften nur bleiben, solange es ihm paßte. Sie mußten ihm für dieses Vorrecht 'ne Menge Geld bezahlen und ihre Mützen ziehen, wann immer sie ihm begegnet sind.« Dabei sah er sie mit einer Art freudlosem Lächeln von der Seite an – das erste Mal seit Turloughmor, daß er sie überhaupt eines Blickes würdigte. »Obwohl manche von uns auch heute noch nicht viel besser dran sind.«

»Was soll das denn bitte heißen?« fragte Eileen ein bißchen spitz, inzwischen war sie wirklich gekränkt. »Jeder Bauer ist heute auch der Eigentümer seines Landes. Schon seit dem Wyndham Act«, fügte sie hinzu, nur um ihm zu zeigen, daß sie sich in irischer Geschichte bestens auskannte, jawohl.

»Ich habe dabei an mich gedacht«, sagte er. »Ich wohne zu Hause und verdanke meinen Arbeitsplatz der Gefälligkeit meines Bruders.«

»Ich dachte, du hättest eine Stellung in London.« Irgendwie klang es seltsam, wie er redete.

»Nein. Ich bleibe auf Dauer hier«, erwiderte er. »Und arbeite für Timmy. England ist wirklich ein gräßliches Land. Da kriegen mich keine zehn Pferde mehr hin.« Das sagte er mit großer Entschiedenheit, und dann sagte er nichts mehr, bis sie nach Galway kamen und er die Limousine am Eyre Square parkte. »Wir treffen uns dann um fünf wieder hier«, meinte er nach einem Blick auf die goldene Uhr, die er aus der Westentasche gezogen hatte.

»Willst du mich denn nicht begleiten? Ich brauche jemanden, der mir mit den Paketen hilft.« Obwohl er auf der Herfahrt kaum den Mund aufgemacht hatte, freute sie sich noch immer darauf, den Nachmittag mit ihm zu verbringen. Bei einem Lunch im Lydon's würde er bestimmt auftauen und ihr binnen kurzem aus der Hand fressen, davon war sie überzeugt.

»Ich hab ein paar Sachen zu erledigen, muß mich mit ein paar Leuten treffen.« Anstatt sie anzusehen, starrte er über den Platz zum Great Southern Hotel hinüber, was Eileen maßlos erboste. »Du kannst deine Pakete in den Kofferraum legen.« Sein Gesicht verzog sich zu einem schiefen Grinsen. »Dein Verlobter hat ihn heute morgen extra für dich ausgeräumt«, setzte er hinzu.

»Der ist aber abgesperrt«, gab sie barsch zurück. Allmählich wurde sie richtig wütend auf ihn. Die Zierde Turloughmors war es nicht gewohnt, von jungen Kerlen derart geringschätzig behandelt zu werden.

»Ich gebe dir den Schlüssel«, erwiderte er. Sprach's und tat's. Und ging dann ohne ein weiteres Wort zum Great Southern hinüber.

Eileen schäumte, beruhigte sich aber sogleich wieder, als sie ein Kleidergeschäft betrat. Sie kaufte ein paar Sachen, die sie zum Eyre Square trug und in den Kofferraum legte. Und nach einem Lunch im Lydon's fühlte sie sich sehr viel besser. Zwar war sie noch immer böse auf Jack, aber dann dachte sie an diese verträumten Augen und bemühte sich um Nachsicht. Es war eben hart für den armen Kerl, nach Hause zu kommen und für Timmy arbeiten zu müssen. England mußte wirklich schrecklich sein. Darüber hatte sie schon einiges gehört, weshalb sie selbst auch niemals dort hingehen würde. Und was bei näherer Überlegung schließlich auch der Grund dafür war, daß sie Timmy Mulligan heiratete und nicht Seamus Laffey. Am Nachmittag ging sie in jedes Geschäft, das auch nur ein bißchen verheißungsvoll aussah, und bis fünf Uhr hatte sie den Kofferraum mit Paketen vollgestopft, obwohl immer noch die Hälfte des Geldes übrig war, das Timmy ihr gegeben hatte. Ihr war warm, sie schwitzte sogar ein wenig, denn es war ein sehr milder Nachmittag Ende August.

Im Auto sitzend, mußte sie noch zehn Minuten warten, bis Jack auftauchte. Doch der Ärger, der sich in ihr wieder aufzustauen begann, verflog in dem Augenblick, da er vor ihr stand und sie durchs Fenster anlächelte. Er öffnete die Fahrertür und steckte den Kopf herein. »Wo sind die ganzen Klamotten?« Eileen roch eine Whiskeyfahne.

»Im Kofferraum, wo sonst?«

Er starrte sie an. »Warum hast du sie nicht an?« Wieder hatten seine Augen diesen verträumten Ausdruck. »Ich möchte dich in den Sachen sehen, die du gekauft hast.«

»Die sind für die Flitterwochen bestimmt.« Er hat zuviel getrunken, ging ihr durch den Kopf.

»Zieh etwas davon für mich an«, bat er sehr sanft und sah ihr dabei geradewegs in die Augen. »Ich würde dich so gern schick angezogen sehen.«

»Ach, hör schon auf«, winkte sie ab. »Sei doch nicht albern.«

»Damit würdest du mir aber wirklich eine große Freude machen.« Er rührte sich nicht von der Stelle, und seine großen dunklen Augen hätten die Polkappen zum Schmelzen gebracht.

»Wo soll ich mich denn umziehen?« Tatsächlich hatte Eileen vorher den gleichen Gedanken gehabt; es wäre ihr nämlich gar nicht unlieb, mit ein paar Neuerwerbungen herausgeputzt zu Hause einzutreffen. »Ich kann mich doch nicht hier im Auto ausziehen.«

»Nein, nein. Natürlich nicht.« Dabei erhellte nicht die Spur eines Lächelns sein Gesicht. »Du kannst ins Great Southern gehen. Gleich hinter der Bar gibt es 'ne Damentoilette. Ich zeig dir wo.«

»Du hast sie nicht mehr alle«, meinte sie.

»Ach, mach schon«, bat er.

»Du spinnst wirklich«, erwiderte sie. Natürlich stieg sie trotzdem aus und nahm ein paar Pakete aus dem Kofferraum. Reiz sie nicht, wenn sie betrunken sind, pflegte ihre Mutter immer zu sagen. Als sie jedoch aus der Damentoilette trat, in einem leuchtendgelben Kleid, mit Nylonstrümpfen, weißen hochhackigen Pumps und einem kleinen weißen Hut mit

Spitze daran, war er nirgends zu sehen. Sie schritt vor der Bar entlang und hielt Ausschau nach ihm, bis sie schließlich seine Stimme hinter sich hörte: »Du siehst einfach umwerfend aus.« Dann nahm er sachte ihren Arm und führte sie zurück zum Eyre Square. Im Wagen roch sie wieder seine Whiskeyfahne, und sie bedauerte, daß er nicht zu den Abstinenzler-Pionieren gehörte wie Seamus Laffey. Während sie auf der Headford Road aus der Stadt fuhren, fragte sie, einfach nur, um ein bißchen zu plaudern, was er denn den Tag über getrieben hätte.

»Ach, so dies und das.« Wieder grinste er schief. »Ich kenne hier noch 'ne Menge Leute aus meiner Studienzeit.« Dann hüllte er sich wieder in Schweigen.

Es dämmerte schon, als sie bei dem alten Landsitz mit der Backsteinmauer vorbeifuhren. Jack ging vom Gas und hielt ohne Vorwarnung vor dem Tor an. »Ich möchte dir etwas zeigen.« Er stieg aus, lief um den Wagen herum und hielt ihr die Tür auf.

»Ist es nicht schon ein bißchen spät? Ich möchte gern nach Hause.«

»Es dauert nur eine Minute«, versprach er. Also stieg sie aus und folgte ihm durch das Tor und einen überwucherten Weg entlang, den hohe Büsche säumten. Sie mußte ihre Schritte vorsichtig setzen, es war nicht leicht, mit hohen Absätzen auf dem unebenen grasbewachsenen Pfad zu gehen. »Wir sind gleich da«, sagte er mehrmals. Der Weg machte eine Biegung, und plötzlich sahen sie die Silhouette eines alten Gutshauses ohne Dach vor sich. Die großen Kamine setzten sich scharf gegen den blassen Abendhimmel ab.

»War es das, was ich mir ansehen sollte?« Inzwischen taten ihr die Füße in den neuen Schuhen weh.

»Komm mit rein«, forderte er sie auf. »Ich will dir was zeigen.« Er bahnte einen Weg durch das klaffende Loch, das einstmals ein Eingang gewesen war, und blieb drinnen auf einem Grasfleck stehen. »Dies war die große Empfangshalle des Herrenhauses von Lord Kilmaine«, erklärte er und beschrieb mit dem Arm einen Halbkreis. »Von hier aus herrschte er über seine Pächter und entschied über ihr Wohl und Wehe: ob sie bleiben durften oder nicht, welche Abgaben sie zu entrichten hatten und was sie behalten durften.« Dann rieb er sich wie Mr. Addis Emmet zufrieden die Hände. »Was für ein überwältigendes Gefühl von Macht muß das gewesen sein.«

»Ja, bestimmt«, nickte Eileen. »Und jetzt laß uns heimfahren.« Er erinnerte sie an ihren Vater, der Herr sei ihm gnädig, wenn er nicht mehr ganz nüchtern vom Gannon's heimgekommen war und hohle, hochtrabende Phrasen über Gott und die Welt gedroschen hatte.

»Wußtest du«, sagte Jack und legte den Kopf in den Nacken, um zu einem Kamin hochzusehen, »daß Lord Kilmaine hier das *droit du seigneur* wahrgenommen hat, wenn seine Pächter geheiratet haben?«

»Sein was?« Allmählich fragte sie sich, ob er wohl überhaupt noch in der Lage war, bis nach Hause zu fahren.

»Das *droit du seigneur.* Das Recht der ersten Nacht bei jeder Braut. O Mann!« Wieder legte er den Kopf zurück und kreischte wie die Todesfee. »Dieser alte Scheißkerl hatte mehr Spaß als ein Kater in einer Scheune voll Muschis.«

»Und du bist blau wie ein Veilchen, Jack Mulligan«, meinte Eileen. »Bring mich jetzt nach Hause.« Sie drehte sich um und wollte hinausgehen, aber er packte sie am Arm und hielt sie fest. »Laß mich los«, schrie sie plötzlich sehr ärgerlich und versuchte sich aus seinem Griff zu befreien. »Was in Gottes Namen fällt dir eigentlich ein?«

»Ich liebe dich, Eileen.« Mit einem Ruck zog er sie an sich. »Ich habe dich schon immer geliebt, aber Timmy hat es nicht zugelassen.« Sein Gesicht war ihr jetzt ganz nah, die Whiskeyfahne verschlug ihr den Atem.

»Du bist betrunken, Jack. Und jetzt laß mich gehen.«

Wieder wollte sie sich losmachen, aber sein Griff wurde nur noch fester.

»Mag sein, daß ich betrunken bin. Aber ich weiß, was ich will. Hier und jetzt fordere ich mein *droit du seigneur.*« Das sagte er mit solcher Inbrunst, daß es Eileen Maille angst und bang wurde.

»Jack Mulligan«, kreischte sie, »wenn du nicht auf der Stelle meinen Arm losläßt, erzähle ich Timmy, daß du dich danebenbenommen hast, und dann hast du in Creevagh auch keine Stellung mehr.«

»Dieser verdammte Scheiß-Timmy! Nur seinetwegen habe ich doch immer die Finger von dir gelassen.« Jack schnappte sich ihren anderen Arm und zog sie dicht an sich. Der Whiskeygeruch war unerträglich. Sie trat ihm gegen das Schienbein, aber das kümmerte ihn nicht. »Weißt du nicht, daß ich seit Jahren verrückt nach dir bin? Aber er hat gesagt, er bringt mich um, wenn ich es wagen sollte, dich anzurühren.« Eileen versuchte ihm das Knie in die Weichteile zu rammen, aber Jack trat nur einen Schritt zur Seite, ohne sie loszulassen. »›Halt dich bloß fern von ihr‹, hat der verdammte Mistkerl immer gesagt. ›Sie gehört mir.‹ Tja, aber jetzt gehörst du mir.« Wieder zog er sie mit roher, ungestümer Gewalt an sich. »Das Gesicht von dem Scheißkerl möchte ich gerne sehen, wenn er in der Hochzeitsnacht feststellt, daß Jack ihm zuvorgekommen ist.«

»Laß mich los«, schrie sie wieder und zerrte mit aller Kraft, so daß sich ihre hohen Absätze ins Gras gruben. Plötzlich ließ er tatsächlich los und gab ihr dazu noch einen Schubs. Und verstellte ihr blitzschnell den Weg nach draußen, indem er dorthin sprang, wo in früheren Zeiten der Eingang gewesen war. Eileen sah sich um und suchte nach einem anderen Ausgang, aber die beiden Portale dieser ehemaligen Empfangshalle waren mit großen Steinhaufen verschüttet. »Jack!« Mit erhobenen Händen versuchte sie ihn abzuwehren. »Nimm doch Vernunft an. Laß mich gehen, sei ein guter Junge, und wir verlieren nie wieder ein Wort darüber. Ich werde dich auch nicht bei Timmy verpetzen.«

»Zieh dein Kleid aus, damit es auf dem Gras keine Flecken bekommt.« Schwer atmend stand er noch immer vor dem Durchlaß, dabei hatte er den Oberkörper leicht nach vorne gebeugt, die Beine gespreizt und die Hände in die Hüften gestemmt wie ein Torwart beim Elfmeter.

»Mach keinen Blödsinn, Jack. Hör zu: Ich gebe dir einen Kuß, wenn wir wieder im Auto sind, einverstanden?« Vor Angst wurden ihr die Knie weich.

»Zieh dich aus.« In ihren Ohren klang es wie das Brüllen eines Stiers angesichts einer Kuh. »Ich tu's auch.« Dabei schlüpfte er aus der Jacke und zog Hosen und Unterhosen aus, ohne Eileen auch nur einen Moment aus den Augen zu lassen. Schließlich verbargen nur noch die Hemdschöße notdürftig seine Nacktheit. »Komm schon«, sagte er schmeichelnd und ging in gebückter Haltung und mit fuchtelnden Armen langsam auf sie zu, wie ein Bauer, der ein widerspenstiges Schaf in den Pferch treiben will. »Sei ein liebes Mädchen. Ganz ruhig.« Jäh wollte er sie packen, doch sie konnte ihm um Haaresbreite entwischen, wobei sie einen ihrer Schuhe verlor.

»Hör endlich auf, Jack!« brüllte sie ihn an. »Das wird dir noch leid tun.« Er drängte sie immer mehr in die Enge, und sie war mit dem einen Schuh nicht sehr behende. Kurz entschlossen bückte sie sich und zog ihn ebenfalls aus.

»Ganz ruhig, meine Kleine. Immer sachte.« Er gurrte beinahe. Plötzlich machte er mit ausgestreckten Armen wieder einen Satz auf sie zu. Diesmal schaffte sie es nicht mehr, beiseite zu springen. Instinktiv riß sie die Arme in die Höhe, und der Schuhabsatz in ihrer rechten Hand traf krachend sein Gesicht, so daß diesmal Jack Mulligan einen Schrei losließ. Einen Sekundenbruchteil lang sah sie das Blut aus seiner Nase schießen, dann schlug sie einen Haken um ihn herum und jagte auf den Ausgang zu. Daß sie als Kind immer barfuß über die Felder gelaufen war, zahlte sich jetzt aus. Doch erst als sie die Straße und das Auto erreicht hatte, wagte sie einen Blick zurück. Er war nirgends zu sehen. Sie lief weiter die Straße entlang, als wollte sie den ganzen Weg nach Creevagh zu Fuß zurücklegen, während sich der grobe Asphalt durch ihre dünnen Nylonstrümpfe bohrte. Atemlos hastete sie durch die Dämmerung und hielt Ausschau nach einem Haus, in das sie flüchten konnte. Als sie schließlich völlig erschöpft war, hörte sie hinter sich ein Auto. Sie krabbelte über die brüchige Mauer, ohne auf die herunterpolternden Steine und das Reißen des Kleiderstoffes zu achten. Zusammengekauert spähte sie durch die Ritzen und beobachtete, wie Jack im Halbdunkel langsam vorbeifuhr – er hielt sich ein Taschentuch vors Gesicht und drehte unablässig den Kopf hin und her. Dann war er endlich außer Sichtweite, und sie streckte sich hinter der Mauer auf dem Boden aus. Plötzlich zitterte und fror sie am ganzen Leib.

Eileen lag sehr lange dort, die Augen auf einen leuchtenden Stern gerichtet, der bereits am dämmrigen Himmel aufgegangen war. Die Venus, der Abendstern, hatte ihr Seamus Laffey einst erklärt. Er kannte sich gut mit den Sternen aus, dieser

Seamus. Ihre Fußsohlen brannten. Und wo Jack, der Verrückte, sie zu fest an den Armen gepackt hatte, taten sie jetzt weh. Auch ihre Lunge schmerzte, denn sie war es nicht gewohnt, so schnell und lange zu laufen. Und ihr Verstand war vor Angst wie gelähmt.

Doch dann passierte etwas. Vielleicht rührte es von diesem weißen, stetig strahlenden Liebesstern her. Sie starrte hinauf und wünschte sich bei Gott, Jack Mulligan niemals begegnet zu sein. Da spürte sie, wie es tief in ihrem Innern warm wurde. Es fing ganz langsam an, vergleichbar mit der Wirkung von heißem Tee, wenn man an einem Winterabend durchgefroren heimgekommen ist. Dann breitete sich die Wärme immer weiter aus, bis sie ihren ganzen Körper durchströmte, und plötzlich glühte sie vor Zorn, der sie nicht länger ruhen ließ. Jäh sprang sie auf, schnappte sich einen Stein und kletterte über die Mauer zurück auf die Straße. In der nun schon beinahe vollkommenen Dunkelheit verharrte sie am Straßenrand, bereit, ihm den verdammten Schädel einzuschlagen, wenn er sich noch einmal in ihre Nähe wagte. Da hörte sie in der Ferne ein Motorengeräusch. Er kam zurück. Ganz kurz kehrte die Angst wieder, doch Eileen wich nicht von der Stelle, umklammerte mit beiden Händen den Stein und scherte sich nicht darum, daß ihr das Kleid in Fetzen von den Schultern hing. Sie würde ihn in der Sekunde totschlagen, in der er ihr zu nahe kam.

Das Auto wurde langsamer, fuhr vorbei, hielt dann an und wendete. Sie mußte die Böschung hochkrabbeln, um nicht angefahren zu werden. Wieder hielt der Wagen an, die Fahrertür ging auf. Sie hob den Stein über ihren Kopf, verlor dann aber das Gleichgewicht und rutschte die Böschung hinunter, bis sie gegen die Motorhaube knallte. Die Wucht des Aufpralls nahm ihr alle Kraft. Jetzt war sie in seiner Gewalt, schoß es ihr durch den Kopf.

»Herr im Himmel, gute Frau, was tun Sie denn da?« Die Stimme klang unheimlich nach Father Coyne.

»Ich bin's, Eileen Maille«, sagte sie, ohne sich zu rühren. Sie schaffte es einfach nicht mehr, sich aufzurichten, und wähnte sich in einem Traum. Bestimmt würde Jack Mulligan ihr sogleich die Kleider vom Leib reißen. Aber sie war zu schwach, um noch Widerstand zu leisten.

»Eileen? Eileen Maille?« Der Priester schien völlig verdutzt zu sein. »Ist etwas passiert? Bist du verletzt? Was in aller Welt tust du denn hier?« Die Fragen überschlugen sich.

»Kann ich ins Auto kommen, Father? Mir ist kalt.« Dann öffneten sich die Schleusen, und Eileen Maille heulte los. Sie beugte sich vor, klammerte sich an die Motorhaube und bebte und plärrte und flennte, mit hängendem Kopf und offenem Haar. Das Wehklagen der Verdammten konnte nicht herzzerreißender sein als die Schluchzer, die sich ihrer Brust entrangen. Der arme Father Coyne stand einfach nur daneben und wartete. Und sagte kein Wort, bis das krampfartige Beben und Zittern nachließ und Eileen Maille in der Lage war aufzustehen. »Entschuldigung, Father«, sagte sie. »Es tut mir schrecklich leid, aber ich bin furchtbar durcheinander.«

»Steig doch ein«, bot der Priester an. »Wir können auf der Heimfahrt reden.« Was sie dann auch taten. Er stellte ihr Fragen, und sie quälte sich ein paar Antworten ab. Denn Reden war wirklich das letzte, was sie im Augenblick wollte, aber einem Father Coyne schlug man nichts ab. Und er wollte es genau wissen. Hatte der Lump sie angefaßt? Hatte er sie geküßt? Wirklich nicht, wußte sie das genau? Was hatte sie zuvor getan, um ihn aufzureizen? Auf welche Weise hatte sie ihn ermuntert? Ihr wurde schlecht, und sie übergab sich auf den Boden vor ihrem Sitz, wobei sie nur knapp ihr gelbes Kleid und die nylonbestrumpften Füße verfehlte.

»Nun, Gott sei Dank ist nichts passiert«, verkündete Father Coyne, nachdem er seine Befragung beendet hatte, und blickte starr geradeaus auf die dunkle Fahrbahn. »Du bist noch *virgo intacta.* Eine Jungfrau«, erklärte er. Und fügte besänftigend hinzu: »Morgen früh geht es dir wieder besser.«

Daraufhin brach Eileen neuerlich in Tränen aus, doch sie unterdrückte ihr Schluchzen und weinte den Rest der Fahrt lautlos vor sich hin. Zu Hause angekommen, wischte sie sich die Tränen aus den Augen, bedankte sich bei Father Coyne und sagte, ja, es sei vielleicht besser, wenn er nicht mehr mit hineinkäme. Doch als er sie beim Abschied ermahnte, so bald wie möglich zur Beichte zu erscheinen, erwiderte sie nichts.

Jack Mulligan ward nie wieder in Creevagh gesehen. Man fand Timmys Wagen am nächsten Tag in der Nähe des Bahnhofs von Kilmolara, und ein wutschnaubender Timmy brauste darin zu den Mailles und verlangte eine Erklärung. »Was verdammt noch mal ist gestern passiert?« brüllte er anstatt einer Begrüßung, kaum daß Eileen die Tür geöffnet hatte.

»Dafür wandert dein Scheißbruder ins Kittchen«, donnerte sie zurück, ohne ihn ins Haus zu lassen.

Nun, ein weniger bedeutender Mann hätte es dabei belassen, entsprechend eingeschüchtert durch die Funken, die aus ihren Augen sprühten, und den Rauch, der aus ihren Nasenlöchern stieg. Nicht aber Timmy Mulligan. »Was ist zwischen euch vorgefallen?« bellte er.

»Das muß ich mir nicht bieten lassen«, schrie Eileen und knallte ihm die Tür vor der Nase zu.

Doch noch ehe sie losheulen konnte, war er schon ums

Haus gegangen und stand in der Küche. »Was in Gottes Namen ist passiert?« Er brüllte noch immer, obwohl Eileens Mutter am Tisch stand und Brot buk.

»Dein Bruder hat versucht, meine Tochter zu vergewaltigen, das ist passiert«, erwiderte Mrs. Maille. Sehr ruhig, ohne auch nur aufzuschauen oder den Rhythmus ihres Knetens zu unterbrechen.

»Ich hasse ihn«, kreischte Eileen. »Ich hasse euch alle. Du bist auch nichts wert, keiner von euch. Fahr zur Hölle! Laß mich allein! Ich will dich nie wiedersehen!« Damit drehte sie sich um, rannte in ihr Zimmer und schlug die Tür hinter sich zu.

Ihr Schreien wirkte beruhigend auf Timmy. Er setzte sich vor den Ofen und starrte eine Weile in die glühenden Kohlen. Mrs. Maille knetete ungerührt weiter. »Er ist ein durch und durch verkommener Schuft«, sagte Timmy schließlich.

»Ich würde ihn totprügeln, wenn ich ihn jetzt in die Finger bekäme«, verkündete Mrs. Maille und schlug den Teig plötzlich sehr heftig. »Er ist ein gemeines Schwein, jawohl.«

»Wie kann ich sie wieder versöhnen?« Timmy dachte ungeheuer pragmatisch.

»Laß sie in Ruhe«, antwortete die Mutter. »Sie braucht ihre Zeit, um darüber hinwegzukommen.«

Ein einziges Mal im Leben beherzigte Timmy den Rat einer Frau. Er ließ sich eine ganze Woche nicht blicken, obwohl die Hochzeitsvorbereitungen weitergingen und die Trauung bereits eine Woche später stattfinden sollte. Und als er sie am Sonntag nachmittag wieder besuchen ging, brachte er einen winzigen Welpen mit, einen Pudel, den er in Galway für ein Heidengeld gekauft hatte. Mrs. Maille sah ihn kommen und begrüßte ihn an der Eingangstür.

»Sie ist fort«, sagte sie, ohne ihn hereinzulassen. »Droben in Dublin, bei einem Vetter von ihrem Vater. Und sie läßt dir ausrichten, wenn du heiraten willst, sollst du nicht auf sie warten.« Dann knallte Mrs. Maille, eine der reizendsten Frauen in der Gemeinde von Creevagh, Timmy Mulligan die Tür vor der Nase zu.

PHILPOT, DER REUMÜTIGE

Auf den Tag genau drei Jahre und drei Monate nachdem Philpot »ausgerissen« war, kehrten er und Annie May nach Creevagh zurück. Sie tauchten just eine Woche vor Weihnachten wieder auf, am Montag des Großen Markts in Kilmolara. An diesem Tag fanden sich alle Bäuerinnen, die einen Truthahn oder eine Gans aufgezogen hatten, auf der Hauptstraße ein und versuchten den Vogel für ein oder zwei Pfund loszuschlagen, damit sie ihren Kindern etwas zu Weihnachten kaufen konnten.

Thomas Ruane wurde als erster auf die Rückkehr der glücklichen Familie aufmerksam. Er kam gerade ein bißchen verspätet aus der Stadt zurück, denn er hatte seiner Schwester Maggie, die einen Truthahn und zwei Gänse verkauft hatte, ein paar Shilling abgeschwatzt, damit er sich vor dem langen Fußmarsch zurück nach Kildotia die Kehle ein wenig anfeuchten konnte. Als er sich auf seinem Heimweg Paddy Gannons Pub näherte, hatte er noch genug Geld für ein letztes Bier in der Tasche, nahm sich aber vor, es für Samstag abend aufzusparen. Doch darf ein Mann durchaus seine Meinung ändern, wenn unvorhersehbare Ereignisse dies als gerechtfertigt erscheinen lassen. Er ging am Friedhof vorbei, es begann gerade zu dämmern, als er hinter sich ein Auto kommen hörte.

Am Eingang zum Gottesacker blieb er stehen und warf einen Blick in Mike Carneys vorbeifahrendes Taxi. Er, Thomas, hatte nämlich gute Augen, wie er wenig später den Gästen im Gannon's versicherte, und er habe im Wagen Philpots Profil erkannt.

»Männer!« rief Paddy Gannon mit einer Fistelstimme, die er sich für offizielle Bekanntmachungen vorbehielt. »Sperrt heute nacht eure Frauen und Töchter ein, der wilde Stier von Creevagh ist wieder mal los.«

»Im Auto war auch eine Frau mit einem Kind im Arm, ganz bestimmt«, fügte Thomas Ruane hinzu.

»Was du nicht sagst!« staunte Pat Moloney. »Das kann nur Annie May sein. Ihr Alter ist ja heute abend nicht hier, obwohl er am Montag doch sonst immer kommt.« Mit »ihr Alter« war Jimmy McTigue gemeint, Annie Mays Vater, der in der mehr als dreijährigen Abwesenheit seiner Tochter nicht einmal ihren Namen erwähnt hatte.

Die Frau, die Thomas gesehen hatte, war tatsächlich Annie May gewesen. Und bei dem Kind in ihren Armen handelte es sich um keinen anderen als um Alphonsus James Emmet, die Frucht ihrer leidenschaftlichen Vereinigung mit Philpot, die dem boshaften Dorfklatsch zufolge auch der Grund für ihren überstürzten Fortgang gewesen war. Sei dem, wie es wolle, nun waren sie jedenfalls wieder da. Und wohnten bei Mr. und Mrs. Emmet, im Haus des Schulmeisters. Und besuchten am Weihnachtstag nicht nur die Messe – was dazu führte, daß sowohl im Gannon's wie auch im Mulligan's einige kleinere Wettbeträge den Besitzer wechselten –, sondern knieten auch zusammen mit Addis und der Mrs. auf der Kommunionbank, um den Leib Jesu zu empfangen. Da Philpot in dem Jahr, bevor er durchbrannte, bekanntermaßen weder seiner Weihnachts-

noch seiner Osterpflicht nachgekommen war, löste sein jetziges Verhalten bei den gestrengen Beobachtern keine geringe Verwunderung aus.

»Mich wundert's, daß Father Coyne ihm überhaupt die Kommunion erteilt hat«, sagte Maggie Ruane auf dem Heimweg von der Kirche. »Nach allem, was er angestellt hat.«

»Trotzdem, dem Himmel sei Dank«, erwiderte Brigid Moloney. »Er hat seinen Frieden mit dem Herrgott geschlossen.«

»Vielleicht, vielleicht aber auch nicht«, bemerkte Maggie, die Brigids Glauben an das Gute im Menschen nicht so ganz teilte. »Wenn du mich fragst, ich würde diesem Kerl nicht weiter trauen, als ich ein Klavier werfen kann.«

Doch Philpot verblüffte weiterhin mit seiner neu entdeckten Tugendhaftigkeit. Jeden Sonntag fand er sich gemeinsam mit Annie May und Mr. und Mrs. Addis vor dem Altargitter ein. Und in den ersten Monaten nach seiner Heimkehr unternahm er mit Father Coyne nicht etwa einmal, sondern gleich zweimal die Wallfahrt zum Schrein von Knock. Es hieß sogar, er habe vor, sich im St.-Patricks-Fegefeuer am Lough Derg zu läutern, sobald jene Pilgerstätte für schwere Sünder im Frühjahr öffnete. »Ich bin ein neuer Mensch«, ließ er Timmy Mulligan wissen, als sie sich in Galway über den Weg liefen. »Die wilden Jahre sind vorbei. Es ist großartig, wie man sich durch Ehe, Familie und Gottesfurcht verändern kann. Man kommt zur Ruhe und hat gar keine Lust mehr auf diese Herumstreunerei.«

»Ja, die Ehe ist schon eine prima Einrichtung«, pflichtete ihm Timmy bei, der noch immer auf Brautschau war, seit Eileen Maille ihm im Jahr zuvor den Laufpaß gegeben hatte. »Und wie geht's euch so in dem Haus?« Sein Tonfall klang eine Spur herablassend. Nachdem sein Vater gestorben war, hatte er sich ein prachtvolles neues Haus gebaut, wohingegen der junge Emmet nur eine bescheidene Kate bei Turloughmor bezogen hatte, die nach dem Tod einer Witwe vor kurzem frei geworden war.

»Ach, für uns reicht es schon«, erwiderte Philpot bescheiden. »Weißt du, wir sind wirklich froh darum. Obwohl wir uns so schändlich gegen Gott versündigt haben, hat Er sich uns sehr gnädig gezeigt.«

»Ich hab gehört, du arbeitest wieder in der Bank«, warf Timmy hastig ein. Bei Philpots salbungsvollem Geschwafel wurde ihm richtiggehend schlecht.

»Ja, dem Herrgott sei's gedankt.«

Und auch einigen anderen Leuten, dachte sich Timmy. Wie allgemein bekannt, waren etliche Hebel in Bewegung gesetzt worden, um dies zu ermöglichen. Die Drahtzieher waren natürlich vor allem Addis und Father Coyne gewesen. Aber auch der Grafschaftsrat Jack Higgins hatte sich für Philpot eingesetzt und selbst ihn, Timmy, gebeten, als wichtiger Kunde der Bank doch ein gutes Wort für den jungen Emmet einzulegen. Gerüchten zufolge sei man deshalb sogar an Tom Blowick, den Parlamentsabgeordneten von Süd-Mayo, herangetreten. Wie auch immer, bereits einen Monat nach seiner Rückkehr aus England fuhr Philpot allmorgendlich um halb neun mit seinem alten Morris Minor von Creevagh nach Galway zur Bank of Ireland. Und pünktlich wie die Maurer kehrte er jeden Abend um halb sechs zu Annie May und Alphonsus heim. Wenn Paddy Gannon in der Tür seiner Kneipe stand und ihn vorbeifahren sah, fragte er sich oft, wie es wohl gekommen war, daß der wilde junge Pißpott sich in einen so frommen Familienvater verwandelt hatte. »Es liegt vielleicht doch an seinen Erbanlagen«, sagte er sich und dachte dabei an Addis und die

Mrs. Aber tief im Innern wußte er, daß mehr dahinterstecken mußte. Und er hatte recht.

Philpots Flucht vor beinahe dreieinhalb Jahren hatte unmittelbar damit zu tun gehabt, daß Annie May in anderen Umständen gewesen war. Er war durchgebrannt, um nicht für die Folgen seiner jugendlichen Wollust geradestehen zu müssen. Doch Annie May, der ihr Vater angeblich Feuer unterm Hintern gemacht hatte, war dem Burschen schnellstens hinterhergereist und hatte ihn in London eingeholt. Bereits sechs Monate später erblickte Alphonsus das Licht der Welt. Allerdings, so muß eingeräumt werden, wurde er nicht innerhalb des heiligen Bundes der Ehe geboren. Zwar wollte Annie May auf der Stelle heiraten, doch Philpot zierte sich. »Ich glaube nicht mehr an die römisch-katholische Kirche«, hatte er trotzig verkündet, und damit war der Fall für ihn erledigt. Der Gerechtigkeit halber sei aber erwähnt, daß er durchaus für den Unterhalt seiner bedauernswerten Geliebten aufkam. Er nahm eine Stelle bei einer Bank an und besorgte ihnen ein kleines Liebesnest draußen in Kilburn.

In dieser Wohnung wurde mit der Hilfe von Mrs. Nora Daly, einer Hebamme aus der Grafschaft Clare, und Mary Ellen McGee, ihrer herzensguten Nachbarin, die auf der anderen Seite des Korridors wohnte, Alphonsus James zur Welt gebracht. Als eines Abends bei Annie May die Wehen einsetzten, rief Philpot schweißgebadet vor Angst Mary Ellen und wartete in atemloser Spannung, bis Schwester Daly eintraf. Danach begab er sich zu McSweeney's, dem hiesigen irischen Pub, um sich mit einigen Gläsern Guinness und einem kleinen Jameson für das zu rüsten, was da kommen mochte.

Später hatte er einem seiner Kumpane bei McSweeney's gestanden, daß er beim ersten Blick auf seinen Sohn alles andere als begeistert gewesen sei. Als er nach der Sperrstunde ziemlich betrunken nach Hause wankte, wie es angesichts der Umstände nicht anders zu erwarten gewesen war, reichte ihm eine streng dreinschauende Schwester Daly ein kleines, in eine Decke gewickeltes Bündel. Er konnte das Kind nur vom Hals aufwärts sehen, doch das war bereits mehr, als er in seinem angeschlagenen Zustand verkraftete. Dieses rote, schrumpelige und haarlose Baby zeigte nicht die geringste Ähnlichkeit mit dem Antlitz, das er jeden Morgen im Spiegel bewunderte, dabei hatte er als selbstverständlich angenommen, daß dies auch dem jüngsten Sproß aus dem edlen Geschlecht der Emmets zuteil werden würde. Rasch übergab er das Bündel wieder Mrs. Daly und stürzte in das kleine Badezimmer, wo ihm ein Brechanfall Erleichterung verschaffte.

Annie May sah auch nicht viel besser aus, stellte er fest, als er sich etwas wohler fühlte und zu ihr ging. Beim Anblick ihres schweißnassen Gesichts und ihres roten Haars, das er immer so geliebt hatte und das nun wirr und strähnig auf dem Kissen klebte, hätte er am liebsten auf der Stelle kehrtgemacht und das Weite gesucht. Sie klagte, daß sie Schmerzen habe und sich schwach fühle, und nachdem er ihr einen Tee gekocht hatte, war er froh, sich auf die Couch in dem kleinen Wohnzimmer zurückziehen zu können. In jener Nacht, in der er wegen Annie Mays Gestöhne und dem Geschrei des Babys kein Auge zutat, schwor er sich beim Blut seiner großen Vorfahren, daß er nie wieder eine Frau schwängern würde. Doch die Zeit, das Essen und die Natur taten ihr wundersames Werk. Es erstaunte ihn, wie schnell sich Annie May erholte. Bei dem Kind wiederum verschwanden die rote Gesichtsfarbe und die Falten, und Philpot behauptete nun mit Inbrunst, es sei ihm wie aus dem Gesicht geschnitten. Beinahe über Nacht verwandelte er sich in einen stolzen Vater. Seinen Trinkkumpanen bei McSweeney's erstattete er regelmäßig Bericht über das Kindswunder, und ein paar wurden sogar mit in die Wohnung geschleift, um es mit eigenen Augen zu bestaunen.

Sie waren schwer in Ordnung, die Jungs, die bei McSweeney's tranken. In dieser Runde fühlte sich Philpot wie zu Hause, besonders in Gesellschaft eines Burschen, der aus Ballindine stammte und mit dem er sich oft über Siege und Niederlagen der Fußballmannschaft von Mayo unterhielt. Mitunter erlitt Philpot selbst die eine oder andere Niederlage: Zuerst verlor er seine Anstellung bei der Bank, als ein übereifriger Vorgesetzter eines Morgens eine klitzekleine Whiskeyfahne bei ihm bemerkte. Und ein andermal mußte er eine Nacht auf der Polizeiwache verbringen, nachdem er bei McSweeney's einen Streit zwischen ein paar Landarbeitern aus Tipperary hatte schlichten wollen. Aber er rappelte sich stets im Nu wieder auf. Mit Hilfe von McSweeney, der ihm einen Gewerkschaftsausweis besorgte, und dem Burschen aus Ballindine, der ihm im Schnellverfahren den Umgang mit Kalk und Mörtel beibrachte, fand er Arbeit als Verputzer auf dem Bau. Man konnte im Bauhandwerk gutes Geld machen, viel mehr, als er in der miesen Bank verdient hatte. Und davon gab er Annie May jede Woche einen angemessenen Betrag, in der festen Überzeugung, damit die junge Frau vollauf zufriedenzustellen.

Aber Annie May war nicht zufrieden. Wie erfreulich wäre es, könnte man berichten, daß die zweieinhalb Jahre seit Alphonsus' Geburt eine segensreiche Zeit für Annie May und ihre Familie gewesen waren; doch die Wahrheit stellt ihre eigenen, kompromißlosen Forderungen. Es fing schon damit an, daß Philpot zuviel trank. Drei bis vier Abende die Woche verbrachte er im Pub, und am Freitagabend kam er regelmäßig mit dem glasigen Blick eines Angetrunkenen heim. Außerdem riskierte er gern einen Blick auf andere Frauen, was immer wieder Anlaß zu Ärger gab. Wenn er die Treppe zur Wohnung hinauftorkelte, hatte er mehr als nur einmal eine junge Frau im Schlepptau, die prompt die Flucht ergriff, wenn sie sich auf dem Flur mit den funkelnden Blicken der Rivalin konfrontiert sah. Gelegentlich kam er auch gar nicht nach Hause. Und manchmal entdeckte Annie May Lippenstift an seinen Taschentüchern. Eine derartige Anhäufung von Indizien hätte auf die eine oder andere Art von Ehebruch schließen lassen – sofern sie verheiratet gewesen wären. Was sie ja nicht waren. Und das machte Annie May ganz besonders zu schaffen. Sie war sich sicher, daß mit Philpots Trinkerei und seinen Zechgelagen Schluß wäre und er zu einem guten Ehemann und Vater werden würde, wenn, ja wenn sie ihn vor den Traualtar bekam und seine rechtmäßige Ehefrau wurde. Außerdem nagte das schlechte Gewissen an ihr, weil sie seit zwei Jahren weder zur Messe noch zur Beichte gegangen war. Und weil sie in Sünde lebte. Und weil sie Alphonsus nicht hatte taufen lassen. Besonders letzteres. Als sie es schließlich nicht mehr aushielt, suchte sie eines Morgens, nachdem Philpot zur Arbeit gegangen war, das Pfarrhaus auf. Die Haushälterin führte sie ins Besuchszimmer. »Er muß getauft werden, Father«, sagte Annie May zu dem Priester und deutete auf den kleinen Jungen, der des Pfarrers Katze durchs Zimmer jagte.

»Tatsächlich?« Der Priester war ein rothaariger, noch sehr junger Mann, der sich als Father Casey aus der Grafschaft Kerry vorstellte. »Nun, darum können wir uns gleich kümmern, das ist gar kein Problem.« Dann starrte er auf seine Fingernägel, als hätte er etwas Anstößiges daran entdeckt, und fügte hinzu:

»Darf ich fragen, ob es einen bestimmten Grund gibt, warum Sie ihn nicht schon früher haben taufen lassen?«

Da brach Annie May zusammen und weinte sich in jenem Besuchszimmer des Priesters ganze fünf Minuten lang die Augen aus, ehe sie auch nur ein Wort herausbrachte. Father Casey zeigte sich sehr verständnisvoll. Er setzte sich neben sie, legte den Arm um sie und meinte: »Ist schon gut, lassen Sie es nur heraus.« Das sagte er mehrere Male, und als sie sich schließlich etwas zu beruhigen schien, gab er ihr sein sauberes weißes Taschentuch, damit sie sich die Tränen trocknen konnte. Danach führten sie ein langes Gespräch, das gelegentlich unterbrochen werden mußte, um Alphonsus unter Stühlen und Tischen und hinter dem Sofa hervorzuholen. Annie May erzählte dem Priester ihre ganze Geschichte: von ihrer Beziehung mit Philpot, von den Umständen, unter denen Alphonsus zur Welt gekommen war, und von ihrer derzeitigen Misere. Mit gesenktem Kopf und gefalteten Händen hörte Father Casey zu und sagte kein Wort. Erst als sie geendet hatte, meinte er: »Das genügt, um es als Beichte zu betrachten. Wollen Sie, daß ich Ihnen die Absolution erteile?«

»O ja, Father, das wäre wunderbar.« Annie May war ungeheuer erleichtert, ihre Gewissenslast so rasch loszuwerden.

»Ehe ich das tun kann«, fuhr Father Casey behutsam fort, »muß ich von Ihnen verlangen, daß Sie und – Philpot, nicht wahr? ein recht ungewöhnlicher Name – von Tisch und Bett getrennt leben, und zwar bis zur Eheschließung. Wissen Sie, das schreibt die Kirche vor. Na ja, zumindest getrennte Betten; eine zweite Wohnung werden Sie sich ja wohl nicht leisten können.«

Annie May schwebte wie auf Wolken, als sie nach Hause ging und ungeduldig darauf wartete, daß Philpot von der

Arbeit heimkam. Allerdings mußte sie lange warten, denn an ebendiesem Abend lernte Philpot Nick kennen. Es sei ein echter Glücksfall gewesen, erzählte er ihr später, und in seiner übersprudelnden Begeisterung für seine neu geschlossene Freundschaft ließ er Annie May kaum zu Wort kommen. Er habe auf dem Heimweg von der Arbeit nur mal schnell ein Bier trinken wollen, und da habe dieser große, schlaksige rothaarige Bursche an der Theke gestanden. »Er heißt Nicholas Dunne und kommt aus der Grafschaft Carlow. Er hat etwas an sich«, schwärmte Philpot, »woran ich gleich erkannt habe, daß er eine verwandte Seele ist, wenn du verstehst, was ich meine.«

»Natürlich«, erwiderte Annie May widerwillig und gleichzeitig resigniert. »Aber eigentlich will ich jetzt gerade mit dir darüber reden, daß ich heute nachmittag bei Father Casey war. Es ist ihm sehr wichtig...«

»Er hat so eine intelligente und lebhafte Art, die mir sehr gefällt«, fuhr Philpot fort. »Wir zwei haben den ganzen Abend über Politik und Religion diskutiert, und es ist nicht ein einziges böses Wort gefallen.« Dabei vergaß er zu erwähnen, daß sie sich wegen der Politik beinahe in die Haare geraten waren, denn Philpot war ein eifriger Verfechter des Wohlfahrtsstaates, während Nick sich als extremer Konservativer entpuppte. »Wir sind uns sogar in Religionsfragen ziemlich einig«, sagte er, während er sich mit Heißhunger über das Essen hermachte, das Annie May warm gehalten hatte. »Er ist ebenfalls ein abtrünniger Katholik, wenn ich das mal so sagen darf. ›Weißt du, ich glaube schon an Gott‹, hab ich zu ihm gesagt, damit er mich nicht für einen völligen Atheisten hält. ›Ich glaub auch an Ihn‹, hat er erwidert. ›Ich zweifle überhaupt nicht an Seiner Existenz. Ich mag Ihn bloß nicht.‹ Na, das fand ich doch sehr scharfsinnig.«

»Was die abtrünnigen Katholiken betrifft – genau darüber möchte ich mit dir reden«, warf Annie May ein. Und sie sprach weiter und erzählte ihm alles von ihrem Besuch bei Father Casey. Sie betonte, daß es sie unglücklich mache, in Sünde zu leben, um so mehr, weil er, Philpot, ja ebenfalls im Stand der Sünde war. Besonders beunruhige sie zudem, daß Alphonsus nicht getauft sei. »Deshalb«, erklärte sie und klopfte nachdrücklich mit dem Finger auf den Tisch, »werde ich Father Caseys Anweisungen befolgen. In diesem Haus wird von heute an in getrennten Betten geschlafen, bis wir rechtmäßig getraut sind und unser Junge ein Christenmensch ist.« Sie blickte Philpot direkt in die Augen. »So, das war's.« Damit stand sie auf, ging ins Schlafzimmer und schloß die Tür hinter sich.

Wenn Philpot eine Eigenschaft besaß, die ihm bei manchen Menschen Sympathien und bei anderen geringschätzigen Spott eintrug, dann war es seine Neigung, privaten Auseinandersetzungen aus dem Weg zu gehen. Über abstrakte Obliegenheiten der Politik oder der Religion oder eines sonstigen Diskussionsgegenstandes konnte er endlos palavern, was er auch oft und gerne tat. Doch sobald man eine dieser Verpflichtungen von ihm persönlich einforderte, schlug er sofort den Weg des geringsten Widerstands ein. Wie ein aufgescheuchter Hase suchte er sein Heil in der Flucht, und wenn ihm kein Ausweg offenstand, gab er dem Druck nach. Er war aus Creevagh geflohen, als Annie May feststellte, daß sie schwanger war, und von ihm erwartet wurde, daß er sie heiratete. Doch jetzt konnte er nicht mehr weglaufen, weil er zu sehr an seinem Sohn hing. Alphonsus James Emmet, der zu dieser Zeit zwei Jahre und sechs Monate zählte, war für seinen Vater das ein und alles. So kam es, daß Philpot an der Schlafzimmertür »Einverstanden« rief, ohne auch nur einen Gedanken daran verschwendet zu haben, worauf er sich eigentlich einließ.

»Wir müssen heute abend zum Brautleute-Unterricht in die Kirche«, teilte ihm Annie May am nächsten Morgen mit, als er bereits auf dem Weg nach draußen war. »Also komm früh nach Hause.«

»Einverstanden«, sagte Philpot auch diesmal. Dann vergaß er jedoch seine Verpflichtung vor lauter Aufregung, weil er nämlich an besagtem Abend Miss Joan Fletcher kennenlernte. Er war mit dem festen Vorsatz zu McSweeney's gegangen, sich nur schnell mit einem Bier für das bevorstehende Martyrium zu stärken. Doch gerade als er sein leeres Glas auf die Theke stellte und sich von dem Burschen aus Ballindine verabschiedete, marschierte Nick mit dieser Blondine am Arm herein. Bestimmt ein Filmstar, war Philpots erster Gedanke. Und sein zweiter: Wo hat Nick die bloß aufgegabelt? Zu ihrem wasserstoffblonden Haar hatte sie eine Figur wie eine Sanduhr, die in ihrem schwarzen Kleid voll zur Geltung kam. Und ihr Gesicht und ihr Hals erstrahlten in jener alabasterfarbenen Blässe, die Philpot bei Frauen jedesmal verrückt machte. »Ich würde sagen, die ist kein Bauernmädel aus Carlow«, zischte er dem Burschen aus Ballindine aus dem Mundwinkel zu. Sie stammte aus London, erfuhren sie dann von Nick. Allerdings wäre diese Auskunft nicht nötig gewesen, nachdem sie zum ersten Mal den Mund aufgemacht hatte. Philpot, der auf derlei Dinge großen Wert legte, stellte sofort mit Bedauern fest, daß sie sich mehr nach Cockney als nach Oxford-Englisch anhörte. Aber als sie ihn anlächelte, verzieh er ihr diesen Makel. Dieses erste Lächeln würde er niemals vergessen. Seit dem Tag, da er begonnen hatte, sich für Mädchen zu interessieren, hatte noch nie eine Frau eine so unmittelbare und überwältigende Wirkung auf ihn gehabt. Vom allerersten Augenblick an war er von ihrer Gegenwart wie berauscht. Im weiteren Verlauf des Abends rührte er sein Bier kaum an, sondern stand nur neben ihr, hörte mit halbem Ohr zu, wie Nick sich über die jüngsten Missetaten der Labour Party ausließ, und sog in sich auf, was er danach dem Burschen aus Ballindine gegenüber als »den unbeschreiblichen Duft der Weiblichkeit« bezeichnete, den sie in seine Richtung verströmte. Denn daran, daß sie so dicht neben ihm stand und wie sie ihn immer wieder mit einem flüchtigen Blick streifte, war klar ersichtlich, daß seine wollüstigen Gefühle von ihr erwidert wurden.

Während des ganzen Abends ließ Nicks Verhalten nicht darauf schließen, daß er von der heftigen Anziehungskraft zwischen den beiden auch nur das geringste bemerkte. Doch als Philpot und er vor der Sperrstunde zusammen auf die Toilette gingen, sprach er Philpot darauf an und brachte ihn in größte Verlegenheit. »Ich wäre Ihnen sehr verbunden, Mr. Emmet, wenn Sie Ihre Dreckspfoten von meiner Puppe ließen«, waren seine Worte, während er sich den Hosenschlitz zuknöpfte.

»Was meinst du damit?« erwiderte Philpot mit dem Unschuldsblick, für den er berühmt war.

»Du weißt ganz genau, was ich meine, alter Knabe«, antwortete Nick mit einem gekünstelten britischen Akzent. »Die gehört mir, und ich möchte sie weder mit dir noch mit sonst jemandem teilen.«

»Na, wenn du das so siehst.« Philpot gab sich empört. »Wozu hat man schließlich Freunde?« Zwischen ihnen bestand bereits eine gewisse Art von Kumpanei.

Zu Hause hatte Annie May sich im Schlafzimmer eingesperrt, es stand kein Essen für ihn bereit, und sie weigerte sich, mit ihm zu reden. Am Morgen hinterließ er ihr eine Nachricht, in der er ihr hoch und heilig versprach, früh heimzukommen, damit sie zusammen zum Priester gehen konnten. Und das tat er auch. Father Casey war freundlich, aber unnachgiebig. Als vom Glauben abgefallene Katholiken hätten sie die Pflicht, sich zuerst wieder mit den Lehren der Kirche vertraut zu machen, ehe sie die heiligen Sakramente empfingen. »Ihr kommt in den nächsten Monaten jeweils an zwei Abenden pro Woche hierher, und ich werde euch unterweisen. Am Ende dieser Zeit geht ihr zur Beichte und zur Kommunion, danach werde ich euch trauen und den Jungen taufen. Bis dahin gibt es aber keinen Geschlechtsverkehr.« Bei diesen Worten faßte er Philpot streng ins Auge.

Auf dem Heimweg fragte Annie May: »Du wirst dich doch daran halten, nicht wahr?«

»Ja«, antwortete er. »Aber verlang nicht von mir, daß ich mich auch noch darüber freuen soll.« Und in den nächsten Monaten sah man ihn an den Abenden, da er nicht in die Kirche mußte, häufiger als je zuvor bei McSweeney's. Was allerdings mehr mit seiner Vernarrtheit in Joan Fletcher zu tun hatte als mit seinem Bedürfnis, sich etwas Abwechslung von Father Caseys Moralpredigten zu gönnen. Nick schien trotz seiner anfänglichen Warnung etwas zwiespältig in der Frage, ob er seine Puppe mit jemandem teilen sollte. Gelegentlich ließ er sie nämlich mit Philpot allein, sorgte aber stets dafür, daß die Lage nicht außer Kontrolle geraten konnte. So brachte er beispielsweise Joan am frühen Abend zu McSweeney's und sagte, er müsse kurz weg und sei gleich wieder da, blieb dann aber stundenlang fort. Dies geschah öfters, und es trieb Philpot an den Rand des Wahnsinns. Denn Joan war immer so reizend, sie saß so dicht neben ihm auf dem Barhocker, daß sich ihre Knie berührten, und schenkte ihm ihr Lächeln, das ihm durch und durch ging wie eine Prise Riechsalz. Zu allem Überfluß erwies sie sich auch noch als intelligent. In politischen Diskussionen konnte sie durchaus ihre Frau stehen, und manchmal saß Philpot mit offenem Mund da, wenn sie historische Personen oder Romanfiguren zitierte. »Sie ist zu gut für ihn«, dachte er sich nach einer Weile. Aber da er keinen Streit mit Nick haben wollte, verbot sich jeder Annäherungsversuch. Als sie jedoch zum fünften Mal allein dasaßen, konnte er sich nicht mehr beherrschen. Nick war bereits seit einer Stunde weg. Philpot hatte etliche Gläser Bier intus, und Joan witzelte über die sprichwörtliche Heiratsunlust der irischen Männer. Aus dem Zusammenhang ging jedoch deutlich hervor, daß sie damit vor allem Nick meinte. »Ich würde dich vom Fleck weg heiraten«, sagte er spontan.

»Aber du bist schon verheiratet, Süßer.« Neckisch tätschelte sie ihm das Knie.

»Bin ich nicht«, widersprach er heftig und griff rasch nach seinem Bier, um seine Erregung zu bezwingen. Denn hatte er in ihrem Tonfall nicht eine leise Hoffnung gehört?

»Aber was ist mit deinem Sohn? Und mit deiner Frau – wie heißt sie doch gleich –, die du nie mitbringst?«

»Ach, die ist überhaupt nicht meine Frau«, plapperte er drauflos. »Weißt du, wir sind nicht verheiratet. Das hat sich einfach nur so ergeben. Wir machen eben alle unsere Fehler.« Um Philpot nicht unrecht zu tun, sei gesagt, daß er sich durchaus seiner Schäbigkeit bewußt war, als er diese entsetzlichen Worte aussprach. Wie er später dem Burschen aus Ballindine anvertraute, hatte er sich einen Moment lang von der – wenn auch noch so vagen – Aussicht betören lassen, Joan Fletcher an die Wäsche zu gehen.

»Nun, Philpot«, sagte Joan, »wir dürfen doch diejenigen, die uns vertrauen, nicht enttäuschen.« Doch bei diesen Worten lag ihre Hand auf seinem Knie, und Philpots überschäumende Phantasie las aus ihrem Blick eine unmißverständliche Aufforderung zur Sünde. Zu seinem Bedauern, doch zum großen Glück für Annie May und den kleinen Alphonsus und die Tugend im allgemeinen, kam Nick in dem Moment zurück, als sich seine Hand gerade einen Weg unter ihren engen Rock bahnen wollte.

»Soll es eine Hochzeit im großen Stil werden oder nur im kleinen Kreis?« erkundigte sich Father Casey am nächsten Abend.

»Oh, nur im ganz kleinen Kreis, Father«, antwortete Annie May schnell. »Es werden bloß wir dasein.« Zwar hatte sie eine Tante, einen Onkel und ein halbes Dutzend Vettern und Cousinen in Middlesex, aber es wäre ihr zu peinlich gewesen, sie einzuladen. Und die wenigen Leute, mit denen sie in London befreundet war, hatte sie aus Scham angelogen und ihnen erzählt, sie sei bereits verheiratet.

»Dann können wir das am Samstag vormittag erledigen«, meinte der Priester. »Und die Taufe gleich mit. Für die Hochzeit braucht ihr zwei Trauzeugen und für die Taufe zwei Paten.«

»Wen sollen wir denn nehmen?« fragte Annie May ihren Zukünftigen – was sie besser auf später verschoben hätte.

»Nicholas Dunne und Joan Fletcher«, antwortete Philpot, ohne auch nur einen Augenblick nachzudenken.

»Sind das gute, praktizierende Katholiken?« wollte Father Casey wissen.

»O ja, Father. Sie gehen regelmäßig zur Messe.« Philpot wagte nicht, der Frau, die er heiraten würde, in die Augen zu sehen. Und Annie May schwieg. So weit war es nun mit ihr gekommen, wo sie sich doch immer eine große Hochzeit in der Kirche von Creevagh mit ihrer Schwester Bridie als Brautjungfer gewünscht hatte. Tränen traten ihr in die Augen.

»Sehr gut. Beichte ist dann Freitag abend um acht.« Und Father Casey warf Philpot einen strengen Blick zu.

Als die Klappe hinter dem Gitter zurückgeschoben wurde, atmete der junge Bursche tief durch und klammerte sich an die Armlehne. Aufgrund seiner langjährigen Erfahrung mit Beichten und Beichtvätern während seiner Schulzeit gab er sich keinen falschen Hoffnungen hin. Zumal er nicht aus Reue gekommen war, sondern aus Gefälligkeit. Er tat es Annie May zuliebe, obwohl er an all das überhaupt nicht glaubte. Und er wollte keinesfalls seine Chancen bei Joan Fletcher verspielen, indem er eine ordentliche Beichte ablegte. »Segnen Sie mich, Father, denn ich habe gesündigt.« Man hörte ihm seine Nervosität an.

»Wann war deine letzte Beichte?« Father Caseys Flüstern klang nach entspannter, eingespielter Routine. In Philpot keimte Hoffnung auf. Vielleicht kam er ja doch mit einem blauen Auge davon.

»Vor etwas mehr als einem Jahr, Father.« Er sah keinen Grund einzugestehen, daß schätzungsweise vier Jahre und fünf Monate vergangen waren, seit er sich vom Mount St. Joseph's College und dem Beichtstuhl verabschiedet hatte.

»Wie viel mehr?« Doch auch jetzt klang das Flüstern unaufgeregt.

»Äh, vielleicht noch drei mehr, Father.« Warum hatte er das nur gesagt? Er, Philpot Emmet, ein bekennender Agnostiker, um Himmels willen!

»Drei was? Monate? Jahre?«

»Nun, höchstwahrscheinlich Jahre, Father. Ich bin mir nicht

ganz sicher.« Im Mount St. Joseph's College hatte er einen Priester als Religionslehrer gehabt, der gesagt hatte, Gott würde denjenigen, der im Beichtstuhl log, mit dem Tode strafen. So wie Er es mit Hananias und Saphira getan hatte.

»Sprich weiter.« Father Caseys Stimme verriet, daß *er* gleich sterben würde, und zwar vor Langeweile.

»Ich hab hin und wieder den Gottesdienst versäumt, Father. Und ich hab nicht geheiratet, als ich es hätte tun sollen, und ich hab ein paarmal einen über den Durst getrunken. Das müßte es in etwa gewesen sein.« Gut, daß er es jetzt hinter sich hatte. Und soviel konnte er ohnehin ruhig zugeben, weil der Priester das bestimmt schon von Annie May erfahren hatte.

»Ist das alles?« Das priesterliche Flüstern wechselte in eine andere Tonlage.

»Das ist alles, woran ich mich erinnern kann, Father.« Ihm fiel ein, daß derselbe Zisterziensermönch gesagt hatte, man könne für das, woran man sich nicht erinnerte, nicht zur Rechenschaft gezogen werden. »Ein paarmal hab ich auch gelogen«, fügte er als Dreingabe hinzu.

»Wie steht es mit dem sechsten Gebot?« Father Casey sprach die Zischlaute nun ziemlich scharf aus.

»Das sechste Gebot, Father?« Philpot gab sich verwundert, er spielte auf Zeit.

»Du sollst nicht ehebrechen. Hast du das sechste Gebot gebrochen?«

»Ach so. Nein, ich habe niemals Ehebruch begangen, Father. Nie.« Soweit er wußte, war keines von den Mädchen verheiratet gewesen. Außer der einen aus Wood Green, und die hatte ihm gesagt, sie habe nur standesamtlich geheiratet. Das zählte also nicht.

»Hast du Unzucht getrieben?«

Philpot klammerte sich noch etwas fester an die Armlehne. Jetzt hatte er ihn erwischt. Dann konnte er auch gleich reinen Tisch machen. »Ähm, ja, Father, ein bißchen.« Am Ende bekannte er nicht nur, außerehelichen Verkehr mit verschiedenen Frauen gehabt zu haben, und zwar gut und gern hundertmal – vielleicht sogar tausendmal, wenn er Annie May mitzählte, worauf Father Casey bestand –, sondern beichtete auch, daß er unzählige Male den Namen des Herrn mißbraucht, vier Jahre hintereinander den sonntäglichen Gottesdienst versäumt, seit vier Jahren die Tage des Fastens und der Enthaltsamkeit nicht eingehalten und seit vier Jahren sein Scherflein für die Gemeindeseelsorge nicht beigetragen hatte; mehrmals hatte er seinen Eltern den gebührenden Respekt versagt, er war so oft betrunken gewesen, daß er den Überblick darüber verloren hatte, er hatte sich unzählige Male unkeuschen Gedanken hingegeben und sowohl an sich selbst als auch mit Personen des weiblichen Geschlechts unkeusche Taten begangen, die nicht direkt unter den Begriff der Unzucht fielen, und er hatte oft seines Nächsten Weib begehrt. Doch er bestritt in aller Aufrichtigkeit, jemals gestohlen oder seines Nächsten Hab und Gut begehrt zu haben. Father Casey hielt ihm im Flüsterton eine lange Moralpredigt und bohrte mehrmals hartnäckig nach, ob Philpot seine Sünden denn auch wahrhaftig bereute, ehe er ihm schließlich die Absolution erteilte und ihn gehenließ. Philpot taumelte aus dem Beichtstuhl und ließ sich erschöpft auf eine der hinteren Kirchenbänke fallen. Niemals, schwor er sich in diesem Augenblick, würde er jemals wieder einen Fuß in so eine kirchliche Folterkammer setzen.

Nick Dunne schien hocherfreut und erklärte sofort, er fühle sich geehrt, ihm diese Ehre erweisen zu dürfen. Doch Joan Fletcher hatte zunächst Bedenken, als Taufpate für Alphonsus zu fungieren. »Das wird dem Priester nicht recht sein, Süßer«, meinte sie. »Wo ich doch eine abtrünnige Katholikin bin und so.«

»Ich hab ihm erzählt, daß du regelmäßig zur Messe gehst«, gluckste Philpot vor Freude über diesen Streich; die Schlappe, die er im Beichtstuhl erlitten hatte, machte ihm noch immer zu schaffen.

»Na, du bist mir ja einer!« Neckisch gab sie ihm einen Klaps auf den Hintern – sie standen gerade an der Theke bei McSweeney's –, und damit war die Sache abgemacht.

Annie May kaufte sich für den Anlaß ein hübsches rosafarbenes Kleid und einen Hut mit Blumenschmuck. Philpot trug den blauen Anzug, den er sich vor zwei Monaten geleistet hatte, als sein alter zu schäbig geworden war, um damit bei Joan Fletcher Eindruck zu schinden. Am Samstag vormittag bei der Neun-Uhr-Messe saßen sie alle samt dem kleinen Alphonsus in der vordersten Reihe links vom Altar. Annie May ließ den Kleinen in Joans Obhut, als sie zur Kommunion ging. Philpot kniete sich neben sie vor das Altargitter, schloß die Augen und streckte die Zunge heraus, um von Father Casey die geweihte Hostie zu empfangen. Ihm bedeutete das alles gar nichts, sagte er sich, er tat es nur Annie May zuliebe. Doch auf dem kurzen Weg zurück zu seinem Platz überkam ihn eine entsetzliche Angst. Sie hielt nur wenige Sekunden an, aber in diesem Moment sah er sich selbst mit dem ungetrübten Auge des gläubigen Katholiken, der er nach dem Willen seiner Eltern, Father Coynes und der Zisterzienser hätte werden sollen: Er war ein Ketzer, der den Leib Christi entweihte, ein reueloser Sünder, der den Sohn Gottes abermals ans Kreuz schlug und sich sehenden Auges in den lodernden Abgrund der Hölle stürzte. Während er auf der Bank kniete und das Gesicht in den Händen vergrub, spürte er, wie ihm sein Unglauben den Schweiß aus den Poren trieb. Das war eine ganz natürliche Reaktion, sagte er sich. Schließlich war er jahrelang nicht zur Kommunion gegangen, und nun beschwor diese Handlung wieder die religiösen Ängste und Zweifel herauf, die er längst überwunden geglaubt hatte. Doch als die Messe zu Ende ging, befand er sich noch immer in einem Zustand der Erregung, wenn nicht sogar der göttlichen Gnade.

»Wir vollziehen zuerst die Trauung«, verkündete Father Casey vor dem Altar, nachdem sich die kleine Versammlung der Gläubigen weitgehend zerstreut hatte. Als Philpot sein Jawort gab, sah er zu Annie May auf, und aus ihrem Blick sprach so viel Liebe, daß er auf der Stelle schwor, sich künftig von Joan Fletcher und ihresgleichen fernzuhalten. Danach mußten sie sich in der Sakristei ins Kirchenregister eintragen, ehe sie zum Taufbecken in den hinteren Teil der Kirche gehen konnten. Father Casey war ein Pedant, streng darauf bedacht, daß alles mit Ruhe und in der richtigen Reihenfolge getan wurde. Im Gegensatz zu Philpot, der um zwölf zum Fußballspielen wollte.

Bei der Taufe ordnete der Priester an, daß Joan das Kind in den Arm nehmen und Nick neben ihr stehen sollte. Er sprach ein paar Worte zur Bedeutung der Taufe und belehrte die Taufpaten kurz über ihre Pflichten: Hier in diesem Augenblick stünden sie an Eltern Statt und nähmen damit die lebenslange Pflicht auf sich, für das Seelenheil dieses Kindes Sorge zu tragen. Die Taufpaten nickten Father Casey zustimmend zu und lächelten einander an. Als die Taufpatin den Jungen in die Arme nahm, lächelte er verzückt zu ihr hoch. Es war unverkennbar, daß Alphonsus Zuneigung zu dieser Frau gefaßt hatte. Natürlich war er durchaus imstande, allein auf seinen zwei Beinchen zu stehen, aber es schien ihm zu gefallen, von ihr umarmt zu werden – Philpot kam der flüchtige Gedanke, daß er selbst gern an Stelle des Jungen gewesen wäre –, und er machte nur große Augen, als der Geistliche ihn salbte, Gebete über ihn sprach und ihm die Hand auflegte. Philpot hingegen schaute auf seine Uhr; schon halb elf vorbei, und das Ende dieser blöden Zeremonie war noch nicht mal abzusehen. Mittlerweile hatte er sich von seinem Schrecken darüber, daß er als Unwürdiger die heilige Kommunion empfangen hatte, gänzlich erholt und konnte es kaum mehr erwarten, endlich zum verabredeten Fußballspiel zu gehen.

Was ihm als erstes auffiel, war der Schwanz. Philpot stand im rechten Winkel zu Father Casey und den Taufpaten und schaute ungeduldig und gelangweilt zu Boden. Sein Blick wurde wie magnetisch angezogen von Joan Fletchers Fußknöcheln, was seit Beginn dieses endlosen Hokuspokus übrigens schon mehrmals der Fall gewesen war. Diesmal jedoch bemerkte Philpot das lange, dünne, pelzige gelbe Ding, das sich zwischen den Beinen der Frau knapp oberhalb ihrer schwarzen, hochhackigen Schuhe hin und her bewegte. Eine Katze, war sein erster Gedanke, und er hob den Blick, um zu sehen, ob Joan das Tier ebenfalls bemerkt hatte. Da schrie Philpot auf. Joan Fletcher schaute mit einem abgrundtief bösen Blick, den man wahrlich nur diabolisch nennen konnte, auf seinen Sohn hinab. Und aus ihrem blonden Haar ragte ein Paar langer, gekrümmter gelber Hörner.

Man sagt, die Menschen sind oft wie gelähmt vor Angst und können gerade in äußerster Bedrängnis keinen Finger rühren. Tja, nicht aber Philpot. Seine Nackenhaare sträubten sich, das Blut wich aus seinem Gesicht. Nachdem er einen langen, entsetzten Schrei ausgestoßen, einen kurzen hilfesuchenden Blick auf Nick geworfen und festgestellt hatte, daß dieser ebenfalls gehörnt war und die Fratze des Leibhaftigen trug, da ergriff Philpot, der Fußballer, die Initiative. Er stürzte sich auf Joan Fletcher, rempelte Nick Dunne mit der Schulter beiseite und entriß Alphonsus, wie einen Fußball, den Händen seines satanischen Gegenspielers. Bei seinem Angriff erwischte er mit der Hüfte Father Casey, so daß der Gottesdiener ins Taumeln geriet und sein Weihwasser verspritzte. Er stürmte zur Tür hinaus, und das letzte, woran er sich erinnerte, war Annie Mays durchdringender Schrei.

DER SCHWARZE GÄNSERICH

Catherine Ryan hatte die Nase voll von England. Sie war das Gedränge in der Londoner Untergrundbahn leid, ebenso die schmutzigen Straßen und die überfüllten Reihenhäuser von Finsbury Park. Sie haßte es, in der Parfümerieabteilung bei Schweitzer's an der Theke zu stehen, obwohl ihre Freundin Molly ihr ständig in den Ohren lag, was für ein Glück sie doch gehabt habe, so eine angenehme, saubere Arbeit zu finden, wohingegen sie, Molly, tagtäglich acht Stunden in einer schmutzigen Konservenfabrik schuften mußte. Und noch etwas hatte Catherine satt: daß sie diese miese kleine Wohnung mit Molly teilen mußte, die zwar in vielerlei Hinsicht ein guter Kerl war, aber ungeheuer schlampig. Außerdem schnarchte sie und borgte sich ständig Sachen von ihr aus, ohne zu fragen. Als daher am St. Patrick's Day ein Brief von Thomas eintraf, in dem er sie bat zurückzukommen, war sie durchaus nicht abgeneigt.

Sie wußte nicht, wie er ihre Adresse herausgefunden hatte, aber da stand sie, in seiner ordentlichen Handschrift auf einem hellblauen Kuvert. Auch das Briefpapier war blau. »Ich werde alt«, schrieb er. »Ich brauche eine Frau, die für mich sorgt. Wenn du zurückkommst, wollen wir das Vergangene ruhen lassen. Ich werde Dir den Hof überschreiben, ich kann ihn sowieso nicht mehr alleine bewirtschaften. Dein alter schwarzer

Gänserich lebt immer noch; ich habe ihn Dir zuliebe gut versorgt. Heneghan ist fort, diesmal endgültig; wir hatten letztes Jahr Streit...«

Aber sie wußte nur zu gut, was für ein hinterhältiger Kerl dieser Thomas sein konnte. »Schick mir eine Abschrift Deines Testaments«, schrieb sie zurück.

»Es wird hier für Dich bereitliegen, sobald du kommst«, lautete die prompte Anwort. Also stellte sich Catherine darauf ein, den Rest ihrer Tage hinter der Theke in der Parfümerieabteilung bei Schweitzer's zu verbringen. Bis sie Anfang Juni einen der seltenen Briefe von Maura Higgins erhielt.

»Ich finde, du solltest wissen, daß Thomas im Sterben liegt«, schrieb ihre Freundin. »Der Arzt sagt, er hat nur noch einen Monat zu leben.« Binnen einer Woche war Catherine auf der Fähre nach Hause. Thomas lag im Krankenhaus von Castlebar, mit Lungenkrebs, der den Worten des Arztes zufolge wohl darauf zurückzuführen war, daß er sein Lebtag lang Players Navy Cut geraucht hatte. Sie schickten ihn mit ihr zum Sterben nach Hause, denn es gab nichts mehr, was sie für ihn tun konnten, und sie brauchten das Bett. Im Krankenwagen auf dem Weg nach Creevagh fragte sie ihn nach dem Testament.

»Es ist alles geregelt«, krächzte er, dann wurde ihm die Luft wieder knapp. Drei Tage später war er tot. Die Beerdigung war an einem Samstag. Und sobald Catherine vom Friedhof zurück war, schrieb sie den Anwälten einen Brief und erkundigte sich nach seinem Letzten Willen. Am selben Tag traf Phelim O'Brien zu Hause ein, mehr als einen Monat vor Beginn der Sommerferien.

Er kam so gut wie unangemeldet. In dem Telegramm, das Michael Joe Lynch, der jüngste Sohn des Postmeisters, um halb zwei Uhr nachmittags ins Haus gebracht hatte, stand, daß

Phelim mit dem Achtzehn-Uhr-Zug aus Dublin eintreffen würde und ob ihn bitte jemand vom Bahnhof abholen könne.

Seiner armen Mutter wurde es himmelangst. »Ich hab's gewußt«, jammerte sie. »Ich hab's gewußt. Mein Hexenschuß hat mich letzte Woche fast umgebracht, das ist immer ein schlechtes Zeichen.« Natürlich lamentierte sie nicht etwa, weil sie ihren Sohn nicht bei sich zu Hause haben wollte. Aber sie wußte, daß die Seminaristen nie so früh in die Ferien geschickt wurden, also konnte sein Kommen nur bedeuten, daß er in Schwierigkeiten war. Da ihn nur noch ein Jahr von seinem großen Tag trennte, war sie in tiefer Sorge, es könnte womöglich noch etwas dazwischenkommen. Die Priesterweihe ihres Sohnes war der Traum ihres Lebens, stand stets im Mittelpunkt ihrer Gebete und war die Garantie für ihre Erlösung – denn konnte der Allmächtige es der Mutter eines Priesters verwehren, durch die Himmelspforte einzutreten? Doch sie hatte entsetzliche Angst, daß es niemals dazu kommen würde. Obwohl es keinen bestimmten Grund dafür gab, nichts, was man hätte in Worte fassen können. Tja, eine Mutter verfügte eben über einen sechsten Sinn für solche Dinge: Zwar lobte jeder ihren Phelim als einen prima Jungen, der einen stattlichen Priester abgeben würde; aber Nellie O'Brien kannte ihren ängstlichen Sohn und wußte, daß er sich gegebenenfalls als schrecklicher Hasenfuß entpuppen konnte. In ihren Alpträumen sah sie ihn vor der letzten Hürde scheuen wie ein Pferd beim Hindernisrennen vor dem Beecher's Brook.

Und damit kam sie der Wahrheit recht nahe. Denn Phelim sah dem Tag seiner Weihe tatsächlich mit einer Heidenangst entgegen. Genauer gesagt, verursachte ihm das dräuende Subdiakonat unablässige Magenkrämpfe. Obwohl mit dieser ersten Stufe der höheren Weihen nicht viel Macht verbunden war

– im Gegensatz zum dritten Grad der niederen Weihen, die ihn immerhin zum Exorzisten erhoben hatten –, wurde dem Empfänger doch eine entsetzliche Last aufgebürdet. Denn unter anderem wurden bei der Zeremonie die im Altarraum um den Bischof gescharten Ordinandi aufgefordert, einen Schritt nach vorne zu treten zum Zeichen, daß sie bis an ihr Lebensende und unwiderruflich die Verpflichtung zum Zölibat eingingen. Natürlich hatte Phelim als Mitglied der Kongregation des Heiligen Geistes und des Unbefleckten Herzens Mariä bereits ewige Keuschheit gelobt. Aber das war eben nicht dasselbe. Denn von diesem Gelöbnis konnte man, wenn es die Situation erforderte, vom Papst entbunden werden. Was hin und wieder auch geschah, wenn ein Seminarist nach der Profeß, aber vor den höheren Weihen das Scholastikat verließ. Doch hatte ein Mann erst einmal die zölibatäre Verpflichtung des Subdiakonats übernommen, konnte ihn keine Macht der Welt mehr davon befreien. Und Phelim O'Briens Geschlechtstrieb war trotz der neun Jahre religiösen Lebens nach klösterlichen Regeln und der entschlossenen Hingabe an gottgefällige Tugendhaftigkeit noch immer so lebendig wie an dem Tag, da er das Noviziat angetreten hatte, auch wenn er das nicht einmal sich selbst eingestanden hätte. Und was die Sache noch verschlimmerte, er wurde seit Jahren von Erinnerungen an Catherine McGarth heimgesucht – beziehungsweise an Catherine Ryan, wie sie hieß, seitdem sie diesen alten Knacker Thomas Ryan geheiratet hatte. Ja, seit ihm zu Ohren gekommen war, daß sie sich nach England davongemacht hatte, wollte sie ihm gar nicht mehr aus dem Kopf gehen. Und es handelte sich nicht etwa um zärtliche, romantische Gedanken, nein. Unkeusche Bilder der schlimmsten Sorte drängten sich ihm auf, schimmerndes Fleisch, intime Körperteile, unzüchtige Handlungen. Er hatte keine Ahnung, woher diese Bilder stammten, es mußten Einflüsterungen des Satans sein, ein allerletzter Versuch des Bösen, seine Berufung zu vereiteln. Er erwehrte sich ihrer mit Gebeten, Kasteiungen und kalten Duschen, allerdings suchte er nicht den Rat seines geistlichen Mentors, denn er fürchtete, man könnte diese Anfechtungen als Schwäche auslegen und als Zeichen, daß er der Priesterweihe nicht würdig war.

Sehr wahrscheinlich war es dieses Sträuben, sich seine Triebhaftigkeit einzugestehen, in Verbindung mit seiner wilden Entschlossenheit, zum Priester geweiht zu werden, und seiner ebenso wilden Angst vor einem unwiderruflichen geistlichen Eunuchentum, das zu seinem Magengeschwür führte. Es war nicht so schlimm, daß er operiert werden mußte, aber schlimm genug, daß der Arzt ihm mehrere Monate völlige Ruhe verordnete und der Seminarvorsteher ihn früher in die Sommerferien schickte, mit der strikten Auflage, sich ausschließlich Ruhe und Frieden zu gönnen.

Phelim erzählte seiner Mutter von dem Magengeschwür, aber selbstverständlich nichts von den Ursachen. Zuerst war sie erleichtert, konnte sich dann aber nicht die besorgte Frage verkneifen, ob er für die Priesterweihe womöglich nicht gesund genug wäre. Schließlich mußte ein Priester in guter Verfassung sein, damit er bei der Mission von Nutzen war. Dann wieder erging sie sich in versteckten Andeutungen, daß man ihn aufgrund seiner schwachen Gesundheit vielleicht als Lehrer in einem College hier in Irland einsetzen würde. Die meisten Brüder vom Heiliggeist-Orden gingen nach Afrika, und Mrs. O'Brien behagte der Gedanke ganz und gar nicht, daß ihr Sohn den Rest seiner Tage auf dem Schwarzen Kontinent verbringen würde.

Am Sonntag besuchte Catherine Ryan die Frühmesse. Sie

wollte jetzt endgültig hierbleiben, und obgleich sie keine eifrige Katholikin mehr war, hielt sie es für gescheiter, in die Messe zu gehen, weil sich die Leute sonst nur das Maul über sie zerrissen hätten. In England war sie manchmal gegangen und manchmal nicht. Im ersten Jahr hatte sie sogar noch die Beichte abgelegt, um ihrer österlichen Pflicht Genüge zu tun, aber der Priester hatte ihr die Absolution verweigert, weil sie nicht versprechen wollte, auf der Stelle zu ihrem rechtmäßig angetrauten Ehemann zurückzukehren. Also hatte sie das Beichten seither bleibengelassen. Doch sie konnte ihre Herkunft nicht verleugnen, und so fand sie einen gewissen Trost darin, in einer der hinteren Bänke der Kirche von Creevagh auf der Frauenseite zu knien und die muffige Luft einzuatmen. Der Anblick ihres Phelim, wie er durch das Mittelschiff zu einer der vorderen Bänke auf der Männerseite schritt, traf sie so unerwartet, daß ihr ein Schauder über den Rücken lief. Und dann wäre sie am liebsten in Tränen ausgebrochen. Was sie schließlich auch tat, sie weinte leise vor sich hin, die Hände vors Gesicht geschlagen, und hoffte, daß niemand es bemerkte. Neun Jahre war es her, seit sie zusammen zur Schule nach Kilmolara geradelt waren. Eine Ehe ohne Liebe mit dem alten Thomas. Ein ehebrecherisches Verhältnis mit Reddy Ryan, das vielleicht den tragischen Tod des jungen Burschen, der Herr sei seiner Seele gnädig, zur Folge gehabt hatte. Und ein paar erbärmliche Affären während ihrer drei Jahre in England – mit einem schottischen Rugbyspieler und einem walisischen Lokomotivführer. Doch hatte irgend etwas davon, oder auch alles zusammengenommen, ihre Liebe zu Phelim O'Brien mindern oder gar auslöschen können? Gib es doch zu, Catherine! War er nicht immer noch der einzige Mann, den sie je wirklich begehrt hatte? Der einzige, Gott steh ihr bei, der ihren bebenden

Leib und ihren ruhelosen Geist würde besänftigen können? Warum mußten sie überhaupt ledig bleiben, diese strammen jungen Burschen, vom Fleisch bestimmt wie jeder andere auch, wie es die Schrift sagte, und denen es dennoch auf ewig untersagt war zu tun, wozu die Natur sie drängte? Sie hatte doch die Leidenschaft in ihm gespürt, als er damals zu ihr gekommen war, kurz bevor sie Thomas heiratete. Oh, sie erinnerte sich gut daran. Wie er sie damals herausgefordert hatte, ihn zu kitzeln, wie sie seine Männlichkeit befühlt und seine Lippen geküßt hatte. Schließlich hatte sie und nicht er innegehalten, damit sie sich nicht auf etwas einließen, bei dem es kein Zurück mehr gab! Himmel, warum hatte sie damals nicht einfach weitergemacht? Sie hatte ihn doch buchstäblich in der Hand gehabt, verdammt noch mal. Aber sie blöde Kuh hatte ihn ziehen lassen. Nun, das würde ihr heute nicht mehr passieren. Falls ihr der Herr noch einmal eine solche Gelegenheit schenkte. Es war bestimmt Blasphemie, um so etwas zu beten. Aber das war ihr jetzt auch egal. Sie wollte ihren Phelim für sich, und sie konnte ihn nicht haben, nie. Gestern beim Füttern hatte der alte schwarze Gänserich, den sie insgeheim Phelim nannte, nichts gefressen, sondern nur auf dem Boden gelegen, als ob er zum Sterben bereit wäre. Wenn das kein Omen gewesen war!

Wieder fühlte sie die Tränen in sich aufsteigen, als Father Coyne die Wandlung vollzog und kurz den Leib Christi über sein Haupt hielt, damit alle ihn sehen konnten, während die Glocken der Ministranten triumphierend dazu klingelten. Bald würde Phelim geweiht sein, und dann würde er nur noch das Fleisch Seines Herrn in Händen halten. Warum nicht stattdessen Catherine Ryan? Warum konnte er nicht ein Fleisch mit ihr werden anstatt mit Christus? Welch verderbte Gedanken in ihrem Kopf herumspukten... Aber hatte Er nicht bereits genug Bräute? Oder Bräutigame, oder was immer sie für Ihn waren? Er konnte alle übrigen behalten, Catherine wollte nur ihren Phelim O'Brien haben. Bei der Kommunion beneidete sie die Menschen, die an die Kommunionbank vortraten, ihr war dies im Stand der Sünde verwehrt. Doch Gott vergebe ihr – wenn *er* sie mit seinen Fingern berühren würde, um ihr die Hostie auf die Zunge zu legen, würde sie das wesentlich mehr erregen als der Empfang des Leibes ihres Heilands.

Später wartete sie draußen am Fuß der Treppe, nahe der Pforte. Ein paar ältere Männer tippten im Vorübergehen an ihre Mützen, ohne sie weiter zu beachten. Die widerwillige Ehrbezeigung galt der Witwe von Thomas Ryan und nicht ihr persönlich, das wußte sie wohl. Von den herauskommenden Frauen wurde sie völlig übersehen. Sie stellte sich darauf ein, daß sie in den folgenden Monaten noch häufiger geschnitten werden würde; niemals würde man ihr verzeihen, daß sie Thomas sitzengelassen hatte.

Phelim schaute nach der Messe in der Sakristei vorbei, um dem Gemeindepfarrer seine Aufwartung zu machen. Father Coyne wollte nach dem Frühstück nach Nephin fahren, um seine Mutter zu besuchen, die nächste Woche ihren neunzigsten Geburtstag feierte, Gott erhalte ihr die Gesundheit. Deshalb hatte er nur wenig Zeit und hielt auch beim Ablegen seiner Meßgewänder nicht inne, als Phelim ihm den Grund für seine vorzeitige Heimkehr erklärte. »Beharrlichkeit«, murmelte er. »Das ist alles, was vonnöten ist. Beharrlichkeit.« Er schüttelte Phelim die Hand und begab sich für die Danksagung wieder in den Altarraum, ohne seinen Schützling zu sich zum Frühstück einzuladen, wie er es früher manchmal getan hatte.

Phelim steckte sich gerade die Hosenbeine in die Socken, um

nach Hause zu radeln, als er eine Frau leise rufen hörte: »Hallo, Mr. O'Brien!« Welch traurige Manifestation seines Unvermögens, Catherine Ryan aus den Gedanken zu verbannen, dachte er, weil ihn die Stimme sofort an sie erinnerte. Rasch wandte er sich um, denn er wollte seine Halluzinationen möglichst schnell verscheuchen und sich vergewissern, um wen es sich wirklich handelte, da stand leibhaftig Catherine Ryan vor ihm.

»Grundgütiger Himmel! Wo kommst du denn her?« Die Begrüßung fiel so gänzlich anders aus als die, die er sich in seinen Phantasiebegegnungen normalerweise ausmalte. Er hatte gedacht, sie sei in England.

»Ich bin wieder zu Hause. Diesmal für immer.« In einem dungelgrauen Kostüm und mit einem winzigen schwarzen Hut, der keck über ihrem linken Ohr saß, stand sie neben ihrem Fahrrad. Und sah ihn mit diesen grünen Augen herausfordernd an.

»Das ist gut.« Er hielt inne. »Glaube ich wenigstens.« Ihm war, als bewege er sich auf frisch gewachstem Boden und könne jeden Moment ausrutschen. »Wie geht's Thomas?«

»Ich habe ihn gestern beerdigt.« Ungerührt, als spräche sie vom Verkauf eines Ochsen.

»Oja? Ich bin betrübt, das zu hören.« Obwohl er vermutete, daß sie ihrerseits nicht allzusehr trauerte. Bei ihm zu Hause hatte niemand den Tod des Mannes erwähnt – verständlich, galt doch in seiner Familie in bezug auf Catherine das Gesetz des Schweigens.

»Ich hatte nicht erwartet, dich jetzt schon zu treffen.« Sie schob das Rad ein bißchen näher zu ihm. »Normalerweise kommst du doch erst im August, oder?«

»Du hast ein gutes Gedächtnis.« Er hatte sie jetzt schon drei Jahre lang nicht mehr gesehen, sie war kurz nach Reddys Tod fortgegangen. »Ich brauche angeblich ein bißchen Ruhe, deshalb hat man mich früher heimgeschickt.« Trotz der grauen Kleidung sah sie hinreißender aus denn je. Das lag wahrscheinlich an dem schrägsitzenden Hut, vielleicht auch an ihrer Frisur und dem Make-up; zudem war sie schlanker, als er sie in Erinnerung hatte.

»Du siehst ein bißchen blaß aus. Sorgen wahrscheinlich, du hast dir ja schon immer zu viele Sorgen gemacht.« Ihr Lächeln und die Art, wie sie ihn ansah, spielten auf gemeinsame Geheimnisse an. »Und dünner bist du auch. Bekommst du denn genug zu essen?«

»Die Askese. All das Fasten und Beten. Du weißt ja, wie das bei uns Mönchen ist!« Dieser Zynismus der Theologen: Noch vor ein paar Jahren hätte er sich nicht einmal im Traum vorstellen können, einmal über die klösterliche Lebensweise zu scherzen.

»Du hast es noch nicht über?« Die leise Resignation in ihrer Stimme war nicht zu überhören.

»Ich habe diesen Weg gewählt«, gab er zurück. »Da stellt sich nicht die Frage des Überdrusses.«

»O ja, du bist wirklich bewundernswert.« Dann schaute sie sich um und fügte hinzu: »Ich gehe wohl besser. Wir wollen doch nicht, daß die Leute anfangen, über uns zu klatschen, nicht wahr?« Schon mit einem Fuß auf dem Pedal drehte sie sich noch einmal zu ihm um: »Kommst du mich demnächst einmal besuchen?«

Er hatte gehofft, daß sie fragen würde. Aber er hatte es auch befürchtet. Und er wußte nicht, was er antworten sollte. Genauer gesagt, er wußte sehr wohl, was er antworten sollte, aber auch, was er gerne antworten wollte, und das widersprach sich nun einmal. »Vielleicht«, erwiderte er daher feige.

»Ach, sag schon ja.« Sie verlegte sich aufs Bitten. »Komm Mittwoch nachmittag, dann backe ich einen Rhabarberkuchen.« Und sie radelte los. Phelim ging zurück in die Kirche und wartete und betete noch fünf Minuten, damit er sie auf dem Heimweg nicht etwa einholte.

Die drei Tage bis Mittwoch nachmittag zogen sich endlos hin, und dann kam er nicht einmal. Und der schwarze Gänserich lag in einer Ecke der Scheune und konnte weder sterben noch sich hochrappeln. Catherine war versucht, ihn von seinem Leiden zu erlösen, aber dann brachte sie es doch nicht über sich. Und als sie am Donnerstag kurz vor drei gerade in die Stadt gehen wollte, tauchte Phelim auf seinem Fahrrad auf. »Mit dir hatte ich schon gar nicht mehr gerechnet«, sagte sie. »Ich hätte gewettet, daß du nicht mehr kommst.«

»Beinahe wäre ich auch nicht gekommen.« Als sie ins Haus gingen, fielen ihr die dunklen Schatten unter seinen Augen auf: Phelim sah aus wie ein Mann in tiefer Sorge.

»Hattest du Angst?« Das klang ein bißchen ärgerlich, aber schließlich hatte er sie ziemlich lange im ungewissen gelassen.

»Das könnte man so sagen.« Dabei lächelte er nicht einmal, sondern ließ sich in einen Sessel neben dem Ofen plumpsen, dabei war es ein warmer Tag.

»Angst wovor? Daß ich dich beiße?« Sie würde es ihm nicht leichtmachen.

»Vielleicht. Weißt du, ich habe ein Magengeschwür und soll mich über nichts aufregen, und dann zerbreche ich mir tagelang den Kopf, ob ich dich nun besuchen soll oder nicht. Und dann zermartere ich mir noch das Hirn, wie ich hierherkommen kann, ohne daß meine Mutter davon erfährt: Du weißt ja, was sie von dir hält. Alles in allem habe ich meinem Magen keinen großen Gefallen erwiesen.«

Sie saß in sicherer Entfernung von ihm am Tisch. »Nun, du mußt hier vor gar nichts Angst haben, das kann ich dir versichern. Ich werde dich heute nicht beißen.« Dann zog sie eine Augenbraue hoch. »Bin ich denn jetzt nicht eine achtbare Witwe? Und zählt es nicht zu den barmherzigen Werken, Witwen und Waisen zu besuchen? Na also!« Dabei lächelte sie keck.

»Es ist ja nicht so, daß ich dir nicht traue«, erwiderte er ernst, »ich mißtraue mir.«

Sie nickte heftig. »Phelim, dein Problem ist, daß du dich nie gehenläßt. Du bist wie ein Dampfkessel, aber du hast kein Ventil. Wenn du nicht aufpaßt, wirst du demnächst explodieren.« Er sah sie an und hörte aufmerksam zu, machte aber keine Anstalten zu einer Erwiderung. »Da wir gerade von Kesseln sprechen, möchtest du eine Tasse Tee?« Sie stand auf, ging zum Herd hinüber, nahm den schwarzen Eisenkessel vom Boden und stellte ihn auf die Flamme. »Ich hatte den ganzen Vormittag Wasser aufgesetzt, falls du noch kommst.«

»Wenn es dir nichts ausmacht, Catherine, hätte ich lieber einen Becher Milch.« Er grinste sie an. »Das Magengeschwür, weißt du. Da ist Milch angeblich das beste.«

Wie gut er doch aussah in seiner geistlichen Tracht. Und albernerweise erregte es sie, als sie ihren Namen aus seinem Mund hörte. »Ach ja, natürlich. Milch! Rein und mild und cremig und weiß: Milch ist gut für Fleisch und Blut. Das habe ich irgendwo gelesen, ich glaube, in einer Reklame.« Brüsk nahm sie den Kessel wieder vom Herd und stellte ihn zurück auf den Boden. »Ich hol dir welche aus der Speisekammer.« Mit einem Becher aus der Anrichte ging sie in die Diele hinaus und zu dem kühlen, dunklen Kämmerchen, wo sie Milch und Butter aufbewahrte. Aus einem Krug füllte sie frisch gemolkene Milch vom Morgen in den Becher und ging damit zurück in die Küche. »Vielleicht ein Stück Rhabarberkuchen dazu«, lächelte sie Phelim an.

»Ich könnte mich überreden lassen.« Und diesmal lächelte er zurück, mit diesem ein klein wenig schüchternen, halb verschmitzten Grinsen, das ihr immer schon durch und durch gegangen war.

Sie nahm den Kuchen vom unteren Bord der Anrichte und legte ein großes Stück auf einen Teller, den sie auf den Tisch stellte. »Nun komm und iß.« Sie setzte sich neben ihn und sah ihm zu. Allein diese Nähe reizte sie schon, ihn anzufassen, seinen Arm, sein Gesicht, seinen Körper zu berühren. Nachdem er aufgegessen hatte, sagte sie: »Ich hab draußen in der Scheune einen kranken Gänserich. Vielleicht könntest du ihn segnen, damit er sich wieder erholt.« Und sie bemühte sich, dabei keine Miene zu verziehen.

»Nun ja«, erwiderte er sehr feierlich. »Ich habe noch nicht die Macht, Dinge zu segnen. Diese erhalte ich erst bei der Priesterweihe. Wenn er allerdings vom Teufel besessen ist, könnte ich etwas für ihn tun, denn ich bin bereits zum Exorzisten geweiht.«

»Dann probiere es doch bitte einmal damit.« Sogleich stand sie auf und ging zur Küchentür hinaus. Doch als sie in die Scheune schauten, war dort weit und breit kein Gänserich zu sehen. Sie suchten überall nach ihm, hinter den Ackergeräten und den Karren und dem Pferdegeschirr, dann stapften sie durch den Heuschober und durchstöberten noch den ganzen Hof, doch der sterbende Vogel war wie vom Erdboden verschluckt. »Ich habe keine Ahnung, wo er sein könnte«, meinte Catherine verwirrt. »Er konnte schon seit zwei Tagen nicht mehr laufen.«

»Vielleicht hat ihn der Fuchs geholt«, überlegte Phelim.

»Der Fuchs kommt nur nachts. Wie der Teufel«, fügte sie schelmisch hinzu.

»Der Teufel kommt nur nachts?« Phelim hatte weiterhin mit den Augen den Hof abgesucht, doch nun drehte er sich zu ihr um und sah sie an.

»Das hat uns unsere Großmutter immer erzählt.« Nun hörte auch sie auf herumzuschauen und schenkte ihm ihre ungeteilte Aufmerksamkeit. Schon allein, daß er sie ansah, machte sie überall kribbelig. »Der Teufel ist wie der Fuchs, hat sie immer gesagt«, plapperte sie weiter. »Er kommt in der Nacht, um die Seelen der Kinder zu stehlen, die vor dem Zubettgehen nicht gebetet haben. Meinst du, das stimmt?« Nun mußte sie doch wegschauen, sonst prustete sie womöglich los.

»Ich weiß nicht«, antwortete er. »Hast du vor dem Zubettgehen gebetet?«

»Früher schon, aber in letzter Zeit nur sehr selten, fürchte ich. Glaubst du an den Teufel?«

»Nun, ich denke, er ist eine Macht, mit der man in dieser Welt rechnen muß«, erwiderte er, ganz der zukünftige Priester. »Und du?«

»Ich weiß nicht mehr, was ich glauben soll.« Sie starrte auf die Felder, als ob sie dort den alten Gänserich beim Fressen entdecken könnte. »Manchmal wache ich mitten in der Nacht schweißgebadet auf, weil ich mich im Stand der Todsünde befinde und Angst habe, daß ich auf der Stelle sterben muß und zur Hölle fahre. Und ich verspreche Gott, am Samstag zur Beichte zu gehen, wenn Er mich verschont. Doch wenn der Samstag dann da ist, bringe ich es nicht über mich.« Sie sah ihn an. »Würdest du mir die Beichte abnehmen, Phelim?« Bei diesem Gedanken durchfuhr sie ein sinnlicher Schauder.

»Ja, sicher«, sagte Phelim, wieder mit diesem halb scheuen, halb schelmischen Lächeln. »Knie dich in deinem hübschen rosafarbenen Kleid hier in den Kuhmist, und wir bringen es hinter uns.«

»Ich meine es ernst, Phelim.« Und sie hob ihr Kleid, als ob sie tatsächlich hier und jetzt niederknien wollte. Sofort setzte er eine strenge Miene auf.

»Hör auf«, drängte er. »Du weißt doch, daß ich das nicht kann.«

»Warum nicht?« Der Gedanke, Phelim alles über die schrecklichen Sünden zu erzählen, die sie mit dem armen Reddy, der Herr hab ihn selig, begangen hatte, erregte sie. »Du bist doch schon beinahe ein Priester, oder nicht?« Herr im Himmel! Die Gedanken, die ihr in dieser Minute durch den Kopf schossen, waren allein schon ein Fall für den Beichtstuhl.

»Beinahe zählt nicht. Diese Macht hat nur ein geweihter Priester. Und soweit bin ich noch nicht.« Man hörte die Pein in seiner Stimme.

»Na schön!« Strahlend lächelte sie ihn an. »Meine Beichte würdest du sowieso nicht hören wollen. Du würdest wahrscheinlich vor Scham im Erdboden versinken.«

»Man kann einen Priester nicht verlegen machen«, erwiderte er sehr steif, weil er schon die bloße Vorstellung als beleidigend empfand. »Am Ende unserer theologischen Ausbildung ist uns nichts Menschliches mehr fremd.«

»Aber das ist nur Bücherwissen. Ich spreche vom richtigen Leben.« Plötzlich riß ihr der Geduldsfaden angesichts seines steifen Gehabes. »Ich will dir mal was sagen, Phelim: Du wirst bis ans Ende deiner Tage nicht wirklich wissen, was unter meinem Kleid ist, falls du verstehst, was ich meine.« Damit drehte sie sich um und machte sich auf den Weg zurück ins Haus.

»Der Arzt muß nicht selbst krank sein, um die Heilmethode zu kennen.« Er schritt jetzt neben ihr her.

»Wir sind also Krankheiten für dich, habe ich das richtig verstanden?« Catherine Ryan marschierte mit unvermindertem Tempo weiter. »Ist das so, Phelim O'Brien?« Sie geriet immer mehr außer sich, merkte, wie sie allmählich die Beherrschung verlor.

»Das war doch nur eine Metapher. Ich ...«

»Zur Hölle mit den Metaphern! Warum kannst du nicht einmal in deinem Leben klipp und klar sagen, was du meinst?«

»Manche Dinge lassen sich eben nicht so einfach in Worte fassen.«

»Tja, da hast du allerdings recht.« Vor der Hintertür blieb sie unvermittelt stehen. »Und ich werde dir jetzt etwas zeigen, was man nicht so einfach in Worte fassen kann.« Sie packte seinen Arm und zerrte ihn in die Küche, quer durch die Diele und in ihr Schlafzimmer. »Setz dich hin.« Sie stieß ihn aufs Bett. Gehorsam saß er mit offenem Mund da und blinzelte gleichermaßen verblüfft wie ängstlich zu ihr hoch. Als sie ihre guten Schuhe von den Füßen schleuderte und sich barfuß vor ihn stellte, schnellte sein Kopf zurück, aber ansonsten rührte er sich nicht. Doch als sie dann ihr Keid anhob und begann, die Knöpfe zu öffnen, versuchte er aufzustehen. Doch sie schubste ihn zurück aufs Bett. »Nur Geduld! Es dauert ein bißchen, bis man das alles aufgeknöpft hat.« Dann legte sie das Kleid sorgsam zusammengefaltet auf den Stuhl neben dem Bett, bevor sie Phelim wieder ansah. Er hatte den Kopf in den Nacken gelegt und starrte jetzt an die Decke. »Sieh mich an«, befahl sie. Und er gehorchte, wie ein Kind seiner Mutter gehorcht. Sie zog sich den Petticoat über den Kopf. Er schaute noch immer brav zu. »Das ist ein Büstenhalter.« Sie legte ihre Hände über den Busen. »Und das ist ein Schlüpfer.« Dabei blickte sie an sich hinunter auf das enge weiße Kleidungsstück, das ihren Unterleib verhüllte. »Hast du schon jemals, irgendwann in deinem Leben, eine Frau so gesehen?«

»Nein!« Nun starrte er zu Boden.

»Sieh mich an«, befahl sie wieder. Und wieder gehorchte er. Und obwohl sein Gesicht von Schamesröte überzogen war, schaute er auch noch hin, als sie am Rücken den Verschluß des Büstenhalters öffnete, ihn auszog und auf das Kleid und den Petticoat warf. »Hast du das schon jemals gesehen?«

»O Gott!« Es klang wie eine Lokomotive am Bahnhof Paddington, die Dampf abließ.

»Ja oder nein?« ließ sie nicht locker.

»Nein, nie!« Diesmal sah er ihr geradewegs in die Augen. Und seine Stimme zitterte vernehmlich, als er flehte: »Nein, bitte nicht.« Doch da zog sie den Schlüpfer herunter. Und Phelim rührte sich auch nicht, als sie sich mit dem Schlüpfer in der Hand wieder aufrichtete und ihn auf den Kleiderstapel warf, er starrte sie nur mit halbgeschlossenen Augen und offenem Mund an, als würde er Todesqualen leiden. Ja, er zuckte nicht einmal mit der Wimper, als sie auf ihn zutrat und sich vornüberbeugte, ihre Brüste auf Augenhöhe direkt vor ihm. Und er leistete auch keinen Widerstand, als sie seine Hände nahm und sie an die Brüste führte, bis sie diese fest gegen ihre Brustkorb drückten. Nicht einmal, als sie seine Finger zwischen ihre Schenkel führte und damit über das dunkelrote Haar strich, versuchte er sich ihr zu entziehen.

»Nun sag mir, Phelim O'Brien«, sie zog ihn hoch und umarmte ihn, schwer atmend vor leidenschaftlicher Erregung, »was stimmt nicht mit diesem Körper, daß du ihn weder sehen noch berühren willst?«

»O Gott, steh mir bei! Ich will dich!« Der Aufschrei einer gequälten Seele. Und er umklammerte sie und hielt sie so fest, daß sie kaum noch Luft bekam. Sacht drückte sie ihn wieder aufs Bett nieder und zog ihn aus, streichelte ihn und führte ihn gerade noch rechtzeitig in sich hinein. Danach lagen sie schweigend da, sie berührten sich, umarmten sich, streichelten sich und spürten einander, ohne ein Wort zu sagen. Bis Phelim zu weinen anfing. Zuerst war es ein einzelnes leises Schniefen, so daß Catherine dachte, er müßte sich nur die Nase putzen. Doch dann wurde das Schniefen lauter und heftiger, es verwandelte sich in Schluchzer, die seinen ganzen Körper schüttelten, und schließlich heulte er los wie ein Schloßhund. Als sie ihn zärtlich mit Armen, Händen und Lippen zu trösten versuchte, stieß er sie grob von sich. Und dann setzte er sich auf, stellte die Füße auf den Boden und wandte ihr den Rücken zu, während sie liegenblieb und ihn ansah. »Entschuldigung«, sagte sie leise.

Ohne etwas zu erwidern, zog er sich an und ging schweigend um das Bett herum. In der Tür drehte er sich noch einmal um, blickte zu Boden und sagte mit einer krächzenden Stimme voller Ekel und Verachtung: »Leb wohl.«

»Entschuldigung«, wiederholte sie. »Es tut mir so leid. Ich wollte dir nicht weh tun.« Als er fort war, ging sie zurück aufs Feld, um die Gänse zu füttern. Der alte schwarze Gänserich kam als erster auf sie zugewatschelt, mit langem Hals und weit aufgerissenem Schnabel. Und Catherine griff wutentbrannt in ihren Eimer und schleuderte eine große Kartoffel nach ihm.

DER GESALBTE DES HERRN

Die Feier war seit einem Monat geplant, aber so richtig in Schwung kam die Sache erst, als Father Coyne bei der letzten Messe am zweiten Sonntag im Juli von der Kanzel herab verkündete: »Es zählt zu den glücklichsten Augenblicken einer Gemeinde, wenn sie jemanden aus ihren Reihen als einen neu gesalbten Priester Gottes begrüßen darf.« Und der Pfarrer der Gemeinde von Creevagh fuhr fort: »Es ist mir eine große Freude, euch mitzuteilen, daß ich gerade eben, bevor ich an den Altar getreten bin, ein Telegramm erhalten habe, wonach der Erzbischof von Dublin heute vormittag Phelim O'Brien zum Priester geweiht hat. Father Phelim wird heute um neunzehn Uhr bei uns eintreffen, und ihr seid alle eingeladen, ihn mit mir hier vor der Kirche willkommen zu heißen. Morgen vormittag um neun Uhr wird er an diesem Altar seine erste heilige Messe lesen. Ich möchte jedem ans Herz legen, nach Möglichkeit daran teilzunehmen. Denn im ersten Gottesdienst und der ersten Segnung eines neu geweihten Priesters liegt eine besondere Gnade. Außerdem gibt das Festkomitee der Frauengemeinschaft zu Ehren von Father Phelim morgen abend um acht im Gemeindesaal einen Empfang, zu dem ihr alle eingeladen seid. Es werden Tee und Erfrischungen gereicht.«

»Man hätte meinen können, er wäre der Kronprinz von Creevagh«, sagte Martin Mangan ein paar Tage später abends in Gannon's Pub. Bei dieser Bemerkung schnaubte der eine oder andere Gast verächtlich in sein Bierglas und argwöhnte, daß ebendieser Martin Mangan womöglich Sympathien für das Königshaus hege. Wie auch immer, es beschrieb den Status des neuen Priesters recht treffend. Über die Straße vor dem Gemeindesaal wurde ein Spruchband gespannt mit der Aufschrift: »Willkommen daheim, Father Phelim«, und als er am Sonntag abend ankam, begleitete ihn eine ganze Wagenkolonne von Familienangehörigen und Freunden, die nach Dublin gefahren waren, um die heilige Zeremonie mitzuerleben. An der Spitze des Begrüßungskomitees vor der Kirche stand Father Coyne in Chorhemd und Soutane, begleitet von seinen Ministranten, die ebenfalls Chorhemden und Soutanen trugen, und umringt von einer recht erklecklichen Anzahl seiner Schäfchen. Die Fußballer von Creevagh waren in voller Montur samt Vereinsfahne und Ball erschienen, um ihren ehemaligen Mannschaftskameraden zu begrüßen. Mrs. Addis dirigierte den Mädchenchor, der ein frommes Willkommenslied anstimmte, kaum daß Father Phelim aus seinem Wagen gestiegen war. Als das Lied verklungen war, beugten alle das Knie, um den Segen des neuen Priesters zu empfangen. Darauf ertönten das Hipphipphurra der Fußballer und tosender Jubel, den man noch bis halb nach Kilmolara hören konnte. Father Coyne hielt eine kurze Begrüßungsrede, dann begaben sich alle in die Kirche zur Segensandacht vor dem Allerheiligsten, die der Neugesalbte hielt.

Bei alldem gebührte den stolzen Eltern natürlich ein besonderer Ehrenplatz. Sogar Father Coyne trat beiseite, um ihnen den Vortritt in die Kirche zu lassen. Für sie war es ein beinahe ebenso großer Tag wie für ihren Sohn. Und nicht minder der darauffolgende Vormittag, als sie mit ihren anderen Kindern bei der Frühmesse in den vordersten Bänken saßen. Die Kirche war gut halb voll, als ihr neu gesalbter Sprößling in seinem strahlend weißen Gewand zum Altar schritt, ihm voran sechs rotweiß gekleidete Ministranten. »Himmel, es ist gar nicht lange her, da war er selber noch Ministrant«, flüsterte Maggie Ruane, die weiter hinten stand, in vernehmlicher Lautstärke Brigid Moloney zu. Der junge Priester sprach die rituellen lateinischen Formeln klar und pointiert aus, und wesentlich langsamer als Father Coyne, der sie immer geradezu herunterrasselte. Nachdem er aus dem Evangelium vorgelesen und das Meßbuch ehrfürchtig geküßt hatte, wandte er sich der Gemeinde zu. Auf ein kurzes allgemeines Hüsteln folgte tiefe, erwartungsvolle Stille.

»Meine lieben Mitbrüder und Mitschwestern der Gemeinde von Creevagh«, begann Father Phelim O'Brien, »ich möchte euch allen von Herzen dafür danken, daß ihr an diesem Vormittag hierhergekommen seid, um mit mir die heilige Messe zu feiern.« Die darauffolgende Pause war länger, als nötig gewesen wäre: Obwohl er seine Rede schon vor mehreren Wochen sorgfältigst vorbereitet, auswendig gelernt und einstudiert hatte, schien es ihm nun, als habe er den Rest womöglich vergessen. »Mehr als allen anderen schulde ich meinen Eltern Dank« – daran konnte er sich noch erinnern – »ohne deren Rat und Vorbild, Unterstützung und Ermutigung ich heute nicht hier stehen würde. Danken will ich auch meinen Brüdern und Schwestern für all die Hilfe, die sie mir über die Jahre hinweg zuteil werden ließen.« Jetzt kam er allmählich in Schwung, das Schlimmste lag hinter ihm. »Mein zutiefst empfundener Dank gilt natürlich Father Coyne, meinem geistigen

Mentor und Ratgeber, dessen unfehlbare Führung und Lenkung mich davor bewahrt hat, vom schmalen Pfad der wahren Frömmigkeit abzuweichen.« Drei abgehakt, blieb noch einer. »Unbedingt zu erwähnen ist hier auch mein ehemaliger Lehrer Mr. Addis Emmet, dem ich zutiefst verbunden bin, da er durch seine stetige Gemahnung an Pflicht, Disziplin und das Bekenntnis zum Glauben unserer Vorväter meine Berufung gefördert hat. Abgesehen davon hat er mich schon früh fürs Fußballspielen begeistert.« Dieses kleine Bonmot, das nicht einstudiert gewesen war, brachte erstmals ein bißchen Leben in die Reihen der Gläubigen. O Gott, er hatte ganz vergessen, sich bei allen anderen zu bedanken! »Und schließlich möchte ich euch allen, jedem Mitglied dieser unserer Gemeinde, aus tiefstem Herzen danken. Denn von jedem von euch habe ich stets nur Freundlichkeit erfahren, ihr wart mir ein leuchtendes Vorbild, und niemals hat mich einer von euch durch Worte oder Taten von dem Weg abzubringen versucht, den Gott mir bestimmt hat.« Und was war mit Catherine Ryan? Gott vergebe ihm, er konnte ja schlecht zurücknehmen, was er unbedacht ausgesprochen hatte. Aber vielleicht sollte er jetzt besser aufhören, ehe er es mit der Wahrheit noch weniger genau nahm. »Im Namen des Vaters, des Sohnes und des Heiligen Geistes. Amen.« Und rasch wandte er sich wieder dem Altar zu.

Seine einjährige Übung im Messelesen schenkte ihm beim Zelebrieren der heiligen Liturgie ein Gefühl entspannter Zufriedenheit. Bis er zur Wandlung kam, die nicht nur eine Vertrautheit mit dem Ritual erforderte, sondern geistige Sammlung, Willenskraft und die exakte Wiedergabe der Silben und Wörter. Wie leicht konnte es passieren, daß man unkonzentriert war und den heiligen Text ungenau oder unvollständig sprach, wodurch die Messe nicht nur sündhaft wurde, sondern sogar ungültig! Sage und schreibe einhundertvierzig Todsünden konnte der Priester bei der Eucharistiefeier begehen, wie die Moraltheologen und Kirchenrechtler betonten, und deshalb obliege es dem Zelebranten, äußerste Sorgfalt und Gewissenhaftigkeit walten zu lassen. Phelim hielt inne, um sich zu sammeln und zu vergewissern, daß er in vollstem Bewußtsein handelte, ehe er die erhabenen Worte sprach: *Hoc est enim corpus meum.* Doch als er die Hostie hochhob und sie der Gemeinde offenbarte, konnte er nur unter Aufbietung größter Willenskraft daran denken, daß das, was zuvor nur ein ungesäuertes Brot in seiner Hand gewesen war, sich nun allein kraft seiner Worte in den Leib Christi verwandelt hatte. Dieses Wunder wie auch das der Verwandlung von Wein in das Blut Christi berührte ihn so tief, daß er den übrigen Teil des Meßkanons kaum mehr wahrnahm. Tatsächlich hatte er später nur noch eine verschwommene Erinnerung an den Rest der Messe. Zwar entsann er sich deutlich, wie er seiner Mutter die geweihte Hostie auf die Zunge gelegt hatte, doch über allem anderen sollte für immer ein undurchdringlicher Schleier liegen, bis zu dem Augenblick, da er sich in der Sakristei wiederfand. Ja, und wenn Father Coyne ihn nicht erinnert hätte, hätte er unverzüglich sein Meßgewand abgelegt, anstatt sich wieder in den Altarraum zu begeben und den zeremoniellen Ersten Segen zu erteilen.

Die ganze Gemeinde strömte zum Altargitter. Im Ersten Segen lag nämlich eine besondere Kraft, denn er kam frisch von frommen jungen Händen, die noch unbefleckt von profanem Schmutz waren. Wenn es nicht respektlos wäre, könnte man diesen Segen mit dem Kuß einer Jungfrau vergleichen. Father Phelim trat reihum vor jedes Gemeindemitglied, die großen, langgliedrigen Hände fest zum Gebet gefaltet, und sprach auf lateinisch den Segen. Bei den Worten *In nomine patris* malte er mit der Rechten das Kreuzzeichen in die Luft. Und nach beendetem Gebet legte er jedesmal dem Empfänger dieses besonderen göttlichen Segens seine neu gesalbten Hände auf. Er berührte altes graues Haar, junges dunkles Haar, rötliches Haar, das dem seinen glich, die Schultern von Frauen und die Glatzen Kahlköpfiger. Er führte die Hände über jene, die er als Autoritäten verehrt hatte: Addis Emmet und die Mrs., aber auch Paddy Gannon und Jack Higgins; er segnete Menschen, die so alt waren wie seine Eltern, etwa den Postboten Bernie, Clare Mulligan und Jimmy McTigue, sowie junge Leute seines Alters. Besonders überrascht war er, Seamus Laffey zu sehen, weil er geglaubt hatte, er sei in England. »Wir haben letzte Woche erst geheiratet«, flüsterte Seamus, grinste und machte eine Kopfbewegung zu Eileen Maille, die neben ihm kniete.

»Wir unterhalten uns später«, erwiderte Phelim ebenfalls flüsternd. Allerdings vergaß er seinen alten Freund gleich wieder, denn sogar bei der Segnung plagte ihn der lähmende Zweifel, ob die soeben durchgeführte Wandlung rechtens gewesen war. Was, wenn er nicht die erforderliche innere Haltung gehabt hatte, als er die Worte sprach? Hatte die Gemeinde den Leib Christi oder nur Brot aus seinen Händen empfangen? Dunkle Wolken der Sorge zogen am Horizont herauf, türmten sich auf und hingen den ganzen Vormittag drohend über ihm – während er die Glückwünsche seiner Nachbarn und Freunde vor der Kirche entgegennahm, während seiner triumphalen Heimkehr nach Knockard, auch während des üppigen Festtagsfrühstücks im Wohnzimmer der O'Briens. Erst als er sich am Nachmittag in sein Zimmer zurückziehen konnte, um sich auszuruhen und sein Brevier zu beten, hatte er die Gelegenheit, über seine priesterlichen Handlungen und den ge-

genwärtigen Zustand seiner Seele nachzusinnen. *Wie kann man jemals Gewißheit haben?* schrillte es immer wieder in seinem Kopf. *Das vernunftgemäße Handeln eines vernunftbegabten Menschen,* sang sein Moraltheologie-Professor den Kontrapunkt dazu. Aber war sein Handeln heute vormittag vernunftgemäß gewesen? Hatte er sich von der Größe des Augenblicks so sehr ablenken lassen, daß seine innere Haltung zu wünschen übriggelassen hatte? War er aufgrund seiner neuen, herausragenden Stellung so sehr von Stolz durchdrungen gewesen, daß er sich nicht auf seine hehre Aufgabe konzentrieren konnte? Schließlich zog er erschöpft sein Jackett aus und nahm den Stehkragen ab, dann legte er sich aufs Bett und schlief ein.

Im Gemeindesaal herrschte emsiges Treiben wie in einem Ameisenhaufen. Die Damen des Festkomitees der Frauengemeinschaft schwirrten umher und stellten Mineralwasser und Platten mit selbstgebackenem Brot, Kuchen, Teegebäck und Törtchen bereit. Den ganzen Tag hatten sie damit zugebracht, den Saal zu putzen und mit Girlanden, Fähnchen und Papierschlangen zu schmücken, die Tische zurechtzurücken und geborgte Tischtücher aufzulegen. Um halb sieben, noch lange vor dem Eintreffen der O'Brien-Sippe, war der Saal bereits gut gefüllt: Allein schon die Erwähnung von Erfrischungen garantierte dafür, daß der Abend zum gesellschaftlichen Erfolg wurde. Es tauchten sogar ein paar von Gannons Stammgästen auf, obwohl bei dem Empfang keinerlei berauschende Getränke ausgeschenkt wurden.

»Abstinenz macht einem warm ums Herz, wie es so schön heißt«, sagte Pat Moloney und hob seine Teetasse zu einem formlosen Prosit auf den jungen Priester.

»Ich schätze, seine Tage als Fußballspieler sind gezählt«, bemerkte Thomas Ruane weise.

»Meinst du?« erwiderte Pat. »Die Mannschaft von Ballindine hatte mal einen, der nach der Priesterweihe seinen Namen geändert und weitergespielt hat, ohne daß der Erzbischof davon wußte. Da kannst du mal sehen!« Dabei zwinkerte er Thomas zu.

»Er geht doch sowieso nach Afrika. Und im Dschungel spielen sie nicht Fußball, hab ich mir sagen lassen.« Thomas schlürfte seinen Tee und verzog das Gesicht. »Er wird dort in seiner weißen Soutane wandeln, umringt von nackten schwarzen Kindern, wie auf diesen Bildern in den Missionsjahresheften.«

»Ich sag euch, zu diesen Schwarzen würden mich keine zehn Pferde kriegen«, verkündete Francie Madden, der sich gerade mit Paddy Moran an ihren Tisch gesetzt hatte. »Dort kann es einem nämlich leicht passieren, daß sie einen zum Abendessen verspeisen, hab ich gehört.« Francie biß herzhaft in einen Keks.

»Angeblich laufen die Frauen dort splitterfasernackt rum«, sagte Paddy Moran und starrte auf seine Mineralwasserflasche.

»Deshalb zieht es ihn also dorthin!« Francie schlug mit der Faust auf den Tisch, daß Thomas Ruanes Tee überschwappte. »Unser Phelim hatte ja schon immer was für Mädchen übrig.« Mit gesenkten Köpfen kicherten er und Paddy in sich hinein.

»So ein unflätiges Gerede ist jetzt wirklich fehl am Platz.« Pat Moloney faßte die beiden jungen Lästermäuler scharf ins Auge. »Wenn euch die zwei da drüben gehört haben, dann seid ihr dran, darauf könnt ihr euch verlassen.«

Die besagten zwei waren Father Coyne und Addis Emmet. Sie saßen mit Mrs. Addis an einem Tisch vor der Bühne, hatten die Köpfe zusammengesteckt und unterhielten sich leise. Allerdings wäre Paddy Moloney überrascht gewesen, hätte er gehört, welche Worte dabei fielen. »Der verdammte Idiot!« stieß Addis gerade wütend hervor, als die anderen herübersahen.

»Und du bist dir wirklich sicher, Addis, daß sie fort sind?« Obwohl der finstere Blick des Pfarrers wenig Zweifel daran ließ, was er selbst glaubte.

»Annie May kam gestern abend ins Haus, und der Wüstling …« Addis hielt plötzlich inne.

»Möchten Sie noch einen Tee, Father?« Vor ihnen stand eine Dame des Festkomitees mit einem Lächeln auf den Lippen und einer Teekanne in der Hand.

»Na, vielleicht noch ein Schlückchen, Kitty, vielen Dank.«

»Jedenfalls«, ergriff Addis wieder das Wort, nachdem Kitty ihnen nachgeschenkt hatte, »war Annie May, das arme Ding, vollkommen aufgelöst. ›Er ist weg‹, sagte sie, kaum daß sie zur Tür herein war. ›Schon wieder?‹ fragte ich, weil ich dachte, sie meinte den kleinen Fonsy; der streunt ja ständig in den Feldern herum und vergißt das Heimgehen. ›Philpot‹, sagte sie nur und brach in Tränen aus. Es dauerte eine ganze Weile, bis wir alles aus ihr herausbrachten, aber anscheinend ist sie von der letzten Messe heimgekommen – seit das zweite Kind da ist, müssen sie ja immer in verschiedene Messen gehen –, und Philpot war weg.«

»Ich habe gestern vormittag gleich gewußt, daß irgendwas nicht stimmt«, meinte die Mrs. »Philpot ist nicht zur heiligen Kommunion gegangen. Dabei hat er sie nicht einen Sonntag versäumt, seit er wieder da ist.« Sie senkte den Kopf und preßte die Fingerspitzen gegeneinander. »Ich hätte ihn fragen sollen, was los ist. Dann wäre er jetzt vielleicht noch hier.« Sie gab einen erstickten, nicht näher bestimmbaren Laut von sich, möglicherweise war es ein Schluchzer.

»Wie auch immer«, knüpfte Addis an seine vorherigen Ausführungen an, »Annie May fand auf dem Küchentisch einen Zettel, auf dem stand, Philpot habe das Baby bei Mrs. Maille gelassen. Aber wohlgemerkt keine Silbe darüber, wo der Mistkerl hinwollte.«

»Also nein, so ein gemeiner Schuft!« Father Coyne schnalzte halb empört, halb mitfühlend mit der Zunge.

»Wenn ich den in die Finger kriege...« Addis Emmets wütender Blick stellte unmißverständlich klar, welches Schicksal den auf Abwege geratenen Sprößling dann erwartete. »Jedenfalls ging Annie May zu den Mailles, um ihr Baby abzuholen. Aber die wußten auch nicht, wohin Philpot gewollt hatte. Dann versuchte sie es bei den Colemans: Der junge Tommie hat ein altes Motorrad, an dem er und Philpot oft herumbasteln. Und da kam es an den Tag: Tommie sagte, Philpot sei mit seinem Morris Minor vorbeigekommen, um seine Schwester Teresa zu einer Spritztour abzuholen. Und seitdem hat man von den beiden nichts mehr gesehen.«

»O allmächtiger Gott!« In des Priesters Stimme schwang die tiefe Pein des Seelsorgers mit. »Dabei ist die junge Coleman doch noch fast ein Kind, sie hat gerade erst die Klosterschule hinter sich.«

»Hätte ich ihn doch nur gefragt!« jammerte die Mrs. wieder.

»Das wird er noch bitter bereuen...« Addis verlor sich erneut in seinen Gewaltphantasien.

»Könnte ich Sie mal sprechen, Father?« flüsterte da Timmy Mulligan, über das Ohr des Priesters gebeugt.

»Aber sicher, Timmy.« Father Coyne wandte sich um und richtete sein wohlwollendes Augenmerk auf den vermögendsten Mann seiner Gemeinde.

»Könnten wir uns unter vier Augen unterhalten, Father?«

Dabei würdigte er Addis und die Mrs. keines Blickes. Als er und der Priester dann etwas abseits in der Ecke rechts von der Bühne standen, wo man sie nicht belauschen konnte, sprudelte Timmy aufgeregt los: »Entschuldigen Sie die Störung, Father, aber ich wollte Ihnen die gute Nachricht selbst überbringen, bevor es ein anderer tut: Ich werde nämlich heiraten.«

Seit dieser Sache mit Paddy Gannons Enkelkind hatte Father Coyne eine Schwäche für den jungen Mann; denn mit seiner Wiedergutmachung von Martin Mulligans Sünden hatte Timmy bewiesen, daß er ein rechtschaffener Bursche war. »Na, das ist ja wunderbar, Timmy. Es freut mich, das zu hören. Meine allerbesten Glückwünsche.« Gemeindepfarrer und Gemeindekrösus schüttelten sich herzlich die Hand.

»Sie möchte, daß die Hochzeit so bald wie möglich stattfindet«, murmelte Timmy. Und als wäre es ihm unangenehm, in Details zu gehen, fuhr er hastig fort: »Allerdings habe ich ihr gesagt, daß es ein Weilchen dauern wird. Zuerst müssen wir ja alle möglichen Urkunden vorlegen und Genehmigungen einholen und Formulare und Erklärungen ausfüllen und so. Da hab ich doch recht, nicht wahr, Father?«

»Moment mal, einen Augenblick!« Father Coyne tat etwas, was für ihn sehr ungewöhnlich war: Er steckte die Hände in die Hosentaschen. »Es hängt einiges davon ab, wo die Braut ihren derzeitigen Wohnsitz hat.« Dabei straffte er die Schultern und sah Mulligan in die Augen. »Und nachdem du mir noch nicht gesagt hast, wer die Glückliche ist, kann ich dir deine Frage nicht beantworten.«

»Entschuldigen Sie, Father. Seit ich aus Dublin zurück bin, laufe ich ständig nur herum wie ein aufgescheuchtes Huhn. Heute vormittag bin ich hochgefahren und habe ihr einen Antrag gemacht, und sie hat ja gesagt, und seitdem bin ich ganz wirr im Kopf.« Er zog an seinem Krawattenknoten, als wäre er ihm zu eng.

»Das ist verständlich«, entgegnete Father Coyne im denkbar freundlichsten Ton. »Unter solchen Umständen absolut verständlich, würde ich sagen. Und um welche Frau handelt es sich nun, wenn ich fragen darf?«

Timmy starrte ihn an. »Um Catherine natürlich. Um wen sonst?«

»Catherine...« Der Priester nahm die rechte Hand aus der Hosentasche und rieb sich das Kinn. »Ich kenne in dieser Pfarrei mindestens drei Catherines, aber von denen kommt wohl keine in Frage. Also muß sie von außerhalb sein. Kenne ich sie zufällig?«

»Catherine Ryan, Father. Ich dachte, das mit uns beiden hätte sich längst herumgesprochen...« Seine Miene verriet tiefe Enttäuschung darüber, daß ein so bedeutsamer Klatsch nicht bis zum erlauchten Ohr des Pfarrers vorgedrungen war.

»Was du nicht sagst! Sieh mal einer an! Catherine Ryan! Und wann hat sich das angebahnt?«

»Na ja, angefangen hat es letztes Jahr, als sie mich wegen des Verkaufs ihres Hauses um Rat gefragt hat. Sie meinte, Frauen verstünden nichts von solchen Dingen. Und da sind wir uns nähergekommen.«

»Verstehe. Und das hat sie gesagt? Ist ja interessant! Nun, da wird Creevagh bestimmt eine prächtige Hochzeit erleben. Und das hat unsere Gemeinde ja auch weiß Gott mal wieder nötig.«

Timmy räusperte sich, verschränkte die Arme und wippte auf den Fersen. Schließlich rückte er mit der Sprache heraus: »Catherine möchte in Dublin heiraten.«

Father Coynes Augenbrauen senkten sich bedrohlich tief herab. »Ausgeschlossen, Mann! Wie kommt sie denn auf so was?« Herausfordernd starrte er Timmy an. »Alle in der Gemeinde von Creevagh, ob Mann, ob Frau, ob Kind, freuen sich doch seit Jahren darauf, die Hochzeit von Timmy Mulligan zu erleben. Du darfst sie jetzt nicht enttäuschen.«

Timmy schaute zu Boden. »Catherine will es so, Father. Wenn es nach mir ginge ... Aber das kennt man ja – wenn Weiber sich mal was in den Kopf gesetzt haben!«

Einen Augenblick lang verharrte der Priester in Schweigen. Dann machte er eine Handbewegung in Richtung der lärmenden Menge. »Da werden viele Leute aber gar nicht begeistert sein. Wo wohnt Catherine denn jetzt?«

»Sie hat eine Wohnung in Terenure, Father.«

Der Pfarrer zuckte die Achseln. »Wenn sie ihren Wohnsitz in Dublin hat, können wir wohl kaum etwas dagegen tun. Ich nehme an, ihr wollt, daß ich die Trauung vollziehe?« Father Coynes Ton ließ keinen Zweifel daran, wer diese Zeremonie durchführen würde. »Natürlich benötigen wir das Einverständnis des Pfarrers ihrer Gemeinde.«

Nachdem der Priester die Hochzeit in Dublin sozusagen gebilligt hatte, hatte Timmy hoffnungsvoll aufgeblickt, doch jetzt ließ er den Kopf wieder hängen. »Nun, die Sache ist die, Father: Sie will von Phelim – von Father Phelim – getraut werden. Aber natürlich frage ich ihn nur, wenn Sie damit einverstanden sind.« Letzteres verkündete er mit der Autorität eines Mannes, der Unbotmäßigkeiten seiner zukünftigen Frau in Schranken zu halten weiß.

»Aha.« Und Father Coyne schwieg eine ganze Minute lang. Schließlich meinte er: »Wenn sie ihren Wohnsitz in Dublin hat, ist *mein* Einverständnis nicht erforderlich.« Sein steifer, förmlicher Ton hatte den leisen Beiklang von gekränktem, aber ungebrochenem Stolz.

»Ich bedauere das zutiefst, Father«, beteuerte Timmy. »Wenn es nach mir …« Er wurde von Jubelrufen und Beifallklatschen unterbrochen. Father O'Brien samt Familie war eingetroffen.

»Acht Uhr ist früh genug«, hatte Nellie O'Brien zuvor zu ihrem von Unruhe getriebenen Sohn gesagt. »Von uns als den Ehrengästen wird doch erwartet, daß wir etwas später kommen.« Nach seinem zweistündigen Nickerchen ging es Phelim nun besser, er hatte seine Bedenken erst einmal beiseite geschoben und freute sich auf eine weitere Runde gefälliger Schmeicheleien seitens seiner Freunde, seiner Nachbarn und der Gemeinde insgesamt. Er verstand es, sich unter die Leute zu mischen und leichte Konversation zu treiben, und so war er bei diesem Empfang ganz in seinem Element. Während er von Tisch zu Tisch und von einer Gruppe zur nächsten ging, Hände schüttelte, segnete, plauderte, lachte und scherzte, genoß er den bescheidenen irdischen Lohn für seine entbehrungsreichen Jahre. Bis er auf Timmy Mulligan traf.

»Father Phelim«, rief Timmy überschwenglich. »Gut siehst du aus. Und du erteilst mir doch bestimmt den Segen, nicht wahr? Heute früh habe ich es nicht zur Messe geschafft. Die Geschäfte, du weißt ja.« Und prompt kniete er auf dem schmutzigen Boden des Pfarrsaals nieder.

Phelim empfand mehr als nur eine geistige Erbauung, als er die Hände über Timmy Mulligan hob. Daß der reichste Mann von Süd-Mayo vor ihm kniete, sagte einiges darüber aus, mit welcher Macht er nun ausgestattet war. »Schön, dich zu sehen, Timmy«, meinte er, als er ihm auf die Beine half.

»Auf ein Wort unter vier Augen, Father, irgendwo, wo wir ungestört sind.« Ein klarer Fall, dachte Phelim, als er ihm in dieselbe Ecke folgte, in der sich Mulligan zuvor mit Father Coyne unterhalten hatte. Bestimmt geht es um eine Spende für die Mission. Denn in einem Jahr würde Phelim nach Afrika geschickt werden, und es war nicht unüblich, daß ein Priester anläßlich seiner Weihe Geldgeschenke für seine künftigen Missionsaufgaben erhielt. Bei so einem vermögenden Mann konnte man durchaus mit einer großzügigen Zuwendung rechnen. »Darf ich dich um einen Gefallen bitten?« fragte Timmy leise.

»Selbstverständlich!« Eine Hand wäscht die andere, dachte Phelim.

»Ich heirate demnächst.«

»Meinen Glückwunsch, Timmy. Das ist ja großartig.«

»Und wir würden uns gern von dir trauen lassen.«

»Ah!« Hach, wenn das seine Mutter erfuhr! »Ja, natürlich, es wird mir ein Vergnügen sein. Ich fühle mich geehrt.« Außerdem wäre es seine erste Trauung. »Kenne ich die Auserwählte?«

»Ja, du kennst sie sogar ziemlich gut.« Timmys Blick schweifte in die Ferne.

»Ah! Sehr schön! Das ist ja um so erfreulicher.«

»Es ist Catherine Ryan.« Dabei richtete Timmy seinen Blick auf Phelims Kinn.

»Herr im Himmel!« entfuhr es Phelim unwillkürlich. »Catherine!« Später wußte er nicht mehr zu sagen, ob diese erste Reaktion der Aufschrei einer gepeinigten Seele oder nur ein Ausruf des Erstaunens gewesen war.

»Sie hat ausdrücklich darum gebeten, daß du die Trauung vollziehst.«

Verstand, Gefühle, Bauchgrimmen – all das wirbelte wild durcheinander, als würde es in der Buttermaschine seiner Mutter herumgeschleudert. Catherine! *Seine* Catherine! Aber halt, das war sie nicht mehr: Das hatte er letzten Sommer ja endgültig geklärt. Zwar waren dazu dreitägige stille Exerzitien und eine allumfassende Beichte notwendig gewesen, doch davor hatte er nicht zurückgeschreckt. Und damit war die Sache erledigt, Punktum! Aber daß sie den stinkreichen Timmy Mulligan mit der Hakennase heiraten wollte… Na und? Sie war schließlich ein freier Mensch, oder nicht? Er hatte *seine* Wahl getroffen, jetzt traf sie die ihre. Und er hatte durchaus seine Chance gehabt: Meine Güte, letzten Sommer hatte sie ihm praktisch einen Antrag gemacht, und er hatte ihr einen Korb gegeben. Was er aber danach nicht eine Sekunde lang bereut hatte – nein, weiß Gott nicht! Und er würde es auch in Zukunft nicht bereuen. Worüber regte er sich dann eigentlich auf? Ach was, er regte sich doch gar nicht auf. Warum sollte er auch? Also Schluß damit.

»Wirst du uns nun trauen?« Ob in Mulligans Stimme Angst oder Hoffnung mitschwang, konnte man schwer sagen.

Phelim zögerte eine ganze Minute lang. »Nein.« Als er es aussprach, erkannte er, daß dies keine freie Willensentscheidung gewesen war: Sie war dank irgendeiner göttlichen Gnade oder einer Weisheit oder Weitsicht seines Unterbewußtseins gefallen, und nun mußte sein Verstand eine plausible Erklärung dazu liefern. »Ich schaffe es zeitlich einfach nicht. Weißt du, ich muß ja noch ein Jahr Theologiestudium absolvieren.« Zwei Aussagen, eine wahre und eine falsche, die sich hübsch zusammenfügten und ihm einen Rückzieher erlaubten.

»Das ist jammerschade.« Jetzt war Timmy Mulligan seine Erleichterung allerdings deutlich anzumerken. »Catherine wird das sicherlich sehr bedauern.«

Timmy wäre sein selbstgefälliges Gehabe jedoch schnell vergangen, wenn er gewußt hätte, was ein paar Tage später eines Nachmittags zwischen Eileen Laffey und Maura Higgins besprochen wurde. Eileen konnte es kaum erwarten, endlich wieder zu einem schönen Tratsch zu ihrer alten Freundin zu gehen. Und als sie schon nach kurzer Zeit auf die bevorstehende Hochzeit von Mulligan und Catherine Ryan zu sprechen kamen, lautete Mauras gleichermaßen spontaner wie sarkastischer Kommentar dazu: »Ist natürlich für beide nur die zweite Wahl.«

»Was um alles auf der Welt ist bloß in Catherine gefahren?« wunderte sich Eileen. Es war ein warmer Tag, und sie saßen hinten im Garten. »Ich hatte wenigstens die Ausrede, daß ich arm bin.«

»Was in Catherine gefahren ist, heißt Phelim O'Brien.« Maura nippte an ihrem Sherry und nickte bedeutungsvoll. »Und nicht nur im übertragenen Sinn, wenn du verstehst, was ich meine.«

»Das ist doch nicht dein Ernst, Maura! Um Himmels willen, Phelim ist Geistlicher! Er ist doch gerade erst zum Priester geweiht worden!« Aber man merkte ihr an, daß sie der Vorstellung einiges abgewinnen konnte.

»Ich kann dir nur soviel verraten, daß es letzten Sommer in Catherines Haus trotz seiner Frömmigkeit zu einem bestimmten Ereignis gekommen ist. Woraufhin Catherine gehofft hat, er würde das Priesterseminar verlassen und für alle Zeiten das Bett mit ihr teilen. Was aber nicht der Fall war.«

»Und du meinst, deshalb gibt sie sich jetzt mit Timmy zufrieden?« fragte Eileen mit großen Augen. »Mensch, er muß seine Ansprüche aber ziemlich heruntergeschraubt haben: Als er mir den Hof gemacht hat, behauptete er noch, er würde nur eine Jungfrau heiraten.«

»Wie ich gehört habe, hat er seine Ansprüche keineswegs heruntergeschraubt.« Und Maura Higgins warf den Kopf in den Nacken und lachte, bis ihr die Tränen über die Wangen kullerten. Eileen starrte sie zunächst verwundert an, dann ließ sie sich von ihrer Heiterkeit anstecken, bis sie sich schließlich selbst vor Lachen bog.

»Worüber lachen wir eigentlich?« gelang es ihr zwischendurch zu fragen.

Doch das löste bei Maura nur einen weiteren Lachanfall aus. Schließlich meinte sie, während sie sich die Tränen aus den Augen wischte: »Wir lachen über Dummheit, Unschuld und Falschheit, über Habgier, Hoffnung und Verzweiflung – über all die Dinge, die das Leben lebenswert machen. Komm, trink noch einen Sherry.« Sie streckte sich nach der Flasche.

»Aber es muß doch für Timmy offensichtlich sein, daß Catherine keine Jungfrau mehr ist«, wandte Eileen ein und griff nach ihrem Glas.

»Nun, es ist zwar beinahe unvorstellbar«, erwiderte Maura, während sie sich mühsam beherrschte, nicht wieder loszuprusten, »aber die Männer sind tatsächlich so naiv. Catherine hat dem armen reichen Trottel Timmy Mulligan weisgemacht, der alte Thomas Ryan habe es nie geschafft, ›die Ehe zu vollziehen‹, wie es die Kirche nennt, und mit anderen Männern habe sie nie etwas gehabt. Kein Wort von dem armen Reddy Ryan, obwohl sogar noch der letzte Idiot in der Gemeinde davon wußte; kein Wort von Phelim O'Brien oder den Männern, mit denen sie in London zusammenwar, und zufällig habe ich von ihr selbst erfahren, daß das einige waren.«

»Es ist doch nicht zu fassen! Kann der Timmy, den ich beinahe geheiratet hätte, wirklich so ein Einfaltspinsel sein?«

»Timmy glaubt, was er glauben will, und Catherine hat ihn umgarnt, nachdem Phelim ihr einen Korb gegeben hatte. Inzwischen hat sie Geld, eine gewisse Intelligenz und so etwas wie Kultiviertheit. Da kann ein schlichter Bursche aus Creevagh einfach nicht widerstehen.«

Auf einem Feld in der Nähe blökten Schafe. Wagenräder knirschten auf dem Kiesweg. Das Angelusläuten verklang in der Stille des Abends. Schweigend tranken die beiden Frauen ihren Sherry.

DANKSAGUNG

Ewigen Dank schulde ich Nancy Willard, ohne deren Ermutigung und praktische Hilfe dieses Buch vielleicht nie erschienen wäre. Der Southern Dutchess Writers' Group verdanke ich mehr, als ich in Worte zu fassen vermag, sowohl für ihre Freundschaft als auch für ihre konstruktive Kritik. Mein Dank gilt ferner Diane Sterling, die einen wunderbaren Verleger für mich gefunden hat. Ich bin Frederick Ramey und den Mitarbeitern von MacMurray & Beck auf immer verpflichtet – für ihre Begeisterung, ihre Freundlichkeit und ihr Vertrauen in mich. Und noch ein herzliches Dankeschön an Carolyn, Paul und viele andere Freunde – ihr wißt, wer gemeint ist –, die ihr mich unermüdlich ermutigt und unterstützt habt.